SEPTIME

PERSPEKTIVENWECHSEL No 3

Die Großstädter
Der Mensch im Brennpunkt der Metropole
Metropolen im Brennpunkt der Erzählungen

Herausgeber: Jürgen Schütz

Produktion: Jürgen Schütz
Umschlag und Satz: Jürgen Schütz
Umschlagbild: © Philipp Wininger - Fotolia.com
Lektorat: Sebastian Schmid
Druck und Bindung: CPI Moravia Books s.r.o., Pohořelice
Printed in the EU

Septime Verlag, Wien

office@septime-verlag.at
www.septime-verlag.at

ISBN: 978-3-902711-10-6

PERSPEKTIVENWECHSEL No 3

Die Großstädter

Der Mensch im Brennpunkt der Metropole
Metropolen im Brennpunkt der Erzählungen

SEPTIME

Inhalt

»Städte lassen sich an ihrem Gang erkennen wie Menschen.«

Robert Musil

Ian Fleming

führte ein ebenso aufregendes Leben wie seine berühmte Romanfigur James Bond 007. Er wurde 1908 als Sohn eines britischen Unterhausabgeordneten in Mayfair, London geboren.

Sein Leben in den 30er-Jahren war geprägt von seiner Arbeit als Journalist, Wertpapierhändler und später Spion des Auswärtigen Amtes in der Sowjetunion. Ab 1939 war er in leitender Position beim Marine-Nachrichtendienst und wurde u. a. als Verbindungsoffizier zum US-Marinegeheimdienst eingesetzt.

Von seinem eigenen Leben inspiriert schuf Fleming die Figur des Geheimagenten James Bond. Romane wie *Casino Royal*, *Liebesgrüße aus Moskau* oder *Diamantenfieber* schrieb er noch während seiner Zeit als Journalist. Doch nach den großen Erfolgen von *Goldfinger* und *Feuerball* widmete sich Fleming gänzlich dem Schreiben und schuf neben dem ebenfalls bekannten Kinderbuch *Tschitti-tschitti-bäng-bäng* zwölf Romane und neun Kurzgeschichten mit dem Geheimagenten James Bond als Protagonist, wovon einige in der Zwischenzeit auch verfilmt worden waren. Die Erzählung

007 in New York war allerdings nur in späteren James Bond Sammelbänden enthalten und fand auch keine Übersetzung ins Deutsche. Die Geschichte war ursprünglich einer von dreizehn Essays im 1964 erschienenen Buch *Thrilling Cities*, in welchem Fleming *seine* aufregendsten Städte beschreibt. Sie wurde zum ersten Mal im Oktober 1963 in der *New York Herald Tribune* unter dem Titel *Agent 007 in New York* veröffentlicht. Der ursprüngliche Essay war allerdings stark von einer Sonderausgabe des Magazins *Nation* mit dem Titel *The Shame of New York* (dt. Die Schande von New York) beeinflusst, der Fleming zwei Seiten widmete, und begann so: »Am allerwenigsten habe ich mich in New York amüsiert.« Für die amerikanische Ausgabe schrieb Ian Fleming dann das folgende entschuldigende Nachwort:

Mit Hilfe eines Postskriptums möchte ich mitteilen, dass ich mir darüber wohl bewusst bin, die finsteren Gefühle, die ich New York gegenüber zum Ausdruck gebracht habe, mögen so manche meiner Leser schockieren oder bedrücken. Ich wäre in der Tat enttäuscht, wäre dies nicht der Fall. Als Ehrerbietung an diese Leser unterbreite ich hier die Aufzeichnungen eines weiteren Besuchers der Stadt, eines meiner Freunde mit dem glanzlosen Namen James Bond, dessen Geschmack und Urteile nicht immer die meinigen sind und dessen jüngstes kleines Abenteuer in New York (seine Profession ist eine eher skurrile) sich beim Lesen als erfreulich erweisen mag.

Ian Fleming führte wie 007 ein sehr ungesundes Leben – Rauchen, Trinken und fettiges Essen verschlechterten seinen Gesundheitszustand – 1964 erlag er einem Herzinfarkt.

007 in New York

An einem blau-goldenen Morgen Ende September traf gegen zehn Uhr der BOAC Monarch-Flug[1] aus London zeitgleich mit vier weiteren internationalen Flügen ein. James Bond, sein Magen angeschlagen von der BOAC-Version eines englischen Landhaus-Frühstücks, reihte sich stoisch in eine der langen Schlangen ein, in der ein Haufen schreiender Kinder stand und sagte zu gegebener Zeit, er habe die letzten zehn Nächte in London verbracht. Danach zur Passkontrolle – fünfzehn Minuten, um seinen Pass zu zeigen, der behauptete, er sei ›David Barlow, Kaufmann‹, und dass er Augen und Haar habe und 1,83m groß sei; und dann in die Gehenna[2] des Idlewild-Airport-Zolls[3], die nach Bonds Meinung sorgfältig dafür konzipiert worden war, um den Besuchern der Vereinigten Staaten einen Herzinfarkt zu verpassen. Nach einem Über-Nacht-Flug sah ein jeder mitsamt seinem dämlichen kleinen Kofferkuli erbärmlich und würdelos aus. Man wartet darauf, dass der Koffer hinter der Glasscheibe der Verladerampe auftaucht und dann gnädigerweise freigegeben wird, damit man sich zu den Zollschaltern durchschlagen kann, die alle überfüllt sind, während jede Tasche oder jedes

1 Eine Luxus-Linie der British Overseas Airways Corporation.
2 Das Tal des Hinnom, »südlich des Berghangs der Jebusiter – das ist Jerusalem« (Jos. 15,8) gelegen. Spätjüdisch-neutestamentliche Bezeichnung für Hölle.
3 Ehemaliger Name des John F. Kennedy International Airport.

Bündel (warum keine Stichproben?) geöffnet und geprüft und umständlich geschlossen wird, unterbrochen nur durch gelegentliche Ohrfeigen für ein quengelndes Kind von seinem erschöpften Besitzer. Bond schaute flüchtig nach oben zu dem Balkon, der mit gläsernen Wänden die große Halle umrundete. Ein Mann in Regenmantel und Filzhut, mittleres Alter, schwer zu beschreiben, beobachtete die geregelte Hölle durch ein zusammenklappbares Opernglas. Wer auch immer ihn oder jemand anderen durch ein Fernglas musterte, war James Bond verdächtig, aber jetzt registrierte sein konspirativer Geist lediglich, dass dies ein gutes Bindeglied in einer effektiven Hotel-Raub-Maschinerie sein könnte. Der Mann mit dem Fernglas würde bemerken, wie die reich aussehende Frau ihre Juwelen deklariert, und wenn sie vom Zoll befreit wäre, würde er herunter schlüpfen, ihr nach New York folgen, sich an der Rezeption neben sie stellen, hören, wie dem Pagen ihre Zimmernummer zugerufen wird, und der Rest wäre Sache der Handwerker. Bond zuckte mit den Schultern. Wenigstens schien der Mann nicht an ihm interessiert zu sein. Er bekam seinen einzelnen Koffer von dem freundlichen Mann mit dem Abzeichen herübergeschoben. Dann, von der überflüssigerweise auf Hochtouren laufenden Zentralheizung völlig verschwitzt, trug er ihn durch die automatischen Glastüren hinaus in die herrlich frische Herbstluft. Wie ihm mitgeteilt worden war, wartete der Carey[4] Cadillac bereits auf ihn. James Bond vertraute immer auf diese Firma. Sie hatten schöne Wagen und hervorragende Fahrer mit rigider Disziplin und absoluter Diskretion, und sie rochen

4 Amerikanische Leihwagenfirma.

nicht nach abgestandenem Zigarrenrauch. Bond überlegte sogar, ob Commander Careys Organisation, angenommen sie hätte in David Barlow James Bond erkannt, gegen ihre Richtlinien verstoßen und die CIA informiert hatte. Nun, ohne Zweifel standen die Vereinigten Staaten an erster Stelle, aber wusste Commander Carey überhaupt, wer James Bond war? Die Einwanderungsbehörde wusste es mit Sicherheit. In der großen schwarzen Bibel mit den dick bedruckten gelben Seiten, die der Beamte konsultiert hatte, als er Bonds Pass nahm, standen, so wusste er, drei Bonds, und einer davon war ›James, Brite, Pass 391354. *Inform Chief Officer.*‹ Wie eng arbeitete Carey mit diesen Leuten zusammen? Vielleicht nur, wenn es um Polizeiliches ging. Wie auch immer, James Bond war sich sicher, dass er vierundzwanzig Stunden in New York verbringen, den Kontakt herstellen und abhauen könnte, ohne den Herren Hoover oder McCone peinliche Erklärungen abgeben zu müssen. Denn es war ein peinlicher, unschöner Auftrag, dessentwegen Bond von M. anonym nach New York geschickt worden war. Es ging darum, ein nettes Mädchen, das einst für den Secret Service gearbeitet hatte, eine Engländerin, die ihren Unterhalt mittlerweile in New York verdiente, zu warnen, dass sie mit einem der UN angehörigen Sowjet-Agenten vom KGB in wilder Ehe lebte, und dass M. wusste, dass FBI und CIA kurz davor waren, ihre Identität herauszufinden. Das Ganze würde natürlich bedeuten, das Ansehen zweier befreundeter Geheimdienste in den Dreck zu ziehen, und es wäre im höchsten Grade unangenehm, wenn Bond enttarnt würde. Aber das Mädchen war ein erstklassiger Offizier gewesen, und wenn er könnte, würde sich M. persönlich darum kümmern. Folglich war

Bond instruiert worden, Kontakt aufzunehmen, und so hatte er für diesen Nachmittag um drei Uhr ein Treffen draußen vor dem Reptilienhaus des Central Park Zoos (das schien ihm passend) arrangiert.

Bond drückte den Knopf um die gläserne Trennscheibe herunterzulassen und beugte sich vor. »Das Astor, bitte.«

»Jawohl, Sir.«

Der große schwarze Wagen schlängelte sich die Kurven entlang und aus der Flughafenenklave heraus auf den Van Wyck Expressway, der im Moment auf majestätische Weise niedergerissen und für die Weltausstellung 1964-1965 wieder aufgebaut wird.

Bond lehnte sich zurück und entzündete eine seiner Morland Specials. Zur Mittagszeit würde es eine Kingsize Chesterfield sein. Das Astor. Es war so gut wie jedes andere und Bond mochte den Times-Square-Dschungel – die hässlichen Souvenir-Läden, die gerissenen Tuchhändler, die riesigen Fressbuden, die hypnotischen Neonschilder, deren eines in haushohen Lettern BOND sagte. Das hier waren die Eingeweide von New York, die lebenden Innereien. Seine anderen Lieblingsviertel waren verschwunden – Washington Square, die Battery, Harlem, wo man mittlerweile einen Reisepass und zwei Polizeibeamte benötigte. Der Savoy Ballroom! Welch ein Spaß war das früher gewesen! Es gab immer noch den Central Park, der jetzt wohl am schönsten war – über und über leuchtend. Und auch die Hotels waren verschwunden – das Ritz Carlton, das St. Regis, das mit Michael Arlen gestorben war. Das Carlyle war vielleicht der einsame Überlebende. All die anderen waren gleich – die seufzenden Fahrstühle, die Räume voll von der Luft des letzten Monats und einer vagen Erinnerung an alte Zigarren, das leere ›Gern geschehen‹, der dünne Kaffee, das beinahe blau-weiß zerkochte Ei zum Frühstück (Bond hatte einst ein kleines Apartment in New York. Er hatte überall versucht, braune Eier zu bekommen, bis ihm endlich irgendein Lebensmittelhändler erklärte: »Wir bestell'n die nicht, Mister. Die Leute glauben, die sind dreckig.«), der feuchte Toast (diese Ladung muss auf dem Weg in die Kolonien wohl untergegangen sein). Oh weh! Ja, das Astor war so gut wie jedes andere auch.

Bond schaute auf seine Armbanduhr. Er würde gegen halb zwölf dort sein, dann ein kurzer Einkaufsbummel, aber ein sehr kurzer, da es heutzutage nicht viel zu kaufen gibt in den Läden, was sie nicht aus Europa bezogen – abgesehen von den besten Gartenmöbeln der Welt, und Bond hatte keinen Garten. Zuerst die Drogerie, wegen eines halben Dutzend unvergleichlicher Zahnbürsten von Owens. Hoffritz auf der Madison Avenue, wegen eines dieser schweren, bezahnten Gilette-artigen Rasierer, die so viel besser waren als ein echter Gilette, zu Triplers, wegen einiger französischer Golfsocken von Izod, zu Scribners, weil es die letzte wirklich gute Buchhandlung in New York war und weil es dort diesen Verkäufer gab, der ein gutes Gespür für Thriller hatte und schließlich zu Abercrombies, um einen Blick auf das neueste Zubehör zu werfen und, rein zufällig, ein Date mit Solange (passenderweise in der Abteilung für Hallenspiele) zu vereinbaren.

Der Cadillac bahnte sich seinen Weg, einem Spießroutenlauf gleich, vorbei an Gebrauchtwagenhalden, wo verchromter Schwindel anzüglich grinste und zwinkerte. Was passierte nur mit diesen übersprühten Karren, wenn ihr Innenleben durch das Wetter endlich vermodert war? Wohin gingen sie schließlich zum Sterben? Wäre es nicht sinnvoll, sie ins Meer zu schmeißen, um die Küstenerosion einzudämmen? Schreib einen Brief an die *Herald Tribune*.

Dann war da noch die Frage nach dem Lunch. Dinner mit Solange war kein Problem – das Lutèce der 60er, eines der großartigsten Restaurants der Welt. Aber zum Lunch ganz allein? Damals wäre es sicher das 21 gewesen, aber die Spesen-Aristokratie hatte sogar dieses Bollwerk eingenommen und dabei die Preise in die Höhe getrieben und, weil sie Gutes von Schlechtem nicht zu unterscheiden wusste, die Qualität des Essens herabgemindert. Um der alten Zeiten Willen würde er trotzdem hingehen und ein paar trockene Martinis – Beefeaters mit hausgemachtem Wermut, geschüttelt mit einem Hauch Zitronenschale – an der Bar trinken. Und was war mit der besten Mahlzeit von New York – Oyster Stew[5] mit Sahne, Kräckern und Miller High Life an der Austern-Bar im Grand Central? Nein, er wollte nicht an der Bar sitzen – lieber etwas Geräumiges, Komfortables, wo er in Ruhe Zeitung lesen konnte. Ja. Das war es! Der Edwardian Room im Plaza, ein Ecktisch. Dort kannten sie ihn zwar nicht, aber er wusste, er bekam dort zu essen, was er wollte – nicht wie im Chambord oder im Pavillon, mit irritierender Weinkarte und ebensolcher Kochkunst, die mit einem Miasma von hundert verschiedenen Frauendüften deinen Gaumen verwirrt. Er würde einen weiteren trockenen Martini am Tisch nehmen, dann den geräucherten Lachs und dieses besondere Rührei, welches zuzubereiten er ihnen einst (Felix Leiter kannte den Oberkellner) gezeigt hatte:

---

5 Traditioneller Austern-Eintopf in Neu England.

Rührei ›James Bond‹
Für vier Individualisten:

12 frische Eier
Salz und Pfeffer
ca. 150g frische Butter

Die Eier in eine Schüssel schlagen. Mit einer Gabel verquirlen und kräftig würzen. In einer kupfernen (oder gusseisernen) Pfanne ca. 100g Butter schmelzen. Wenn geschmolzen, die Eier hinzugeben und bei schwacher Hitze garen, währenddessen mit einem Schneebesen schaumig schlagen. Bevor die Eier vollständig gar sind, die Pfanne vom Herd nehmen, die restliche Butter hinzufügen und eine halbe Minute weiter schlagen. Fein gehackten Schnittlauch oder Kräuter darüber streuen. Mit Buttertoast auf vier einzelnen Kupfertellern (nur für das Erscheinungsbild) servieren, dazu Champagne rosé (Taittinger) und entspannte Musik.

Ja, das hörte sich sehr gut an. Er würde es auf den geräucherten Lachs ankommen lassen. Im Edwardian Room gab es immer den schottischen, nicht dieses dick geschnittene, trockene und geschmacklose kanadische Zeug. Aber bei amerikanischem Essen konnte man nie sicher sein. Solange sie ihre Steaks und Meeresfrüchte hinbekamen, konnte ihnen der Rest gestohlen bleiben. Und alles lag so lang tief gefroren, vermutlich in irgendeinem gemeinschaftlichen Leichenschauhaus für Nahrungsmittel, herum, bis der Geschmack aus jeglichem amerikanischen Essen, außer dem italienischen, verschwunden war.

Alles schmeckte gleich – eine Art neutraler Geschmack. Wann war ein frisches Huhn – kein Brathähnchen –, ein frisches Ei, ein Fisch, noch am selben Tag gefangen, in einem New Yorker Restaurant das letzte Mal serviert worden? Gab es überhaupt einen Markt in New York, wie Les Halles in Paris und Smithfields in London, wo man tatsächlich frische Nahrungsmittel sehen und kaufen konnte? Bond hatte nie davon gehört. Die Leute sagten, das sei unhygienisch. Waren die Amerikaner ganz allgemein zu hygienisch – sich ihres Ungeziefers zu bewusst? Jedes Mal nachdem Bond Solange geliebt hatte, wenn sie sich eigentlich in den Armen des anderen entspannen sollten, zog sie sich für eine lange Viertelstunde ins Badzimmer zurück. Danach konnte er sie für längere Zeit nicht küssen, weil sie mit antiseptischem Mundwasser gegurgelt hatte. Und all die Pillen, die sie bei einer Erkältung nahm! Genug, um eine doppelte Lungenentzündung zu bekämpfen. Aber James Bond lachte bei dem Gedanken an sie und fragte sich, was sie an diesem Abend – neben Lutèce und Liebe – noch machen würden. New York hatte schließlich alles. Er hatte, gleichwohl er dieser Spur niemals gefolgt war, davon gehört, dass man sich unanständige Filme mit Ton und in Farbe ansehen konnte, wonach das eigene Sexleben nicht mehr dasselbe sei. Das mit Solange zu teilen wäre ein Erlebnis! Und diese Bar, immer noch unentdeckt, von der ihm Felix Leiter erzählt hatte, sie sei der Treffpunkt für Sadisten und Masochisten beiderlei Geschlechts. Die Uniform: schwarze Lederjacke und Lederhandschuhe. Als Sadist trägt man die Handschuhe unter dem linken Schulterriemen, als Masochist unter dem rechten. Wie in den Transvestitenläden in Paris oder Berlin. Letztendlich würden sie wohl doch eher ins Embers gehen oder Solanges

Lieblings-Jazz hören und dann ab nach Hause zu mehr Liebe und Mundwasser.

James Bond lächelte versonnen. Sie rauschten über die Triborough, diese äußerst schöne Brücke, hinein in den dichten Festungswall von Manhattan. Ihm gefiel es, sich seine Freuden auszumalen, seine zwischen der Arbeitszeit ergaunerten Vergnügungen. Er genoss die Tagträumerei bis ins kleinste Detail. Er hatte seine Pläne gemacht und jede Aussicht darauf erfreute ihn. Natürlich könnte etwas dazwischen kommen, vielleicht würde er Änderungen vornehmen müssen. Aber das wäre egal. New York hat alles.

New York hat *nicht* alles. Die Folgen der abwesenden Annehmlichkeiten waren sehr bedauerlich für James Bond. Nach dem Rührei im Edwardian Room ging alles hoffnungslos schief, und anstelle des erträumten Verlaufs musste er einige dringende und unangenehme Telefonate mit dem Hauptquartier in London erledigen und, auch dies nur durch größtes Glück, ein chaotisches Treffen abhalten um Mitternacht neben der Rollschuhbahn am Rockefeller Center mit Tränen und Selbstmorddrohungen eines englischen Mädchens. Und schuld an allem war New York! Man kann diesen Mangel kaum gutheißen, aber der Zoo des Central Park hat kein Reptilienhaus.

Originaltitel: *007 in New York*

Aus dem Englischen von Bastian Schneider

Valerie Fritsch

wurde 1989 in Graz geboren. Sie absolvierte nach ihrer Reifeprüfung 2007 ein Studium an der Akademie für angewandte Photographie und arbeitet seither als Photokünstlerin. Sie studiert Germanistik an der Karl-Franzens-Universität Graz und ist Mitglied der Grazer *plattform*. 2011 erschien ihr erster Roman *Die VerkörperungEN*. Für den vorliegenden Band *Die Großstädter* schrieb die Minna-Kautsky-Literaturpreisträgerin und Weltenbummlerin die zwei nachfolgenden Erzählungen.

Valerie Fritsch

Havanna: you are my interior

Havanna. Hier: im Herzen der Revolution und der Revolution der Herzen liegen Parfum und Reggaeton dicht nebeneinander über den großen, dreckigen Schöpfungen der Städte. Es gibt die abgeschabten Farben an den Fassaden und ein raues Hahnenschreien zwischen den Streben der schiefen Balkone, und jeder einzelne Bezirk ist verhängt mit Quadratkilometern trocknender Wäsche. Die Leintücher wallen über die Gassen und die Laken fallen aus den Fenstern. Die Pullover reichen einander die Hände über die Wäscheleinen hinweg wie friedliche Menschen und die Höschen aus Spitze und Löchern steigen in den Himmel: als wären sie Drachen. Zwischen den Strümpfen äugen die Alten hervor auf die Straßen und die kleinen Kinder verschwinden in der Größe der triefenden Stoffe. Man schwindelt steil hinab in die Abgründe der Häuser. Die Papageien schweigen zum Hahnengebrüll. Auf den Dächern schneiden die Nachbarn einander das Haar zu Frisuren und zu Perücken und warten bis die heruntergefallenen Strähnen davon wehen im ewigen Wind und die Ritzen der zerbrechenden Häuser füllen. Die Stadt duftet und schwitzt aus ihren Ruinen. Es gibt den Geruch von frischem Brot: weich und weiß wie Kinderbacken und es gibt den Geruch von alten Zeiten: dünn und heiß wie die Knochen der Hinterhöfe. Man begegnet Gerüchen und weiß nicht, ob sie mit seinen Visionen oder mit seinen Erinnerungen kollidieren. Man begegnet an jedem Ort den gleichen uralten Dingen.

Der Reiz des Sehens lässt die Augen wachsen und man schaut, bis die Bilder in den Augenwinkeln verschwinden und in der Wirklichkeit wieder auftauchen, als wären es die eigenen. Man hat Anspruch auf alles Fremde. Man sammelt die Bilder, die die Leute verloren haben auf den Straßen und baut sie ein in die Welt, die man für die seine hält. Man schneidert sich aus den Versatzstücken und Fußabdrücken der Gassen ein Leben, das man Tag für Tag beobachten kann. In den Schaukelstühlen der kühlen Zimmer sitzen die Menschen die Revolution aus und vergleichen den Wind der Ventilatoren mit dem Wind vor den aufgerissenen Türen.

Havanna: wild, schmutzig, abgefuckt, voll von dreckiger Musik, unsauber gespielten Boleros und den weißen Zähnen des karibischen Lachens. Der Himmel ist eine fröhliche Hungersmelodie über dem Rost der schmiedeeisernen Verandatische und den Säulen der Zuckerministerien in den Regierungsvierteln. Die kreischenden Geigenbögen fiedeln um ihr Leben und kämpfen Tag und Nacht gegen die Radios der Bars, bis sie verloren haben. Am Meer marschieren die barbrüstigen Männer mit Kapitänsmützen und Schaumkronen die Autobahnen der Uferstraßen entlang und pfeifen Liebeslieder durch ihre Zahnlücken hindurch. In den Schrunden der Fahrbahnen sitzen klappernde Krebse. Das Wasser zerbirst an den Kaimauern und die Möwen singen heiser über den Wellen. Nie ist es still. Immer erinnert sich die Stadt an sich selbst. Die Töne sind Sinusschwingungen, die niemals ausdünnen.

Die Zeit ist stehengeblieben und träge geworden. Man sieht heimlich auf die Armbanduhren anderer, weil man seine längst verloren hat. Die Stadt ist ein Museum und es scheint, als hätte man statt Häuser gleich Ruinen gebaut zwischen die kolonialen Prachtbauten. Die Cadillacs schwimmen Schlachtschiffen gleich durch die Straßen in schwärmerischen Bonbonfarben. In den zuckerlrosa und mintgrünen Wagen tragen die geräumigen Rücksitze der Fünfziger das Muster uralter Zigarettenbrandlöcher. Die Verwandlungen magern ab, das Werden ist ein so schleichender Prozess, dass man ihn leicht vergisst, und in den guten Nächten schwört man einander unschwörbare Schwüre, weil man verleugnet, dass man es besser weiß. Man schlägt das Hirn zu wie ein Buch, abends, wenn es dunkel wird.

Auf der Straße spielen die Kinder mit Glasmurmeln und Schachfiguren und veranstalten Puppenspiele mit den streng blickenden Schachkönigen, die ihre Häupter bis zum Boden neigen. Salsa und Merengue jubilieren hinter den Vorhängen hervor und pochen in den Gemäuern. Die schmalen Frauen mit den wunden Brüsten betteln um Milchpulver in der Dämmerung, weil die Kinder weinen und nicht aufhören damit. Die Auslagen der Geschäfte gähnen und die Regalreihen lachen leer und zahnlos in die Dunkelheit. Die Bettler fressen hinter den geheimen Ecken den Hunden ihre Knochen weg. Auf den Propagandaplakaten lernt man, dass der Kommunismus der einzige Ausweg ist aus der Wirtschaftskrise. In den Labyrinthen aus Wäsche und Vogelkäfigen, aus verstimmten Klavieren und ratternden Ventilatoren riecht es nach Wimperntusche und alten Lippenstiften, wenn es

Nacht wird. Die Mädchen sind vornübergebeugt und eingeknickt über den Terrassengeländern und wünschen sich wundervolle Dinge von den Wimpern, die sie von den Balkonen fallen lassen. Die Nacht ist ein tropischer Karneval voll von Frauenkörpern und billigen Sahnetorten aus Eischaum, die in den Hauseingängen feilgeboten werden. Im Licht der Petroleumlampen schmatzen die Großmütter an den aufgetürmten Zuckerglasuren und die Männer pfeifen den Frauen nach wie Katzen. Das Parfum blüht auf den Körpern auf wie Blumen. Einer Frau nachzupfeifen ist keine Frage der Attraktivität, aber abwechselnd eine der Höflichkeit und eine der Männlichkeit.

Havanna: es gibt Zuckerbarone und Zuckerpaläste und man raucht Zigarren ohne Unterlass mit honiggetunkten Spitzen und bläst den Rauch um die Ecken. Die Großmütter herrschen in ihren kalten Zimmern über die heißen Tage. Die Gesichter der Alten verhöhnen die kühle Schwermütigkeit des Ostens und ersetzen sie mit einer rauschenden, wenn sie aus den vergitterten Fenstern blinzeln. In den Taubenschlägen nicken die mageren Vögel. Auf den Dächern schlafen die Hunde im Sonnenschein und es ist, als gehöre zu jeder Großmutter ein Schaukelstuhl und zu jedem Schaukelstuhl eine Großmutter und Abermillionen Lockenwickler. Auf den Dächern stehen die Großväter und lehren die Enkel, wie man die Brieftauben loslässt mit ausgebreiteten Armen, als verschenke man sie an die Welt.

Man begegnet an jedem Ort den gleichen uralten Dingen. Man atmet ein und aus in der tobenden Stadt und trinkt

Rum und Mojitos, bis die Zunge zu schwer wird zum Reden. Dann schreibt man Briefe als ästhetische Reflexion und knabbert an Zuckerstangen und erloschenen Zigarren. Auf den Straßen preschen die kubanischen Cowboys über das Kopfsteinpflaster und die Familien reichen einander lächelnd zum Essen das aus dem Flugzeug gestohlene Besteck mit dem Air France Logo. Man hat Zeit, weil man in der musealen Vergangenheit so spärlich an die Gegenwart glaubt. Man renoviert sein reines Gewissen inmitten der Ruinen und restauriert seine Gedanken. Man löscht die Altersmakel und Flüchtigkeitsfehler von den Prinzipien und weidet die Möglichkeiten aus. Man verzärtelt die Bilder der Stadt und wenn die Sonne untergeht: hat man keine Angst.

Moskau: fucking

Hier: es sind die Nächte, in denen man so viele kleine Tode sterben kann, wenn man sich nur darum bemüht. Reisen ist auch bloß eine Gewohnheit geworden, wie man mit Orten und Grenzen umgeht und ich komme und ich gehe und ich bleibe nie. Reisen ist auch bloß eine Gewohnheit geworden und irgendwann der schmerzhafte Punkt: von dem an du nie mehr als ein paar Stunden zuhause sein wirst. Ohne Abreisedatum kann ich nicht leben und zwischen dem Hier und Dort findet man kultivierte Verletzlichkeit und die Erschöpfung der Welt beim Warten.

Häuserschichten: abweisend, die Straßen rastlose Schluchten zwischen den Häusern: maßlos, extrem und laut, auch wenn es drei Uhr morgens ist. Die Uhren hören nicht auf und lassen der Zeit keine Ruhe und zählen im Untergrund die Sekunden herunter. Die Metrostationen sind die Paläste des Volkes, sagt man, und Kyrillisch schlägt Haken im Kopf. In der Metro gibt es Gerüche: aufreibend und käsig, Schweiß und Vodka, der aus den Poren verdunstet, und der Urin rinnt durch den Wagon und der Wagon: holzvertäfelt und wie ein langes Wohnzimmer, das durch dunkle Höhlen fährt. Die geheime Metro ist geheim und jährlich sterben jene, die sie suchen und verhungern in den Schächten und Gedärmen der Stadt. Die geheime Metro ist eine urbane Legende, die den Kreml und die Geheimdienste, die unterirdischen

Bunker verbindet und manche denken: Es ist bloß die Privat-U-Bahn Putins. An den Ausgängen stehen Obststände und das Gemüse ist Popart und hinter die Auslagen geschüttet. An den Straßenrändern werden kleine Tierjungen in Handtücher gewickelt und zum Kauf angeboten. Die Mädchen haben vodkaklare Haut und glänzende Augen. Die Lippen sind granatapfelrot und auf den heruntergefallenen Kernen der Früchte rutschen die Betrunkenen aus in der Abenddämmerung und in den dunklen Stunden. Das Licht wütet im Haar, wenn es Morgen wird und man aufwachen muss oder verschlafen darf.

Ich habe einen kleinen Koffer gepackt in der Nacht und ich habe Dich verlassen in meiner eigenen Wohnung und bin über Deinen Schlaf und Deine zuckenden Augenlider gestiegen, die Hähne haben mit dem Wecker gekräht und ich weiß nicht, was ich je an Dir geliebt habe. Ich reise viel. Ich werde Dir keine Postkarte schreiben. Es ist gewesen wie immer: Du hast die Nächte wild verschlafen und wunderst Dich, dass ich Dich nicht liebe. Die anderen sind wach geblieben, um jede einzelne Sekunde mit mir zu genießen und Du hast neben mir geschlafen und bist nie mehr aufgewacht. Die Herzschläge sind Fehlschläge geworden. Ich gehe in die große Welt und Du: wolltest nie Teil meiner kleinen sein.

Die Zeiten, in denen sich das Herz ausgebeult hat vor Sehnsucht sind vorbei und ich habe keinen Muskelkater mehr im Herz vom vielen Sehnen. Irgendwann: man spreizt die Beine so weit, dass die Welt dazwischen passt. Manchmal muss man die Beine breit machen, um die Weltkugel in sich aufzunehmen und der Globus dreht sich durch deine Innereien bis in deine Gedanken, und dann: ist man nie mehr alleine, oder immer heimatlos.

Moskau. Die Welt erfindet sich eine Stadt und alle machen mit. Hier: ein Märchen der Gefühlskälte und der Ekstase und Nächte, die niemals dunkel werden im Sommer, aber als grauer Beton in den Himmel gemauert sind. Hier: ist es Musealisierung. Die Gesichter und Geschichten sind gefroren zum Ausdruck der Sowjetgeschichte und der postkommunistischen Gesellschaft zwischen Teeclubs und russischen Wäldern. Die Wälder: dunkel und grün und so dicht, als hätte man tausende Kriege darin gefochten. Und die Birkenhaine: weißstämmig und raschelnd und die Blätter wie helle Minze. Der Stacheldraht ist das Himmelsmuster der Vorstadt und die Säufer wiegen gegen den Takt. Aus den Hauseingängen und den Nischen rinnt der Urin auf die Straßen, wenn die Frauen ihre Röcke heben. Ich schaue und schaue und höre erst auf, wenn ich zu viel gesehen habe.

Auf den Märkten passiert alles gleichzeitig. Es ist ein Knäuel aus Auswürfen und Verkäufern, und die Granatäpfel rollen wie Köpfe zwischen den Fischen. Die falschen Sonnenbrillen und usbekischen Kirschen wandern durch die aufgeregten Hände und die eingelegten Salzgurken machen sie essigsauer und käsig, als hätte man ein lange nicht gewaschenes Geschlecht berührt. Das Kraut lagert in den Fässern. Die Häute der Fische glänzen und die Schuppen lassen Schimmer auf den Kanten, über die man sie gezogen hat. Die dunkelblauen Rosinen aus Tadschikistan rollen wie die Lottozahlenkugeln durch die großen Trichter und die ägyptischen Sultaninen sind hell wie mintgrüne Glassteine oder Glycerin. Die Dillbündel wehen im Wind, aber die Walderdbeeren dampfen in den abgeschnittenen Plastikflaschen. Die Früchte sind getrocknete orange Hügel, aber die Marillen hellrot wie der Kaviar im Herzen Moskaus. Die Walnüsse sind mit Granatapfelsirup übergossen und hängen in langen Schnüren wie der russische Regen über der Stadt. Das Gold und Silber der Räucherfische glänzt an den glanzvollen Tagen und die Hagebutten und der dunkelblaue Rosmarin duften abwechselnd in die zitternden Nasen der Menschen. Das Getränk aus vergorenem Brot stinkt zum Himmel und der Himmel ist makellos in den Vororten, wo alles kaputt ist.

Vor den Busbahnhöfen tanzen kleine Mädchen in Prinzessinnenkleidern um die Blumenstände und setzen einander die abgefallenen Blüten wie große gelbe Trompeten umgestülpt auf die Köpfe. Die Lilien sind dicht und undurchdringlich, wenn die Trägerkleidchen verrutschen und die Siebenjährigen nuttig die Lippen schürzen.

Russland. Ich habe nicht einen einzigen Grund hierher zu kommen, aber einen Urgroßvater, der Kriegsgefangener gewesen ist in Novosibirsk. Obwohl man im Krieg die Tage nicht mehr gezählt hat, erinnert sich meine Großmutter an das Datum, an dem ihr Vater für zehn Jahre verschwunden ist. Es ist seltsam: Man erinnert sich stets an die Momente des Verschwindens und die hauchdünnen Zeitfenster, in denen die Lebensgeschichten abhandenkommen, aber selten an die Anfänge. Krieg ist eine Unart, aber die Vergangenheit kein Motiv für die Gegenwart.

Der Urgroßvater hat keinen Namen, aber er ist Kriegsgefangener gewesen in Russland und hat in den russischen Pathologien die Leichen auseinandergeschnitten und die Menschen ausgenommen in der Kälte. Die Herzen der Toten sind auf den silbernen Waagen und Präparationstischen festgefroren, wenn man zu langsam gewesen ist und die Finger sind blau geworden und nachtschwarz. An einem Dienstagmorgen haben sie ihn mitgenommen, als alles schon verloren gewesen ist und die Morgen waren kalt in den steifen Soldatenmänteln, die übers Knie gewachsen sind. Den Schnaps hat man über die Frostbeulen geschüttet und die Frostbeulen: juckend und schmerzhaft geschwollen wie Eisberge unter der Haut und hellrot wie Kaminfeuer, wenn man gut geträumt hat.

Ich verzeihe mir hier nichts und jedem anderen alles. Ich bin zum Leben gekommen und zum Ficken mit der Welt, wenn ich mit meinem Körper und meinen Gedanken nichts anderes anzufangen weiß. Es gibt Nächte, da kann man mit seinem Körper nichts anderes anfangen als miteinander zu schlafen. Hier: muss man die Formen nicht einhalten. Ich rauche Shisha mit Milch und Honig und trinke marokkanischen Minztee und die Blätter kleben an der Zunge, wenn man nicht aufpasst. Ohne Russisch ist man verloren und die Sprache zieht sich in die Gedanken zurück und juckt in den Hirnfalten und die wenigen Vokabeln, die man lernt, klumpen auf der Zunge und bröseln die Straßen herunter. Die eigene Sprache ist unzivilisiert: sie krallt sich an den Charakter und saugt sich mit Tentakeln und gierigen Mündern fest an Hirn und Herz, sie kann nicht heraus. Sprache ist schlussendlich eigentlich eine Charakterfrage. Russisch klingt immer bedrohlich: egal, was die Menschen sagen.

Moskau ist extrem und unvergleichlich, es ist ein Kulturschock, bei dem der Schock überwiegt, und der Vodka muss nicht gut sein, aber wirken. Der Vodka ölt die Zähne und löst die Vorbehalte auf, bis sie sich bewahrheiten. Die Zunge ist eingelegt in Schnaps und bevor man auf den Gastgeber trinkt, trinkt man auf die Frauen und ihre hauchdünn geatmeten Kurven und gläsernen Hüftknochen, die den kleinen Männern die Augen ausstechen, wenn sie nebeneinander stehen.

Moskau: Alles ist falsch und die Plätze Inventar des Scheins, und manches Mal wird es kalt. Es ist ein Ort, an dem die Sinnlosigkeiten sinnlos bleiben und die Zukunft keine verwobenen Vorzeichen, aber Zufälle, denen man nicht entkommen kann und manches Mal: eine richtige Entscheidung. Hier: kommt man nie an und will nur leben. Hier: die Röcke sind so kurz wie die Highheels der Frauen hoch sind, und was man in Europa als T-Shirt trägt, ist hier ein langes Kleid. Die Männer nehmen sich was sie wollen und die Frauen sind dumm und manches Mal macht beides attraktiv, und ich habe Lust mir eine Warze auf die Nase zu kleben, um nicht schön zu sein. Russische Schlampen sind hier ein Hobby, das man haben muss in den größenwahnsinnigen Clubs und die Körper der Tänzerinnen sind goldene Fische mit Blattgold belegt, das auf den Nippeln und Knochen schaukelt im Luftzug der sich drehenden Bühnen zwischen den Tanzflächen. Hier gedeiht Geld und jeder glaubt daran, aber bei Rendezvous geht man spazieren, weil man keinen Kaffee bezahlen möchte. In den Gassen dröhnt die Leere und die Häuser sind groß.

Man kratzt sich die Haut vom Gesicht in den kleinen Hotels und duscht kalt bei Kerzenschein. Das Wasser kommt aus den Rohren und ist so übel, dass es Schuppen von den Körpern schält, wenn man länger bleibt als nötig. Im Schlafsaal schlafen muskulöse Holländer und ein bengalischer Dichter und ein Paar hält sich an den Händen nachts über den stählernen Stockbetten und die Arme sind Hängebrücken im Dunkel. Ich lese *Meister und Margarita* und wenn ich warmes Wasser brauche, dusche ich in den russischen Sommergewittern und ich denke: Man sollte nur in Wolkenbrüchen duschen. Ich übertreibe ohne Unterlass. Ich will kaum je wieder zurückkommen irgendwohin, wo man nicht lebt.

Die Nächte: das sind Amor und Psyche im Scheinwerferlicht und das Rauschen der Geldbündel, und die Echos der Möglichkeiten kreischen zwischen den geknebelten Strukturen: hysterisch und grell. Die Häuser wachsen in der Nacht und die Autos werden teurer oder gefährlicher, und in den schmalen Straßen parken große Wagen vor winzig kleinen Wohnungen mit Spiegeln, in denen man kein einziges Gesicht finden kann, weil sie nirgendwo verloren gegangen sind. Die Stadt ist eine melodische Hyperballade, eine saugende Hektik, eine hurende Lichtfabrik, in der man alles kaufen kann und manches Mal Augenblicke unbezahlbar sind. Hier strecken sich die Kühlerfiguren in den Himmel und in Arabien müssen sie knien. Die Kaukasier sind Menschen dritter Klasse, hört man in der Metro. Die Schwulenparade ist erst zu Ende, wenn genug Demonstranten niedergeschlagen worden sind. In den Kirchen stehen Elektroherde und es gibt Lilienbeete und Backsteine in den Klostergärten, und die Mönche lachen mit koksweißen Zähnen hinter den verdunkelten Scheiben eines silbernen Mercedes. Auf der Straße hält jedes Auto und spielt illegal Taxi und die Fahrer zischen mit zusammengepressten Zähnen niedrige Preise durchs Fenster oder brausen schimpfend davon. Die Stadt ist heillos mürrisch und bedrängend und militärisch, und man hält sich zurück, wenn man es für klug hält. Der Marmor des Untergrunds glänzt und die Rolltreppen sind fahrende Stiegen und so lang, dass einem manches Mal schwindlig wird, weil man das Ende nicht sehen kann. In den Metrostationen wölben sich die grimmigen Bauernfiguren aus den Wänden und in der Stadt schneien die weißen Samen der Bäume in die Fugen der Straßen. Die Samen sind Watte, überall, und sie verblassen auf den Plätzen und stieben unter den Autos auf, wenn man vorüber eilt, sie verstopfen die Ohren, wenn man nicht hören will, sie fallen wie Schnee durch die Luft und durch die Atemwege.

Die Träume in den Nächten haben tiefe Schlunde und sind Revolution und Science Fiction gleichermaßen und manchmal ist man müde vom Schlafen am Morgen. Die Betten: magische Orte, sie dämpfen die Spuren der Kämpfe und der Lust, und die Schmerzensschreie ersticken in den Laken mit den Erinnerungen. Heiß und fürchterlich: die Hölle, aber die Morgen sind einzigartig hell und aufgerissen aus der Nacht an den Häuserlinien wie die Gemälde der Impressionisten.

Moskau

In der frühen Stadt spiegeln sich Duchamps Morgensonnen in allen Fenstern und die Bettler seiner Bilder sitzen in den russischen Hausmauerverschlägen: bröckelnd und rau wie Fingerkuppen, die nicht zärtlich sein können. Chagalls Himmel spannen sich abstrus und wühlend später über Moskau, bis die Leinwand zerbricht. Die Farben rebellieren. Die Straßenszenen bleiben Bilder. Die Stadt errötet wie ein kleines Mädchen. Der Horizont: Degas' Rosa, wenn es spät wird und die Vorstadtskyline glitzert auf den Plattenbauten, die keine Treppen, aber Lifte haben, in denen man stecken bleibt und dann so lange eine Zigarette nach der anderen raucht, bis man gerettet wird oder ersticken muss. Auf den stillgelegten Panzern sitzen Spatzen, und Stalin und Lenin argwöhnen von den Plakaten der Museen herunter.

Hier: wird einem alles bewusst, was sich angestaut hat in den Biographien. Das Herz ist unsichtbar geworden mit den Jahren und das Verschwinden hat so weh getan, dass ich manchmal vergessen habe, dass es anders sein muss. Man weiß, dass man sich liebt, wenn man einander nicht mehr traurig machen will und man weiß, dass man sich liebt, wenn man einander immer noch traurig machen möchte, um zu fühlen, wie es ist. Ich kann Systeme, die untergehen, nicht aufgeben. Ein Leben lang habe ich nicht aufhören können, mit all den Männern, mit denen ich je geschlafen hatte, weiter zu schlafen, auch wenn es nicht besonders gut gewesen ist. Ich bin Trägersubstanz. Ich habe einen kleinen Koffer gepackt und bin über Dich hinweggestiegen in ein fremdes Land. Auf den Postkarten nachhause gibt es nur noch Kugelschreiberstrichknäuel und wütendes Wünschen, die sinnlosen Sonntage in den Zarencafés. Dort sind dann die Konditoreivitrinen die Fernseher der Armen und die Torten lackiert mit schwarzer Schokolade oder bestickt mit kandierten Aprikosen und Streuselzucker.

Meine letzte Nacht verbringe ich mit den Exilkolumbianern im fünfzehnten Stockwerk eines russischen Studentenheimes. Nichts ist mehr Moskau als das. Der Irrsinn jubiliert. Hier: man feiert hinweg über die Tatsache, dass es nichts zu feiern gibt und blickt aneinander vorbei, wenn man auf Russland, die Frauen und die Gastgeber trinkt mit leuchtenden Augen. Ich bekämpfe mein liederliches Leben mit hehren Gedanken. Das Studentenheim riecht wie Afrika und die Zahlen im Lift sind den falschen Stockwerken zugeordnet. Man bestreicht die Passbilder für die gefälschten Ausweise sorgfältig mit Haargel, weil man sich keinen Klebstoff leisten kann und ein uraltes Pickerl mit Arnold Schwarzenegger als Terminator hängt neben Hammer und Sichel am Sowjetkühlschrank.

Ich saufe mit dem Neffen von Pablo Escobar über den Lichtern der Stadt, dicke Kolumbianerinnen heben ihre Hüften durch die Nacht und mollige Mädchen aus Weißrussland tanzen mit dem Bauch, die fünf Chinesen in meinem Zimmer kichern im Licht, und die Palästinenser haben die Mathematikprüfung geschafft und würden sich halb tot saufen, wenn sie trinken dürften. Beim Shisharauchen gibt es Milch und Waldbeeren, und die Menschen rauchen wie Drachen aus den Mündern und Nasenlöchern. In den Türen sperren alle Schlüssel und tagsüber weiß man nie, wer als nächstes zu Mittag isst oder schweratmend schläft am

Boden in deinem Zimmer, weil manche der Leute seit Jahren illegal wohnen im Studentenheim.

Moskau bei Nacht: schlotig und grau, die Häuserstockwerke sind schichtweise und irrlichternd aufgetragen von der Peripherie bis ins Zentrum und die brennenden Zigaretten fliegen an den Fenstern vorbei. Im Kühlschrank liegen Elektrogeräte. Die Müllsäcke donnern die Fassade und die Scheiben entlang und das Plastik raschelt so stark, dass es beinahe brennt im freien Fall. Ich feiere mich heraus aus der Stadt und Moskau wird dunkel.

Ich bin es leid an die Liebe zu denken und jeder neue Ort entbindet vom Unglück der alten. Es sind die Landschaften und die Landschaften in den Gesichtern, denen man begegnet. Die Geschichten werden anders mit den Orten, an denen sie passieren, und die Geschichten verändern ihre Schauplätze, wenn sie passiert sind. Man verstößt die Kompromisse und fürchtet das Unzulängliche weniger als sonst. Ich sammle hier Geschichten und Bilder und die Menschen sprechen mir ihre Biographien auf, als wäre ich ein Grammophon am Ende der Welt. Das Reisen ist eine Gewohnheit geworden und das Leben in der Stadt. Ich kenne das Schweigen der Sterbehäuser in Äthiopien und die lachenden Bonbonsüchtigen in Madagascar, das Pariser Rot der Sexshows und die Hafenkneipen Hamburgs, die wütende Armut des Bengalenlandes, vor der sich die Fremden verstecken hinter Stacheldrahtpalästen in den Slums, und nun die ängstlichen Frauen in Russland mit turmhohen Schuhen und verfallenen Träumen.

Hier: sind größenwahnsinnige Ideen ein schönes Hobby, oder ein gutes Leben. Die Gedanken und die Gemüter wachsen und schrumpfen wie es ihnen gefällt, und die Welt zieht mit, wenn sie es vermag. Man baut sich eine Lebensgeschichte zusammen. Es gibt Sommerregen in Moskau, Fassaden und fadenscheinigen Alltag, die Stadt ist eine Dirne, eine Nutte aus Kopfsteinpflaster, und die Wolken zerplatzen an den goldenen Zwiebeltürmen wie die falschen Träume.

Hier: es sind die Nächte, in denen man so viele kleine Tode sterben kann, wenn man sich nur darum bemüht. Die Kompromisse bleiben aus und die Abschiede setzen ein. Ich habe eine Lust bekommen, die schwer zu erfüllen sein wird an allen anderen Orten. Moskau. Die Stadt sitzt nass in den Gedärmen und man will nie wieder sterben.

Orhan Pamuk

wurde 1952 in Istanbul geboren und wuchs in einem kleinen Stadtviertel nördlich des Bosporus auf.

Sein Werk ist gezeichnet von der Vermittlung zwischen Orient und Okzident und reflektiert somit das seit osmanischen Zeiten entstandene Identitätsproblem der türkischen Gesellschaft und die Spannung zum westlichen Kontinent. Er verbindet die mystische Tradition seines Landes mit der modernen europäischen Erzählstruktur. Aus seinem Gesamtwerk könnte man den Roman *Schnee*, der politisch geprägt ist, oder *Das schwarze Buch* und *Herr Cevdet und seine Söhne* nennen, die den normalen Alltag Istanbuls behandeln.

Orhan Pamuk zählt zu den wichtigsten Schriftstellern der Türkei, seine Bücher sind heute in mehr als 30 Sprachen übersetzte Bestseller. Nicht zuletzt auch durch sein politisches Engagement erhielt er 2006 den Literaturnobelpreis.

Orhan Pamuk

Istanbul: Wer lacht, der hört das Beben nicht

Früher wäre ich nie auf den Gedanken gekommen, das Minarett, das genau meinem Schreibtisch gegenüber hoch aufragt, könnte eines Tages auf mich niederstürzen. Es ist eines von zwei Minaretten der Moschee, die Sultan Süleyman der Prächtige zum Gedenken an seinen jung verstorbenen Sohn Cihangir errichten ließ. Seit 1559 steht sie wie ein Denkmal der Kontinuität oben auf der Kuppe eines Hügels, der steil zum Bosporus abfällt. Der Nachbar, dem die Etage über der meinen gehört, kam sofort auf dieses Thema zu sprechen, als er seine Sorgen wegen der Erdbeben mit mir teilen wollte. Teils besorgt, teils belustigt traten wir auf den Balkon hinaus und schätzten den Abstand. Wir standen beide unter dem Eindruck der zwei verheerenden Beben und deren Nachbeben, die während der letzten vier Monate nicht weit von Istanbul das Leben von dreißigtausend Menschen ausgelöscht hatten. Mehr noch – und das konnte ich meinem Nachbarn, einem Bauingenieur, an den Augen ablesen –, wir glaubten beide den Prognosen der Wissenschaftler, das heißt, wir glaubten an die Möglichkeit eines weiteren starken Bebens in nächster Zeit und in nächster Nähe von Istanbul, das die Stadt in Trümmer legen und auf einen Schlag Hunderttausende von Menschen töten würde.

Die grob geschätzte Entfernung vom Minarett genügte uns nicht. Wir wälzten Bücher und Enzyklopädien und fanden heraus, daß die Cihangir-Moschee, die wir für ein »Denkmal der Kontinuität« gehalten hatten, im Laufe von vierhundertfünfzig Jahren zweimal durch Erdbeben und Brände zerstört und wiederaufgebaut worden war – somit entsprachen weder der Kuppelbau dort vor uns noch seine Minarette dem ursprünglichen Gebäude. Eine kurze Nachforschung lehrte uns, daß all die denkwürdigen Moscheen und andere Monumente von Istanbul, wie zum Beispiel die Hagia Sophia, deren Kuppel zwanzig Jahre nach Fertigstellung bei einem Beben einstürzte, mindestens einmal, viele mehrfach, durch Erdbeben zerstört und danach wiederaufgebaut und »verstärkt« worden sind.

Noch schlimmer stand es um die Minarette. Während der schwersten Heimsuchung der letzten fünfhundert Jahre, dem »Kleiner Weltuntergang« genannten Beben von 1509, sowie der folgenden in den Jahren 1766 und 1894 überstieg die Zahl der umgestürzten Minarette die der eingefallenen Kuppeln. Nach den letzten Beben hatten wir beide in den Zeitungen, im Fernsehen und bei unserem Besuch in den zerstörten Gebieten unzählige umgestürzte Minarette gesehen. Viele davon hatten von oben her wie ein Tortenmesser in die umliegenden Gebäude hineingestochen, in das Studentenwohnheim, wo schläfrige Wächter nachts beim Tricktrack saßen, in die Wohnungen, wo Mütter sich aus dem Schlaf erhoben, um ihre Kinder zu stillen, oder in Bolu, wo eine Familie im Fernsehen die Abendnachrichten und die Diskussionen um eventuelle neue Erdstöße verfolgt hatte.

Die meisten der nach dem Beben vom letzten Jahr noch stehenden Minarette waren beschädigt. Wenn eine Reparatur unmöglich war, wurden sie mit Ketten und Kränen niedergerissen. Da wir, mein Nachbar und ich, derartige Szenen, die das Fernsehen in Zeitlupe wiedergab, häufig verfolgten, wußten wir, wie und in welchem Winkel ein Minarett umfiel. Die Stoßwellen des zu erwartenden Bebens würden aus der Richtung Bosporus beziehungsweise Marmarameer kommen. So versuchten wir, den Fallwinkel unseres Minaretts zu errechnen. Nach den Erdstößen vom August 1999 hatte sich der Abschnitt oberhalb des Umgangs leicht geneigt, und ein Stein unterhalb der Minarettspitze, bereits durch einen Blitzschlag gespalten, war abgebrochen und in den Hof gefallen.

Trotz all dieser psychopathogenen Signale stellten wir nach einer vergleichenden Messung mit einem Faden fest, daß uns das Minarett in den oberen Stockwerken nicht erreichen konnte, auch wenn es genau im rechten Winkel fallen sollte. Unser Gebäude mit Blick auf den Bosporus war wesentlich höher als das Minarett. »Es kann nicht auf uns herabstürzen«, sagte mein Nachbar. »Höchstwahrscheinlich stürzen wir auf das Minarett!«

Während ich in den folgenden Tagen untersuchte, ob wir tatsächlich umstürzen und auf das Minarett fallen könnten oder nicht, das heißt, während ich herauszufinden versuchte, ob für die beiden Gebäude, in denen sich meine Arbeitsräume und mein Zuhause befanden, Einsturzgefahr bestand, kamen wir nicht zusammen, der Nachbar und ich. Keineswegs, weil mir der bittere Humor nicht zugesagt hätte, den ich auch bei vielen anderen als Folge der Todesangst während der Erdstöße beobachten konnte, sondern weil wir beide so wie alle anderen spürten, daß das Erforschen der möglichen Formen des eigenen Todes etwas sehr Individuelles ist. Der Nachbar hatte aus unserem sechsstöckigen Gebäude ein kleines Stück Beton herausgebrochen und es, wie es viele andere taten, zur Untersuchung des Festigkeitsgrades an die Technische Universität Istanbul geschickt. Nun wartete er mit einigen Tausend Gleichgesinnten auf das Testergebnis. Ich wußte, daß ihm diese Wartezeit innerlich Ruhe gab, hatte er doch alles getan, was er konnte.

Was mich betraf, so meinte ich, meinen inneren Frieden nur durch vermehrtes Wissen finden zu können. Meine Beobachtungen in den Erdbebengebieten hatten mich gelehrt, daß es hauptsächlich zwei Gründe für die Zerstörung der Gebäude gab: unsolide Bauweisen und weicher, nachgiebiger Untergrund. Also versuchte ich die Festigkeit des Untergrundes und der darauf stehenden Gebäude, in denen sich mein Leben abspielte, in Erfahrung zu bringen, befragte Architekten und Bauingenieure, inspizierte Karten, ließ mich von Fachleuten beraten und sprach mit vielen Menschen, die gleich mir die Angst und die Sorge zu kosten bekommen hatten.

Die beiden letzten Beben, die mit ihren Erdstößen alle Istanbuler aufgeweckt und in rund hundertfünfzig Kilometer Entfernung dreißigtausend Menschen das Leben gekostet haben, sind der sichtbare Beweis dafür, daß der Bausektor in der Türkei überwiegend unzulängliche Gebäude produziert, die weder erdbebenfest sind noch auf solidem Untergrund errichtet werden. Und was der Alptraum des Erdbebens den zwanzig Millionen in der Region Istanbul Ansässigen einbrachte, war ein zu Recht weitverbreitetes, tiefes Mißtrauen gegenüber den Wissenschaftlern im Hinblick auf ihre Einschätzung der Stärke zukünftiger Beben, von deren Kommen sie uns überzeugt hatten, wie auch gegenüber der

Festigkeit der Bauten. Selbst dort, wo Wohnhäuser den Regeln und Vorschriften entsprechend errichtet worden sind, was selten genug der Fall ist, erweist sich die Situation als keineswegs beruhigend, da diese Regeln und Vorschriften für Beben minderer Stärke aufgestellt wurden, als sie jetzt in Istanbul zu erwarten sind. Mit der Erlaubnis korrupter Stadtverwaltungen wurde den Mietshäusern vielfach mehr als nur ein weiteres Stockwerk aufgesetzt, wurden bedenkenlos Zwischenwände herausgerissen, um Raum für Ladenlokale zu gewinnen, wurden Stützpfeiler entfernt und damit die ohnehin unzulänglichen Bauten noch mehr geschwächt. Viele Wohnungsinhaber versuchten zu beschwichtigen: Das von ihnen bewohnte Gebäude hätten ja nicht die gemeinen, schlampigen Bauunternehmer errichten lassen, die am Material sparten und minderwertigen Beton verwendeten, sondern die eigenen Väter und Großväter, weswegen die Bauten auch stabil genug seien. Aber auch wenn Sie definitiv erfahren, daß Ihr Haus das nächste Erdbeben nicht überstehen wird, und Sie bereit sind, die Kosten für eine Verstärkung aufzubringen, die fast ein Drittel des Wertes Ihrer Wohnung betragen können, müssen Sie immer noch einen zynischen, desinteressierten, verdrossenen, unverständigen Nachbarn überreden, der nur auf seinen Vorteil aus ist und höchstwahrscheinlich auch kein Geld hat. Trotz meiner Beobachtung, daß im allgemeinen das Ausmaß der bevorstehenden Gefahr und die Unsicherheit der Wohnbauten erkannt wurden, sind mir bisher in Istanbul noch keine Wohnungseigentümer begegnet, die sich geeinigt und mit der Verstärkung ihrer Gebäude begonnen hätten. Oftmals stellte ich fest, daß die wegen der möglichen Katastrophe Besorgten nicht einmal die eigenen Ehegatten oder Kinder überzeugen konnten. Und von manch einem, der aus Geldmangel zwischen Schicksalsergebenheit, Furcht und Zynismus schwankte, bekam ich folgendes zu hören: »Nun gut, aber wer garantiert mir, wenn ich all diese Kosten für die Verstärkung unseres Gebäudes aufbringe, daß uns nicht das Nachbarhaus auf den Kopf stürzt?«

Als Folge dieser Ausweglosigkeit träumen Millionen von Istanbulern vom Erdbeben. Sie ähneln einander alle, diese mir von vielen Menschen geschilderten Träume, die auch mich häufig heimsuchen. Man träumt zunächst in allen Einzelheiten davon, im Bett zu liegen, was ja auch den Tatsachen entspricht. Die Angst vor einem möglichen Erdbeben, die man vor dem Einschlafen empfunden hat, überträgt sich auch auf den Traum. Und auf einmal beginnen entsetzliche Erdstöße. Lange wird man durchgeschüttelt in seinem Bett, man beobachtet das Beben gleichsam in Zeitlupe und sieht, wie sich das Bett, das kleine Zimmer, die Wohnung, alles ringsumher verändert, alles einstürzt, während das Rütteln nicht enden will. Langsam wandert der Blick aus dem Zimmer hinaus, und man sieht einen Katastrophenzustand, der seine Nahrung aus jenen Bildern bezieht, die nach den Verheerungen des letzten Jahres vom Helikopter aus über den zerstörten Ortschaften aufgenommen und immer wieder im Fernsehen gezeigt worden sind. Trotz dieser Endzeit-atmosphäre ist man insgeheim zufrieden, denn Zeuge der Katastrophe zu sein heißt ja, zu leben. Ihrer Bedeutung für unser Leben entsprechend gilt das gleiche für die Eltern, die Ehepartner: Sie tadeln uns, geben uns die

Schuld an dem Erdbeben, aber sie leben. Da die Träume den heimlichen Wunsch wiedergeben, daß »kommen soll, was da kommen muß, doch so schnell wie möglich«, ist man trotz der Furcht irgendwie feierlich gestimmt und fühlt sich wie von einer Sünde gereinigt, wie mir viele Menschen bestätigt haben. Und manch einer denkt am Ende, wenn er zwischen Angst und Traum im Halbdunkel des Erwachens schwebt, daß die Erde gebebt haben müsse, während er schlief, und daß der Traum durch die Erschütterung ausgelöst wurde, und wenn niemand da ist, den er aufwecken und fragen kann, ob das Beben Wirklichkeit oder nur Traum war, dann versucht er, dies am nächsten Morgen aus den Zeitungen zu erfahren, die alle Nachbeben melden.

Da wir der Standfestigkeit unserer Häuser nicht trauen und dem Elend nach den Erdstößen, das monatelang im Fernsehen gezeigt wurde, nicht zu entrinnen vermögen, dachten wir eine Zeitlang, es gebe nur eines, was uns die Furcht nehmen könne: Jene Fachleute und Professoren, die uns darüber belehrten, daß ein schweres Erdbeben für Istanbul zu erwarten sei, müßten ihre Meinung ändern.

Der Leiter der einzigen großen Sternwarte in der Türkei, Professor Işıkara, erklärte uns als erster, daß eine Verwerfung wie die kalifornische San-Andreas-Störung den Norden unseres Landes vom einen bis zum anderen Ende durchziehe und sich die großen Beben Istanbul von Osten her nähern würden. Als nach der ersten Katastrophe vom August 1999 sämtliche Medien hinter ihm her waren, hetzte er Abend für Abend in seinem Wagen von einem Fernsehsender zum nächsten, wiederholte seine Ansichten, denen jahrelang niemand Gehör geschenkt hatte, und wurde von Sprechern stets mit der gleichen Frage konfrontiert: »Nun gut, aber wird es heute nacht ein neues Erdbeben geben?« »Erdbeben kann es jeden Moment geben!« antwortete er die ersten Male. Als er jedoch erkannte, daß Millionen von Menschen hoffnungslos verängstigt waren, Hunderte von Menschen bei der kleinsten Erschütterung aus dem Fenster sprangen und sogar dem Staat die allgemeine Verzweiflung zuviel wurde, modifizierte er seine Aussage: »Wann ein Erdbeben kommt, können wir niemals wissen!« Andererseits hatte er, als sich zwei Tage nach der ersten Katastrophe die Nachbeben häuften, in einer in der ganzen Türkei verfolgten Fernsehsendung angedeutet, daß es in der folgenden Nacht zu einem Beben kommen könnte, so daß niemand mehr kühlen Verstand bewahrte und wir alle die Nacht in Parks und Gärten und auf den Straßen verbrachten. Dieser sympathische Professor, der einem zerstreuten Einstein ähnelt, ohne genial zu sein, hat schließlich in den Tagen tiefster Hoffnungslosigkeit dem Druck der Schlafbedürftigen nachgegeben und positivere, wenn auch weniger glaubwürdige Mitteilungen gemacht (die Verwerfung sei ja in Wahrheit weiter entfernt von Istanbul!). Da er die schlimmsten Nachrichten liebenswürdig lächelnd wiedergibt, ist er bei den Istanbulern durchaus beliebt.

Ein Beispiel für den anderen Typ Wissenschaftler, der keinen Trost spendet, seine Meinung nicht ändert und von den Istanbulern gehaßt wird, ist Professor Şengör, ein Geologe. Sein Kommentar zu den ersten Verheerungen mit dreißigtausend Toten: »Das war ein sehr ansehnliches Erdbeben!«, nach Art eines Mediziners abgegeben, dem das Thema zu Kopf gestiegen ist, hat jeden verärgert.

Der eigentliche Grund aber für den Haß auf ihn und andere gänzlich kompromißlose Fachleute ist ihre mit den solidesten Beweisen untermauerte Aussage, das für Istanbul zu erwartende Beben werde von großer Stärke sein, und der gnadenlos tadelnde Ton, in dem dies vorgebracht wird. Hinter der Aussage des diabolischen Professors wiederum steht sowohl der Zorn darüber, daß in der Zehn-Millionen-Stadt im gefährdeten Gebiet nach wie vor schlampig gebaut wird, ohne daß man auf die schwache, warnende Stimme der Wissenschaft hört, als auch die Tatsache, daß er selbst bisher eintausenddreihundertmal in internationalen Zeitschriften zitiert worden ist, dies aber immer noch unzureichend zur Kenntnis genommen wird. Aus diesem Grund findet er Gefallen daran, im Stil eines zornigen Predigers, der den Glaubensabtrünnigen die bald zu erwartenden Strafen vor Augen führt, Millionen von wissenschaftlich unaufgeklärten Istanbulern beizubringen, was ihnen in Bälde bevorsteht.

In alle TV-Shows, in denen zur Unterhaltung Bodybuildingmeister und Schönheitsköniginnen als bereitwillige Trostspender auftraten, lud man Wissenschaftler ein, zu denen auch Optimisten gehörten. Ihre detaillierten fachlichen Ausführungen wurden von den Moderatoren stets mit der Frage unterbrochen: »Bitte sagen Sie uns, wann wird das nächste Erdbeben kommen und wie stark wird es sein?« Einer der wichtigsten Nachrichtensender in der Türkei strahlte am 14. November 1999 eine hitzige Diskussion über die letzten Erkenntnisse der Verwerfung im Marmarameer aus, und die Nachricht von der Ankunft Präsident Clintons in der Türkei wurde nur kurz in der fünfundvierzigsten Minute eingeblendet. Nachdem wir erfahren hatten, daß es wie in vielen anderen Fällen auf die unermüdlich wiederholten Fragen des Moderators auch hier keine genaue Antwort gab, endete dieses Programm gleichfalls mit der Verheißung neuer Fragen, neuer Presseveröffentlichungen und neuer Diskussionen, die uns ebensowenig zufriedenstellen würden.

Da die Wissenschaftler, von einigen keineswegs glaubwürdigen Ausnahmen abgesehen, nicht imstande waren, die tröstliche Hoffnung zu vermitteln, wir würden möglicherweise von der erwarteten Katastrophe verschont bleiben, begriffen die in unsicheren Häusern auf unsicherem Grund lebenden Millionen von Istanbulern allmählich, daß sie selbst Maßnahmen ergreifen müßten. Manche vertrauten auf Allah, manche auf das allmähliche Vergessen und manche auf bestimmte Vorkehrungen, um während eines Bebens und danach heil und gesund zu bleiben.

Viele Menschen schlafen mit riesigen, plastikumhüllten Taschenlampen in greifbarer Nähe, damit sie bei Stromausfall nach einem Beben so schnell wie möglich aus ihren beschädigten Wohnungen herauskommen können. Neben den Lampen liegen auch Mobiltelefone und besonders Trillerpfeifen bereit, damit man sich den Rettungsmannschaften im Ernstfall unter den Trümmern bemerkbar machen kann. Einige Leute hängen sich die Pfeifen um den Hals (in einem Fall ist es eine Mundharmonika), andere wieder alle Schlüssel, nach denen sie nicht suchen möchten, wenn die Erschütterungen beginnen und sie ins Freie laufen. Und wie es Vorsichtige gibt, die keine Tür mehr verschließen, um ihre Häuser ungehindert verlassen zu können, so haben andere an den Fenstern Kletterseile zum Abstieg in den Garten festgemacht. Manch einer, dem die Nachbeben der ersten Monate zu schaffen machten, schläft mit einem Schutzhelm auf dem Kopf. Und wer so hoch in den obersten Stockwerken wohnt, daß ein Verlassen des Gebäudes noch während eines Bebens unmöglich ist, geht angekleidet ins Bett. Ich hörte von Leuten, die ihre Toilette in höchster Eile hinter sich bringen, um nicht in einer solchen Lage vom Erdbeben überrascht zu werden, wie auch von Paaren, denen vor lauter Angst die Lust zur Liebe verging. Es gibt in vielen Häusern Katastrophentaschen, die mit Lebensmitteln, Hämmern, Lampen und anderen notwendigen Dingen gefüllt sind und zum Überleben dienen sollen, falls die Riesenstadt nach einem großen Beben brennen und alles zusammengebrochen sein sollte – die Straßen und Brücken, die Versorgung mit Strom, Wasser, Gas und Lebensmitteln. Manche Leute tragen ständig große Summen mit sich herum, um für die Zeit nach der Katastrophe gerüstet zu sein. In vielen Wohnungen wurden die Betten von den Wänden abgerückt, aus den vermutlich etwas muffigen Winkeln von den vollen Schränken und den Wandregalen entfernt. Auf den Rat der von der Presse verteilten Heftchen haben wir uns in der Küche die sogenannten »Überlebensdreiecke« neben dem Herd oder dem Kühlschrank gemerkt, wo wir uns ausstrecken sollen, weil sie stabil genug sein sollen, die auf uns herunterstürzende Decke aufzuhalten.

Auch ich habe zu diesem Zweck das eine Ende meines langen Arbeitstisches verstärkt, an dem ich seit fünfundzwanzig Jahren meine Romane schreibe. Die dicksten Enzyklopädien aus meiner Bibliothek – eine vierzig Jahre alte Britannica, die noch ältere Enzyklopädie des Islams und die Istanbul-Enzyklopädie, der ich meine Kenntnisse über frühere Erdbeben entnahm – habe ich mit anderen umfangreichen Büchern unter dem Tisch wie einen Betonblock aufgebaut. Nachdem ich feststellen konnte, daß dieser Aufbau stark genug war, eventuell auf mich niederstürzende Trümmer aufzuhalten, habe ich mich mehrmals in dem fiktiven Lebensraum neben dem Tisch ausgestreckt, mich in Fötusstellung zusammengekrümmt, wie es die Hefte empfehlen, und so die »Erdbebenprobe« gemacht. Der kleine Wegweiser rät auch, man solle in einem sicheren Winkel Kekse, eine Kunststofflasche mit Wasser, eine Trillerpfeife und einen Hammer verstecken. Doch das habe ich nicht getan. Sollte ich etwa meiner Psyche noch mehr zusetzen?

Nein, aus einem Gefühl heraus, das tiefer und mysteriöser ist. Ich vermag dieses Gefühl, das viele Menschen empfinden, wie ich an ihren Augen ablese, doch nur wenige zum Ausdruck bringen können, nur als Scham zu bezeichnen. Eine Scham, in der ein wenig Selbstmitleid und auch ein wenig Schuldgefühl enthalten sind. Das gleiche Schutz- und Schamgefühl empfinden wir, wenn es in der Familie einen Sünder oder einen Trinker gibt oder wenn niemand erfahren soll, daß wir ganz plötzlich arm und mittellos geworden sind. Aus diesem Grund habe ich meinen Freunden und Verlegern im Ausland, die mir nach dem ersten großen Erdbeben schrieben und nach meinem Befinden fragten, irgendwie nicht antworten können und mich innerlich verschlossen, wie jemand, der erfährt, daß er Krebs hat, und es instinktiv verbergen möchte. Wenn ich während der ersten Zeit überhaupt darüber sprechen wollte, dann nur mit

Gleichgesinnten, mit Menschen, die wie ich besorgt waren, Istanbul könnte in Zukunft eine solche Katastrophe erleben. Und meistens verwandelten sich diese Gespräche je nach dem Grad der positiven oder negativen Einstellung der Partner in hitzige Monologe, die man einander vortrug, und die lediglich die Ansichten der so schnell berühmt gewordenen Erdbebenexperten wiedergaben.

Eine Zeitlang habe ich in Büchern und Artikeln nach Informationen über frühere Erdbeben gesucht, weil ich vor allem etwas über die Bodenbeschaffenheit der Gegend erfahren wollte, in denen sich meine Wohnung und meine Arbeitsstätte befinden. Erfreulicherweise hatte sich bei dem Beben von 1894 der Untergrund in diesen Stadtteilen als fest genug erwiesen, und es waren nicht allzu viele Gebäude zerstört worden. Dennoch war ich tief berührt von den Dokumenten, die jedes einzelne der eingestürzten Häuser zeigten und die Namen all der griechischen Fleischer und Milchverkäufer und der osmanischen Soldaten in ihren Wachstationen aufführten, denen das Dach auf den Kopf gefallen war. Dazu kamen die Märkte, in denen ich ein und ausgehe, die historischen Bauwerke, die zerstört und wiederaufgebaut worden waren; und die Zerbrechlichkeit und Vergänglichkeit der Minarette und Menschenleben erfüllten mich mit Trauer.

Sehr beunruhigte mich aber damals ein winziger Plan, abgedruckt in einer Zeitschrift, die die Szenarien eines möglichen Erdbebens in Istanbul durchspielte. Das Viertel, in dem ich wohne, schien mit dunkler Farbe als eine der Regionen gekennzeichnet zu sein, die im Katastrophenfall den größten Schaden erleiden würden. Oder kam es mir nur so vor? Konnte man überhaupt aus dieser kleinen, im Grunde genommen viel zu ungenauen Skizze endgültige Schlüsse ziehen? Ich zog die detaillierteren Pläne anderer Zeitungen zum Vergleich heran und versuchte mit der Lupe in der Hand herauszufinden, ob der todverheißende Fleck meine Straße, mein Haus betraf oder nicht. Weder ließ sich aus den Plänen jener Zeitungen noch aus anderen Quellen auf eine Gefahr für mein Stadtviertel schließen. So hielt ich die Angelegenheit für einen Fehler und beschloß, sie zu vergessen. Dies würde mir um so leichter fallen, dachte ich, wenn ich mit niemandem darüber sprach.

Doch einige Tage später betrachtete ich mitten in der Nacht mit der Lupe in der Hand wieder den Fleck auf der kleinen Skizze. Von Schamgefühl durchdrungen, versuchte ich später, an die Person heranzukommen die auf der Skizze einen solchen Fehler gemacht hatte. Als mein Hausbesitzer hörte, daß ich an der Festigkeit des Bodens unter seinem Gebäude zweifelte, suchte er die Fotos heraus, die ihn vor vierzig Jahren bei der Grundsteinlegung in stolzer Haltung neben den Arbeitern zeigten. Da ich seit rund vierzig Jahren in demselben Stadtteil von Istanbul ansässig bin, suchte ich auf diesen alten Fotos, die mit meinen Kindheitserinnerungen verschmolzen, mit der Lupe nach dem soliden Felsgestein des Untergrundes. Und wie durch die widersprüchlichen Aussagen der Wissenschaftler und die verantwortungslosen Medien beim Wetteifern um die Einschaltquoten jeden Abend entweder eine »optimistische« Meldung – nach den neuesten Satellitenfotos wird das Erdbeben Stärke 5 haben! – oder auch eine schlechte Nachricht gebracht wurde, die den Istanbulern wieder den Schlaf raubte, so bereiteten mir der

Fleck auf dem Plan und meine Bodenforschungen Freude an einem Tag und Kummer am nächsten. Ich gab den Redakteuren der Zeitschrift recht, als sie meinten, ich solle die kleine Skizze nicht so wichtig nehmen, doch ich dachte lange darüber nach, warum der dunkle Fleck auf mein Heim, mein Leben gefallen sein könnte.

Während dieser Zeit war ein Teil meines Verstandes für die Gerüchte und die erfundenen Erdbebengeschichten, die sich unglaublich rasch in der Stadt verbreiteten, sehr aufnahmefähig gewesen. Über das Gerede in den Tagen nach dem ersten Beben, daß sich das Meerwasser erwärmt habe, was ein Anzeichen für neue Erschütterungen sei, oder auch über die Vermutung, das Beben stehe in Zusammenhang mit der Sonnenfinsternis von einer Woche zuvor, lachte ich allerdings nur. »Lach nicht so laut«, sagte ein junges Mädchen bei einer Gelegenheit zu mir, »falls ein Beben kommt, hören wir es nicht!« Es hieß damals auch, die kurdischen Separatisten oder die mit einem großen Lazarettschiff eintreffenden Amerikaner – was glaubst du, warum sie so schnell zu Hilfe kommen konnten! – hätten die Katastrophe ausgelöst, ja, man erzählte sich sogar, der Kommandant des Schiffes habe aufs Wasser geschaut und ausgerufen: »Was haben wir angerichtet!« und Reue empfunden. In der Folgezeit wurden die Gerüchte etwas zahmer: Der Hausmeister, der morgens die Milch und die Zeitung brachte, erklärte, abends um sieben nach zehn werde ein starkes, ganz Istanbul zerstörendes Erdbeben kommen – so als teilte er mit, daß abends für eine Stunde das Wasser abgestellt werde. Man erzählte sich, der diabolische, kompromißlose Professor sei in Panik geraten und nach Europa geflohen, oder auch, der über alle

Ereignisse bestens im voraus informierte Staat habe insgeheim eine Million Leichensäcke aus dem Ausland kommen lassen, oder, auf dem freien Gelände außerhalb der Stadt habe man mit Hilfe der vom Militär eingesetzten Maschinerie bereits begonnen, Massengräber auszuheben. Man sprach von einem Freund, der dem von ihm bewohnten Haus und dessen Untergrund nicht mehr getraut habe und in ein anderes Gebäude in derselben Straße umgezogen sei, dann aber sehr rasch habe entdecken müssen, daß dieses noch stärker gefährdet war.

In Yeşilyurt, einem der reichsten Stadtteile mit dem unsichersten Baugrund, waren die Meinungen der Wohnungsbesitzer bei einer Versammlung zum Thema Erdbeben gespalten: Die einen fragten, welche Vorsorge man gegen eine Katastrophe treffen könne, die anderen äußerten ihre Sorge darüber, daß durch diese Versammlung die Preise auf dem Immobilienmarkt fallen könnten, wie mir ein befreundeter Journalist eröffnete, sei es inzwischen wegen der Entrüstung der Immobilienhändler und Wohnungsbesitzer äußerst schwierig geworden, jene Pläne zu veröffentlichen, die ich für die richtige Auswertung des dunklen Flecks auf dem kleinen Plan benötigen würde.

Was den Nachbarn aus der oberen Etage betraf, so sagte er mir nach zwei Monaten, das Gutachten der Universität über die Qualität des Betonstückchens sei nun gekommen. Das Ergebnis war, wie das Gebäude, in dem ich meine Aufsätze schreibe, weder ganz besonders schlecht noch ganz besonders gut. So würden wir also, je nachdem, wie zuversichtlich wir waren, zu dem Schluß kommen, daß wir auf das Minarett stürzen würden oder nicht. Zur gleichen Zeit erfuhr ich, daß ein alter Freund, der im Musikleben eine Rolle spielte, das erste Erdbeben in Gölcük, der am schlimmsten betroffenen Region, erlebt und danach seine Wohnung in Istanbul nicht mehr betreten hatte. Er war ins Hilton gezogen, auf dessen feste Bauweise er vertraute, aber auch da konnte er es nicht aushalten und verbrachte nun seine Tage auf der Straße, lief mit schnellen Schritten herum, als wäre er ständig in Eile, und erledigte seine Angelegenheiten mit dem Mobiltelefon. Es hieß, dieser unaufhörlich durch die Straßen von Istanbul hastende Mann frage immer wieder: »Warum verlassen wir denn diese Stadt nicht, warum?«

Das erste Beben, dessen Zentrum immerhin mehr als hundert Kilometer von Istanbul entfernt war, hat zu einer Abwanderung aus den Gebieten mit unsicherem Baugrund, aus den Armenvierteln geführt, was sich auch an den sinkenden Mietpreisen ablesen läßt. Doch der größte Teil der Istanbuler wartet trotz der überwiegend unzuverlässigen Behausungen ohne besondere Vorsichtsmaßnahmen auf das nächste schwere Erdbeben. Man kann dafür alles mögliche geltend machen – Druck auf die Wissenschaftler, Leichtgläubigkeit gegenüber Gerüchten, Vergessen, Ablenkung durch die Feiern zum Jahr zweitausend, Umarmung unserer/unseres Geliebten, Gleichgültigkeit, Gewöhnung an die Vorstellung vom Erdbeben und den Modeausdruck »damit umgehen«. Eine junge, glückliche, soeben verheiratete Frau mit einem mädchenhaft frischen Gesicht, die mich in meinem Büro eines Buchumschlags wegen aufsuchte, weihte mich in ihre Methode ein.

»Du glaubst daran, daß ein Erdbeben kommt und fürchtest dich«, erklärte sie mit hochgezogenen Augenbrauen.

»Doch in jedem Moment deines Lebens stellst du dir vor, daß es nicht gerade in diesem Moment kommen wird. Sonst könntest du überhaupt nichts unternehmen. Allerdings widersprechen sich diese beiden Gedanken. Wir wissen zum Beispiel jetzt alle, wie gefährlich es ist, sich bei oder nach einem Beben auf dem Balkon aufzuhalten. Trotzdem gehe ich jetzt dort hinaus«, sagte sie in belehrendem Ton, öffnete behutsam die Tür und trat auf den Balkon hinaus. Ich rührte mich nicht vom Fleck, während sie ein Weilchen die Moschee vor sich und die Aussicht auf den Bosporus hinter den Minaretten betrachtete. Kurz darauf sagte sie von draußen her zu mir: »Solange ich hier stehe, glaube ich nicht an ein Erdbeben gerade in diesem Augenblick. Denn wenn ich daran glaubte, könnte ich es hier vor Angst nicht aushalten.« Danach kam sie herein und schloß die Tür. »Auf diese Weise habe ich während der Zeit auf dem Balkon einen kleinen Sieg über die Vorstellung vom Erdbeben in meinem Kopf errungen«, meinte sie schließlich mit einem ungewissen Lächeln. »Wir alle werden das große Erdbeben mit solchen kleinen Siegen überwinden.«

Nachdem sie gegangen war, trat ich hinaus auf den Balkon, betrachtete die Minarette und was dahinter lag, den vom Morgendunst eingehüllten Bosporus und Istanbul, die Schöne. Mehr als fünfunddreißig Jahre, fast mein ganzes Leben habe ich in dieser Stadt verbracht. Und wie der unaufhörlich durch die Straßen laufende Mann, der auf das Erdbeben wartet, stellte auch ich mir die Frage, warum ein Mensch nicht imstande ist, eine Stadt zu verlassen.

Weil ich mir ein Leben woanders als in Istanbul nicht vorstellen kann.

Orhan Pamuk

Originaltitel: *Zelzele* aus: *Öteki Renkler*, 1999
Orhan Pamuk, *Wer lacht, der hört das Beben nicht*
aus: *Orhan Pamuk, Der Blick aus meinem Fenster. Betrachtungen*

Aus dem Türkischen von Ingrid Iren

Miriam Pharo

1966 im andalusischen Córdoba geboren, verbrachte ihre Kindheit auf der malerischen Atlantikinsel Oléron im Südwesten Frankreichs. Mit 9 Jahren kam sie nach Deutschland. Bis zu diesem Zeitpunkt hatet sie noch nie Häuser bis zum Horizont gesehen und war der Meinung, dass Schnee rosa ist. Sie studierte Slawistik, Romanistik und Politikwissenschaften in Mainz und Heidelberg. Seit 1993 arbeitet sie als Werbetexterin.

Miriam Pharo schreibt hauptsächlich Zukunftsthriller. Im Sommer 2009 erschien ihr erster Roman *Schlangenfutter*, der im Norddeutschland des Jahres 2066 spielt. 2010 erschien die Fortsetzung *Schattenspiele.* 2012 folgt ihr dritter Roman *Präludium.*

www.miriam-pharo.com

Miriam Pharo

Las Vegas: Der letzte Cowboy

Meine Freundin Vicky hat einmal behauptet, Las Vegas ähnle einer Wüsteneidechse mit einem großen Kamm auf dem Rücken. Aber was weiß Vicky schon? Sie hockt in der Fremont Street über einer Striptease-Bar und verlässt nie ihren angestammten Platz.

Nein. Las Vegas ist eine Melusine mit einem etwas zu schweren Parfum. Unersättlich auf der einen Seite, großherzig auf der anderen. Meistens trägt sie etwas zu dick auf, doch ob ihrer kindlichen Begeisterung sehen die meisten gern darüber hinweg. An ihren Enden, dort wohin sich das menschliche Auge selten verirrt, wird sie langsam spröde und rissig, was sie mit einem kraftvollen Lachen zu übertünchen vermag, während Anflüge von Schwermut im dissonanten Kanon der Glücksspielautomaten versiegen.

Mich hat sie vergessen.

Das Firmament über meinem Kopf steht in Flammen, ein gigantisches Gesicht schaut auf mich herunter. Ist das Gott? Ich glaube nicht, denn schon verschwindet der Allvater hinter fliederfarbenen Spiralen und die Menge applaudiert. Gepeinigt will ich die Augen schließen. Meine Melusine ist der Gegenwart stets einen Schritt voraus, während ich in der Zeit gefangen bin. Ich höre die Leute reden. Meistens geht es dabei um Geld, noch mehr Geld, Image und Styling. Ich aber trage einen alten Hut, besitze nur eine Jeans und mein rot-gelb kariertes Hemd ist seit einer gefühlten Ewigkeit aus der Mode. Zu allem Überfluss bin ich Kettenraucher und einen USP habe ich auch nicht.

Und ich habe vergessen, wie sich der Himmel Nevadas anfühlt – blau, übermächtig und bleischwer, durchbrochen vom fernen Scherenschnitt der Berge. Ein Cowboy ist nicht für die Enge geschaffen und auch wenn ich tagein, tagaus ein fröhliches Gesicht aufsetze, so bin ich schrecklich müde.

Ich vermisse die alten Zeiten, als ich Herr über einen zwei Kilometer langen, staubigen Straßenabschnitt war und die Menschen um mich herum auf rot-weiß karierten Picknickdecken wie zum Gebet knieten: Mädchen in rosa Petticoats, Möchtegernrebellen und ihre krächzenden Transistorradios, lärmende Trapp-Familien, Glücksspieler mit rotstichigen Augen und, nicht zu vergessen, die Türsteher vom *Golden Nugget* in ihren zu engen schwarzen Anzügen. Mehrmals in der Woche hielten sie ihre Ferngläser nach Norden gerichtet und sobald die Wolke am Horizont erschien, um ihre pilzförmige Metamorphose zu vollenden, stiegen die Ahs und Ohs wie Morgennebel von den Dächern auf. Vergessen waren die mayonnaisetriefenden Eiersandwiches, die kühle Brause in den kurvigen Flaschen oder der kokette Augenaufschlag vom Dach nebenan. Selbst die Melusine hielt den Atem an, bis sich die atomare Wolke in der endlosen Weite Nevadas verloren hatte. God bless America!

Harsche Worte katapultieren mich in die Gegenwart zurück. »Hey, Bro. Schau dir mal den Alten mit seinem dämlichen Grinsen an. Sieht der nicht kacke aus?«

»Aber echt. Voll scheiße!«

Ein geringschätziger Blick aus zwei Augenpaaren trifft mich und bringt das Fass zum Überlaufen. Ich habe mir während der langen Jahre schon üblere Sprüche anhören müssen, doch letztlich sind es die beiden Hosenscheißer hier, die alles verändern. Am liebsten würde ich schreien, doch meine Kehle ist wie zugeschnürt, also beschließe ich, einen Spaziergang zu machen. Den ersten seit über sechzig Jahren. Zugegeben, ich bin ziemlich eingerostet, doch bemerkenswerterweise verfüge ich noch über Bärenkräfte. Die vier Pupillen weiten sich entsetzt, als ich meinen Kopf zunächst zaghaft, dann aber immer heftiger hin und her bewege. Mein Hut steckt fest und ich muss meine ganze Energie aufbringen, um mich loszueisen. Es knirscht laut, zum Ohren zuhalten, dann birst ein Stück Dach über mir und große Steinbrocken mit Glassplittern vermischt schlagen auf dem Boden auf. Zum Glück wandeln um diese Zeit nicht so viele Menschen wie sonst üblich durch die Halle. Euphorisch drehe ich meinen freien Kopf immer wieder von links nach rechts, die Welt verschmilzt zu einem bunten Streifen. Es knirscht erneut, als ich den rechten Fuß vom linken löse. Oder ist es der linke Fuß vom rechten? Es ist mir gleich.

Ich mache einen ersten Schritt und als der Boden unter mir zu beben beginnt, verliere ich das Gleichgewicht. Es macht *Rums* und ich breche mit einem Fuß durchs Vordach, weil aber das Loch nicht sehr tief ist, gelingt es mir, mich zu befreien. Ich veranstalte einen ziemlichen Aufruhr und inzwischen hat sich eine Menschentraube um mich herum versammelt. Einen wütenden Cowboy sieht man nicht alle Tage. Schließlich hieve ich mich heraus und schaue mich kurz um, bevor ich mich langsam in Bewegung setze. Wie das rote Meer teilen sich die Nachtschwärmer vor mir, um mich passieren zu lassen. Ich spüre das Alter in den Gliedmaßen und ächze innerlich, dann drehe ich mich nach wenigen Schritten noch einmal um. Einzig ein junges Mädchen schaut mir hinterher, die anderen haben sich bereits in alle vier Richtungen verstreut. Wer will es ihnen verdenken, lockt meine Melusine doch mit weit verführerischeren Attraktionen.

Am Ende des Gangs ruft die Freiheit und ich wage ein Lächeln. Die Zigarette in meinem Mundwinkel zittert leicht. Nur wenige Meter, schon spüre ich nach langer Zeit wieder den Wind in meinem Gesicht. Nicht der kalte Umschlag der Klimaanlage, sondern eine streichelnde Brise. Wie elektrisiert bleibe ich im Eingang stehen. Flüche werden laut, als sich eine Horde betrunkener Junggesellenabschiedler stolpernd an mir vorbeidrängt, doch das ist mir egal. Es ist früher Morgen und angenehm kühl. Versonnen blicke ich mich um. Der Caballero in der Fremont Street winkt mir zu und ich winke zurück. Wie ich ihn beneide. Zwar hat auch er schon mal bessere Tage gesehen, dennoch wirkt sein Lächeln jung und unbeschwert.

Ein trötendes Geräusch lässt mich zusammenzucken und ich springe zur Seite. Neben mir hält ein klappriger Linienbus, um einen müde aussehenden Mexikaner zu vertilgen. Schichtende. Wahrscheinlich arbeitet der Mann in einem der Casinos rundum. In der Wäscherei, nehme ich an. Der Bus treibt ihn ein paar Straßenblocks weiter, zu einem dieser gesichtslosen Wohngebiete gleich neben dem Highway, wo Kredithaie auf Werbetafeln ihre Fallen auslegen – *Sofortkredit! Nur 13% Zinsen!* – und niedrige Häuser aus billigem Sperrholz in Reih und Glied stehen, ohne Chance auf Ausbruch.

Mich hingegen treibt es ins Licht. Die Luft ist von kitschigem Rosa durchtränkt, der perfekte Fond für die blinkenden

Neonlichter der weißen Kapellen, Pilgerstätten für Gläubige aus aller Welt, die sich hier vor dem Angesicht des King ewige Liebe schwören. Hier und da streift mich eine einsame Palme, der Wind frischt auf, das Lächeln auf meinem Gesicht ist wie eingemeißelt.

Dann erreiche ich ihn, den prächtigen Kamm von Vickys Wüsteneidechse, besser bekannt als *Strip*. Verblüfft betrachte ich die schmale Silhouette der Stratosphäre. Unwillkürlich erinnere ich mich an die Schmach, die ich damals empfunden habe, als Juri Gagarin als erster Mensch ins Weltall flog. Wie aufs Stichwort kommt mir ein turtelndes Pärchen entgegen. Russen. Die Frau, eine klassische Schönheit mit hohen Wangenknochen, trägt ein enges, schwarzes Kleid und hochhackige Schuhe. Die grünen Augen sind dunkel umrandet, was ihrem blassen Gesicht bolschoi'sche Dramatik verleiht. Sie erinnert mich an ein Plakat aus den Achtzigerjahren, das den Gastauftritt eines Ballettensembles aus Moskau ankündigte. Es hing damals an jeder Straßenecke.

In der rechten Hand hält die Frau eine rote Rose. Ihr nicht weiter nennenswerter Begleiter trägt eine schwere goldene Uhr. Sie beachten mich nicht.

Immer mehr Menschen kreuzen meinen Weg. Weiße, schwarze, rote, gelbe, ja sogar blaue. Die Ekstase steht ihnen ins Gesicht geschrieben, die Müdigkeit auch. Vor dem Glück sind eben alle gleich. Ich schlendere an verheißungsvollen Orten vorbei und sauge den Anblick gierig in mich auf. In mein Blickfeld rücken geflügelte Fabelwesen, Zinnsoldaten, bunte Türmchen und eine gigantische Rockgitarre. Bizarre Wesen umgeben mich und ich fühle mich wie Judy Garland im Zauberer von Oz. Ohne die roten Schuhe.

Irgendwann stehe ich vor dem Casino meiner Jugend. Früher tummelten sich im *The Dunes* Boxchampions, bekannte Mafiagrößen und Stars wie Frank Sinatra und Dean Martin, heute sind es Pärchen und Familien. Selbst bin ich nie im *The Dunes* gewesen und das werde ich auch nie, denn das legendäre Casino wurde bereits vor Jahren abgerissen. Heute befindet sich dort ein eindrucksvoller Bau im Renaissance-Stil. Oder ist es Neoklassizismus? Kurz überlege ich, ein Bad im vorgelagerten See zu nehmen, doch das wage ich nicht. Bevor ich melancholisch werde, wandere ich weiter. Inzwischen hat sich die Sonne endgültig vom Horizont gelöst und taucht den Kamm der Wüsteneidechse in strahlendes Gold.

Da weht plötzlich aus der Ferne ein kleines Lied zu mir herüber, sehnsuchtsvoll und irgendwie vertraut, Wortfetzen, die nach *born* und *star* klingen, verharren kurz in der Luft, doch bevor ich mir daraus einen Reim machen kann, wird der Sirenengesang von gellenden Schreien übertönt.

»Haltet sie! Haltet sie!«

Neugierig schaue ich mich um und entdecke ein pelziges Gesicht mit offenem Maul und eindrucksvollen Eckzähnen, das direkt auf mich zusteuert. Die Augen sind weit aufgerissen. Bevor ich es verhindern kann, hangelt sich das Wesen – es trägt ein rotes Kleidchen und eine schwarze Langhaarperücke – blitzschnell an mir hoch, um sich auf meine rechte Schulter zu hocken, wo es einen triumphierenden Schrei ausstößt. Die pelzigen Arme umfangen meinen Hals und ich muss lächeln. Es kitzelt. Offenbar ist das Äffchen aus einem Varieté geflohen. Unerwartet steigt mir der Geruch von Flüssigkäse in die Nase, als sich ein Mann mit Frack und Zylinder vor mich stellt und mit einem Hotdog herumfuchtelt, in dem Versuch, das Tier herunter zu locken.

»Komm runter, meine Kleine«, säuselt er. »Ich hab' hier was Leckeres für dich. Na, komm, süße Angelina. Das bist du doch, mhm? Meine Angie …«

Der pelzige Körper auf meiner Schulter fängt zu beben an, ganz so, als würde er sich vor Lachen schütteln. Bevor ich reagieren kann, springt das Äffchen hinunter auf das Dach eines parkenden Autos, was prompt den Alarm auslöst, und rennt fröhlich weiter, den Mann mit dem Hotdog im Schlepptau. Versonnen schaue ich den beiden eine Weile hinterher.

Dann setze ich meinen Weg fort. Der Verkehr nimmt zu und es wird eng auf dem Las Vegas Boulevard. Als ich mehrmals angehupt werde, beschließe ich, irgendwo einzukehren. Auch wenn es noch ein gutes Stück zu gehen ist, nehme ich das schwarze Dreieck am Ende der Straße ins Visier. Kurz vor dem Ziel gönne ich mir einen kleinen Flirt mit der Freiheitsstatue, dann überquere ich die Straße und begebe mich zum Eingang der glänzenden Pyramide. Ein Pharao, der nur aus seinem Kopf besteht, aalt sich in der Sonne. Ich beneide ihn.

Bei meiner Grenzüberquerung nach Ägypten muss ich mich klein machen, aber zum Glück ist die Vorhalle so riesig, dass ich dort wieder aufrecht stehen kann. Auf schwebenden Bildschirmen drängen sich Illusionisten, Akrobaten und Showstars großspurig auf, was ich als störend empfinde, haben sie doch nichts gemein mit der altägyptischen Kultur, die an diesem wundersamen Ort zum Leben erweckt wird. Die Wände der dunklen Pyramide laufen erwartungsgemäß spitz zu und sind über und über mit Waben bedeckt; die Pforte zum Tempel säumen zwei Palmenreihen, bewacht wird sie von zwei sitzenden Pharaonen, die das Tohuwabohu rundum würdevoll ertragen. Bevor ich mich versehe, werde ich von den Menschen in Richtung Tempelinneres gedrängt, wo krummbeinige Serviererinnen in kurzen Röcken zwischen den Roulettetischen hin und her flitzen, um die Spielenden mit Bourbon oder Gin Tonic bei Laune zu halten. An den Black Jack-Tischen geht es etwas verhaltener zu und ich setze mich in eine Ecke, wo ich niemanden störe, und beobachte. Der dicke Teppich unter meinem mageren Hintern ist ein Segen.

An einem der Mahagonitische sitzt ein Mann mittleren Alters mit schütter werdendem Haar und Brille.

Tip, Tip. Hoffnungsvoller Blick.

Die Geberin wirft eine Herz-Drei. Das künstliche Licht verleiht ihren asiatischen Zügen einen unbarmherzigen Glanz.

Nochmaliges Tippen mit dem rechten Zeigefinger.

Zur Herz-Drei gesellt sich eine Pik-Acht. Roboterhaft.

Kurzes Zögern, dann eine wischende Handbewegung.

Als die Geberin ihre Karten aufdeckt, starrt der Spieler wie gebannt auf die pinkfarbenen Krallen, die in diesem Moment seine Hoffnungen zerpflücken. Seine Kopfhaut unter dem dünnen Haar glänzt vor Anspannung, dennoch unternimmt er einen weiteren Versuch. Seine rechte Hand schwebt kurz über den Jetons, dann setzt er die Hälfte. Seine Bewegungen werden bereits vom drohenden Versagen gelenkt. Wenige Minuten später verlässt der Spieler mit müdem Gesicht und leeren Taschen den Tisch, während ein anderer hoffnungsvoll seinen Platz einnimmt. Die Geberin winkt mich mit ihren schwarzen Augen heran, doch ich muss passen. Ich habe kein Geld.

Verrückt. Nach so vielen Jahren des Eingeschlossenseins hat es mich nach frischer Luft gedürstet, doch schon nach kurzer Zeit sitze ich erneut in einer künstlich erleuchteten Halle, in der es nach Verheißung duftet.

Ich schaue mich um. Ein junges Mädchen in einem knapp sitzenden Glitzerkostüm eilt an mir vorbei und verschwindet hinter einer verrucht anmutenden roten Tür mit der Inschrift *Wild Cats*.

»Sie haben sich wohl verirrt«, reißt mich eine raue Stimme aus meiner Betrachtung. Vor mir steht die Geberin mit den asiatischen Zügen. Der Hauch eines Lächelns liegt auf ihrem strengen Gesicht.

»Ich wollte nur frische Luft schnappen«, erwidere ich. Die ersten Worte seit über vierzig Jahren und sie hören sich an, als hätte jemand meine Stimmbänder mit Sandpapier bearbeitet.

»Laden Sie mich zum Frühstück ein? Meine Nachtschicht ist zu Ende.«

Erst da bemerke ich, dass die Frau eine Handtasche über ihrer Uniform geschultert hat.

»Das würde ich gern.« Schließlich bin ich Kavalier. »Aber ich habe leider kein Geld bei mir.«

Sie überrascht mich mit einem glockenklaren Lachen. »Kein Problem. Dann lade ich Sie eben ein.«

»Das ist sehr freundlich von Ihnen.« Plötzlich freue ich mich wie ein kleiner Junge. »Ich heiße Vic.«

»Ich weiß, wer Sie sind. Ich heiße Grace.«

Ich reiche ihr die Hand. »Hallo, Grace. Freut mich, Ihre Bekanntschaft zu machen.«

Wenig später sitzen wir draußen in der Sonne mit zwei Kaffeebechern und einem großen Schokomuffin. Wir geben ein ungewöhnliches Paar ab und nicht wenige renken sich den Hals nach uns aus. Ich erfahre, dass Grace achtundvierzig Jahre alt ist und einen erwachsenen Sohn hat, der vor zehn Jahren nach Long Beach gezogen ist. Ihr Mann ist im Vorjahr an Krebs gestorben.

»Das war sicher schwer«, stammele ich etwas hilflos. Ich habe keine Erfahrung mit dem Tod.

Sie nickt. Ein sanfter Ausdruck tritt in ihre Augen. »Tom und ich haben hier in Vegas geheiratet.«

»Wirklich?«

»Ja, in einer Kapelle unten am *Strip* …«

»Trotzdem sind Sie hier geblieben.« Ich muss mich räuspern, so schwer fällt mir das Sprechen. »Ist es nicht selbstquälerisch?«

Sie schüttelt den Kopf. »Die Arbeit hilft mir, den Schmerz zu überwinden.«

»Was hat Ihr Mann gemacht?« Seltsamerweise habe ich den Eindruck, dass Grace darüber reden will.

»Er war bei der Army.«

Ich spüre, wie sich meine Brust vor Stolz wölbt. Bei dem Thema kenne ich mich aus. »Das ist gut. Diesen Jungs verdanken wir, dass wir das großartigste Land der Welt sind. Leider weiß heute niemand mehr ihre Leistung zu schätzen.« Ich seufze. »Früher war das anders. Ich kann mich gut an die Wolke erinnern …«

»Welche Wolke?«

»Vielleicht wissen Sie das nicht, aber in den fünfziger Jahren wurden hier Atomtests durchgeführt. Die Menschen kamen von nah und fern, um sich das anzuschauen. Es war unbeschreiblich schön …«

Unerwartet blitzt mich Grace an. »Ach ja?« Ihr Ton ist eisig. »Mein Großonkel ist an den Nachwirkungen der Atombombe über Hiroshima gestorben, Vic. Ich weiß wirklich nicht, was daran schön sein soll.«

Verlegen rutsche ich auf dem Boden hin und her. »Es tut mir leid.« Meine Stimme ist nicht mehr als ein Flüstern. Ich weiß nicht, was ich sonst sagen soll.

Lange Sekunden vergehen, dann zuckt Grace mit den Schultern. »Das ist nicht Ihre Schuld. Sie sind eben ein Kind Ihrer Zeit.«

Da ist es wieder, dieses unangenehme Gefühl, nicht mehr als ein debil grinsender Schrotthaufen zu sein.

Anscheinend liest sie meine Gefühle vom Gesicht und der grimmige Ausdruck um ihren Mund verflüchtigt sich. »Machen Sie sich keine Gedanken, Vic. Die Menschen lieben Sie.«

Jetzt ist es an mir, den Kopf zu schütteln, während mein Kaffee kalt und vergessen neben mir auf dem Boden ausharrt. »Kein Mensch braucht mich. Viele sehen mich nicht einmal mehr an. Um mich herum ist es dermaßen bunt und grell, dass ich übersehen werde.« Ich seufze. »Vegas ist nicht mehr das, was es einmal war.«

Grace lächelt. »Doch, das ist es, Vic. Es erweckt Träume zum Leben und manchmal macht es die Menschen zu Gewinnern.«

»Das alles hat nichts mehr mit mir zu tun.«

»Papperlapapp! Sie sind und bleiben der legendäre Vegas Vic!« Dann stößt sie erneut ihr unwiderstehliches Lachen aus. »Howdy, Partner!«, ruft sie mit heller Stimme und winkt.

Wie konnte ich noch vor kurzem dem Irrtum verfallen, ihr Gesicht könne unbarmherzig sein?

»Das mit dem ›Howdy, Partner!‹ ist lange vorbei. Mir wurde damals der Mund verboten, nur weil sich dieser … Schauspieler beschwert hat.«

Bei dem Gedanken kommt mir die Galle hoch.

»Sie meinen Lee Marvin, nicht wahr?«

»Ja.«

»Von der Geschichte habe ich gehört.« Grace lehnt sich begierig vor. »Wie war das eigentlich? Erzählen Sie.«

»Nun.« Ich muss nicht lange überlegen. Die Geschichte hat sich in meinem Kopf eingebrannt. »Es war im Sommer 1966. Eine dieser heißen, trockenen Nächte. Sie wissen schon, in denen sich die Hitze staut und sich die Menschen unruhig in ihren Laken hin und her wälzen. Lee Marvin drehte damals in der Gegend *Die gefürchteten Vier*. In dieser Nacht hatte die Filmcrew ziemlich wild gefeiert und irgendwann haben sich diese Rowdys den Spaß gemacht, von der 16. Etage des *The Mint* mit Pfeil und Bogen auf mich zu feuern!« Vor Empörung muss ich eine kleine Pause machen. »Einer hat sogar einen Revolver gezogen und mit scharfer Munition geschossen! Ich bin sicher, es war dieser verfluchte Marvin.«

»Wurden Sie getroffen?«

»Zum Glück bekam ich nur einen Streifschuss ab.«

»Angeblich haben Sie damals alle dreißig Sekunden ›Howdy Partner!‹ gerufen, was aber eher nach ›Howdy, Poh-Nuh‹ geklungen hat!« Grace versucht vergeblich, ein Lachen zu unterdrücken.

»Ein Cowboy tut eben, was ein Cowboy tun muss«, erwidere ich ziemlich brummig.

»Schon, aber alle dreißig Sekunden? Das kann schon ziemlich … äh … nerven.«

»Unsinn! Lee Marvin war nur eifersüchtig auf meine Stimme!«

»Glauben Sie wirklich?« Graces schwarze Augen blicken skeptisch, was mich kurz wanken lässt. »Nichts für ungut, Vic, aber Lee Marvin war für seinen Bass berühmt. Er hat mit *Wand'rin' Star* einen großen Hit gelandet. Sie als Cowboy müssen den Text doch kennen.« Dann räuspert sie sich und beginnt mit der tiefsten Stimme, zu der sie fähig ist, zu singen: »*I was born under a wand'rin' star. I was born under a wand'rin' star. Wheels are made for rollin'.*«

Das ist es! Das Lied, das ich vorhin auf dem *Strip* gehört habe. Eigenartig … »Natürlich kenn ich es!«, werfe ich irritiert ein. »Anfang der Siebziger wurde der Song hoch und runter genudelt.«

Doch Grace ist nicht zu bremsen. »*Mules are made to pack. I've never seen a sight that didn't look better lookin' back.*«

»Schon gut, es reicht! Mag sein, dass Lee Marvin damit erfolgreich gewesen ist, aber er war niemals so beliebt wie ich.« Ich weiß, dass ich wie ein bockiges Kind klinge, aber ich kann nicht anders. »Meistens spielte er den Trunkenbold und Bösewicht. So jemanden mag doch keiner.« Meine letzten Worte sind nicht mehr als der Hauch eines Flüsterns.

»Auch wieder wahr.« Graces Augen funkeln amüsiert.

»Alles, was mit diesem Kerl zu tun hat, macht mich wütend! Nach dieser Nacht 1966 war nichts mehr, wie es vorher war. Der Stadtrat beschloss, dass diese Art von Krach … ja, Krach haben sie es genannt … bekämpft werden müsse. Und wissen Sie auch, warum?«

»Warum?«

»Um uns Neonfiguren vor Vandalismus zu beschützen! Was für eine faule Ausrede! Mir wird heute noch schlecht, wenn ich daran denke.«

Zwischen uns breitet sich erneut Schweigen aus, das Grace als erste unterbricht. »Vic, sehen Sie es doch so: Lee Marvin ist vor fünfundzwanzig Jahren an einem Herzinfarkt gestorben, da war er gerade mal dreiundsechzig Jahre alt. Sie aber leben wahrscheinlich ewig.«

Ewiges Leben? Was sollte ich denn damit anfangen?

Aus unerfindlichen Gründen fühle ich mich gemüßigt, etwas klar zu stellen. »Er war nicht allein, wissen Sie.«

»Das denke ich mir.«

»Burt war auch mit von der Partie.«

»Lancester?«, haucht Grace voller Ehrfurcht.

»Ja.« Ich stutze kurz. »Sie kennen den Film *Die gefürchteten Vier* wohl ziemlich gut?«

»Er ist einer meiner Lieblingswestern.« Sie seufzt. »Das waren noch richtige Schauspieler damals.« In Wirklichkeit klingt es so, als hätte sie gesagt »Das waren noch richtige Männer damals«.

Kurz schauen wir einer Gruppe von kanadischen Geschäftsleuten in teuren Anzügen hinterher, die die Brücke zum *Strip* überqueren.

»Darf ich Sie noch etwas fragen, Vic?«

»Natürlich.«

»Aber werden Sie nicht sauer.«

»Geht es wieder um Lee Marvin?«

»Nein.«

»Gut, schießen Sie los!«

»Stimmt es, dass Sie mit Ihrem nuschelnden ›Howdy, Partner!‹ eigentlich ›Howdy, Sucker!‹ sagen wollten?« Leicht verlegen schaut sie mich an. »Manche Leute behaupten das.«

Verblüfft schaue ich zurück, dann breche ich in lautes Lachen aus. Es schüttelt mich vom Kopf bis zu den Füßen. Ein angenehmes Gefühl. Ich entscheide, ihr die Antwort schuldig zu bleiben. Schließlich bin ich eine Legende.

»Ach, kommen Sie«, bettelt sie.

Ich schaue sie nur an und schüttele den Kopf. Dann wechsele ich das Thema. »Was macht Ihr Sohn eigentlich in Long Beach?«

Überrascht schaut sie mich an. »Wie kommen Sie jetzt darauf?«

Ich zucke mit den Achseln. Ein Thema ist so gut wie jedes andere.

»George arbeitet bei einer Reederei. Er ist Schiffsingenieur.«

Das klingt interessant. »Ist er viel unterwegs?«

»Ja. Er ist schon in Indien und Europa gewesen.«

Mein Inneres zieht sich unwillkürlich zusammen. »Wie schön«, murmele ich.

»Kennen Sie das Meer, Vic? Es ist unvergleichlich. Lee Marvin ist im zweiten Weltkrieg als Soldat im Südpazifik stationiert gewesen. Haben Sie das gewusst?«

Mit leerem Blick schaue ich sie an. Ich kenne das Meer nur aus bewegten Bildern.

»Ach, wie dumm von mir!«, ruft Grace verlegen, als sie meiner ansichtig wird. »Entschuldigen Sie! Wie könnten Sie auch …«

Ich bringe ein klägliches Lächeln zustande. »Schon gut. Ich denke, wir sind quitt.«

Sie lächelt zurück.

Ein sorgloses Kinderlachen schwingt zu uns herüber und vertreibt die dunklen Gedanken, als hätte uns der Geist von Judy Garland für einen kurzen Moment berührt. Wir schauen uns an, dann beugt sich Grace nach vorn und drückt mir einen Kuss auf die Wange. Unvermittelt steht sie auf.

»Wo wollen Sie hin?«, frage ich benommen, als würde ich brutal aus einem Traum gerissen.

»Ich muss nach Hause, Vic. Meine Schicht im *Caesars Palace* beginnt in sechs Stunden und ich brauche etwas Schlaf.«

»Wo wohnen Sie?«, will ich wissen, doch sie schüttelt den Kopf.

»Gehen Sie zurück, Vic! Man wird Sie in der Fremont Street schon vermissen.«

»Das glaube ich kaum.«

»Doch, ganz sicher. Gehen Sie. Ich komme Sie die nächsten Tage besuchen.«

Ich denke an die immerwährende Kälte, das harte Aufblitzen der Lichter, an Tage ohne Nächte und Hoffnungslosigkeit überkommt mich. »Versprochen?« Als wolle ich sie bannen, krallt sich mein Blick in ihre dunklen Augen.

Ihr Nicken ist ernst. »Versprochen.« Dann steht sie auf und eilt davon. Bei jedem Schritt schlägt ihre Handtasche energisch gegen die Hüfte.

Ich beobachte noch, wie sie aus dem Schatten des Pharaos ins gleißende Sonnenlicht tritt, dann ist sie aus meinem

Blickfeld verschwunden. Eine volle Stunde bleibe ich noch am Fuß der Pyramide sitzen, dann stehe auch ich auf. Zeit zu gehen.

Mit großen Schritten schreite ich durch die karge Ebene, weit genug vom Highway entfernt, um die hellen Schreie der Bussarde über meinem Kopf zu hören. Es ist ein wundervoller Tag. Ich denke, schon übermorgen werde ich den Pazifik erreicht haben, denn weder muss ich ruhen, noch essen oder trinken. Ohne dass ich es gewollt habe, hat sich eine kleine Melodie auf meine Lippen verirrt. *I was born under a wand'rin' star. I was born under a wand'rin' star. Do I know where hell is? Hell is in hello ...*

Da gelangt ein Geräusch an mein Ohr, nicht mehr als ein Seufzen, das der Wind zu mir herüber trägt und ich verstumme. Als ich mich umdrehe, erblicke ich durch die flirrende Hitze die entfernte Silhouette der Wüsteneidechse. Die Stimme aber, die ich vernehme, gehört meiner Melusine.

»Lebwohl, alter Freund …«

Die Worte schnüren mir die Kehle zu, dennoch kann ich nicht anders: Ich lächle und winke. Dann wende ich mich ab und setze meine Wanderung fort.

… *Heaven is Good-bye forever. It's time for me to go.*

Elisabeth Schrattenholzer

nennt sich am liebsten Sprachwerkerin: »denn das umfasst als einziges alle meine beruflichen Tätigkeiten: sprechend, schreibend, lehrend und gestaltend habe ich mit Sprache zu tun«. Sie absolvierte eine Schauspielausbildung, war einige Jahre Englischlehrerin, promovierte aus Theaterwissenschaft und lehrt heute als a.o.Universitätsprofessorin an der Universität für Musik und darstellende Kunst Wien das Fach »Sprachgestaltung«.

Ihr erster Roman *Ich habe das Wort so gern – Die Reise der Hiran Ganimud* erschien 2003. Zu zahlreichen Veröffentlichungen in Lyrikanthologien und Zeitschriften kommen Artikel über Sprache und Gesellschaft in wissenschaftlichen Werken sowie zwei Sachbücher, zuletzt *Sorry, Nathan! Wortblind und sinntaub: Die Beschädigung des Denkens durch die Sprache des Patriarchats – Analysen, Betrachtungen, Gegenwehr* (2005).

Im Herbst 2012 erscheint im Septime Verlag ihr neuer Roman: *... und Jesus war eine Frau*

www.elisabeth-schrattenholzer.at

Elisabeth Schrattenholzer

Taschkent: Er und sie

Ein Erdbeben. Das wär's! Ein Ehe-Erdbeben. Dann alles neu aufbauen. Großzügig wie das Zentrum von Taschkent. Alleen, helle Gebäude, Luxusgeschäfte, Restaurants, Parkanlagen. Aber hielt ihre Ehe nach mehr als zwanzig Jahren ein Erdbeben aus? Und was würde sie dann aufbauen? Erdbebensicher?

Eva war völlig mit ihren Gedanken beschäftigt. Adrians Erklärungen, was er in seinem Vortrag *Zur Modernität in Scarlattis Kompositionen für Klavier* noch kurzfristig ändern wollte, vermengten sich für sie mit Springbrunnenplätschern und dem Brausen des Verkehrs.

»Da ist er!«

Adrians veränderte Stimme holte sie zurück. Zu einem Reiterstandbild, zu einem Park und in den sonnigen Septembertag von Taschkent. Vor ihnen auf hohem Podest zu Ross ein erzener Krieger. Zu seinen Füßen, eigentlich zu Hufen des Pferdes, ließ sich eben eine Gruppe von Schulmädchen fotografieren. Lachende Gesichter mit blitzenden Augen unter blauschwarzen Stirnfransen. Die langen Haare fielen in schönem Kontrast auf die weißen Spitzenkrägen der Uniformkleider. Jeder Cäsar hätte das sein können da über ihnen, jeder Feldherr, mit seiner erhobenen Rechten und seinem umkränzten Schädel. Es war Amir Timur, der, obwohl Nicht-Usbeke, wie sie Adrian vorlesen hörte, seit Beginn der 1990er-Jahre als Nachweis für eine

Immer-schon-Nation Usbekistan gilt. Davor waren auf diesem Platz Marx und Engels gestanden, davor Stalin, davor eine Skulptur *Befreiung durch Arbeit* und davor ein Statthalter des russischen Zaren. Adrian grübelte, welche Auswirkungen so ein Wechsel der nationalen Identität auf die Menschen habe.

Eva wusste, dass sie dazu nichts zu sagen brauchte. Aber »Wechsel der Identität« klang in ihr nach. Sie sah Adrian als den jungen, verträumten Musiker von damals und sehnte sich nach den Abenden, an denen er für sie gespielt hatte. Oft und oft die A-Dur-Sonate von Schubert. Wer im Musizieren all diese Welten eröffnet, heiter lockend, drohend, verspielt und vor allem ihr Herz berührend, musste ein idealer Lebenspartner sein, war sie überzeugt gewesen. Eigentlich hatte sie der Musik vertraut. Und sie sah Adrian als Lehrer mit erzieherischer Liebeswut. So hatte sie es genannt. »Was nützt dir eine Tür ins Paradies, wenn du nicht durchgehst?«

Dann machten Wissenschaft und Forschung einen anderen aus ihm. Angeblich der Kinder wegen die Professur in Hamburg. Nach der Krankheit hektisches Interesse an Karriere und Bücherschreiben. Wer hätte ihn zurückhalten wollen? Alle waren wir froh, dass er geheilt war. Zum Glück dann eine Stelle in Wien, wo sich Eva zu Hause fühlte.

Gestern hatte sie plötzlich Hoffnung gehabt, anknüpfen zu können an die frühe Zeit. Sie hatten Samarkand besucht, die alte Hauptstadt, zwei Fahrstunden von Taschkent entfernt. Das »glanzvolle Antlitz der Erde«, wie es hieß. Auf dem Registan, einem weiten, an drei Seiten von jahrhundertealten Koranschulen und Moscheen begrenzten Platz, waren sie plötzlich in Tausendundeiner Nacht gelandet. Vom Weiß,

Türkis, Gold und Blau der Kacheln auf Toren, Nischen, Bögen und Wänden blitzte die Sonne. Von Kuppeln und Minaretten funkelten Sternenmuster, Ornamente und arabische Schriftzüge. In der milden Luft wehten hin und wieder exotische Düfte. Und ein übermütiger Adrian ließ seinen Scarlatti aus dem Reichtum der Muster Musik herauslesen, Dreiachtel- und Sechsachteltakte in den Sternen der Majolika erspüren, in der gelassenen Dynamik der Architektur Rhythmen von heiteren, zärtlichen und machtvollen Musikstücken entdecken. Als sich seine Hand dann in ihre schob und sie festhielt, genossen sie still diese zeitlose Schönheit.

Abendessen in einem der Innenhöfe, mit Tänzerinnen, Trommeln und Flöten. Und als der Vollmond über Kuppel und Minarett aufging, hätte Eva am liebsten die Zeit angehalten. In diesen Minuten war sie sicher, die Gespräche bald führen zu können, die sie sich schon so lange wünschte und die Adrian ihr so oft versprochen hatte. Aber nicht auf der Rückfahrt im Taxi. Da waren sie zu müde.

Und nicht in der Früh. Eva hatte am üppigen Buffet lange überlegt, was an Speisen sie zu kosten wagen wollte und hatte sich für Fladenbrot, gebratene Melanzanischeiben und bunten Salat entschieden. Als sie wieder zum Tisch kam, unterhielt sich Adrian eben mit einer Frau, deren Namensschild sie als Kongressteilnehmerin auswies. Er berichtete ihr gerade aus seinem Leben. »*I raised two children*«, hörte Eva ihn sagen.

Wie? Er? Er hat die Kinder aufgezogen? Ihr Magen verkrampfte sich. Er hat die Kinder aufgezogen! Das nächste Mal behauptet er gleich, dass er sie geboren hat! Wer ist in der Nacht aufgestanden, wenn eins geweint hat? Und wer hat die Kisten gepackt für die Umzüge? Wer hat die Kinder in die neuen Schulen begleitet? Ihnen geholfen, neue Freundinnen und Freunde zu finden? Vom Kochen, Wäschewaschen, Wohnungeinrichten, Putzen et cetera ganz zu schweigen. Adrian tat manchmal, als wäre sie ein Körperteil von ihm. Selbsttätig dienstbar der märchenhaften Erfüllung seiner Wünsche!

Die Fremde lächelte: »Wenn ich mir so Ihre Karriere anhöre, Herr Kollege, war es wohl Ihre Frau, die die Kinder aufgezogen hat!« Adrian war immerhin verblüfft, dass sie Deutsch sprach. Höflich hatte Eva das gemeinsame Frühstück überstanden, und jetzt diesen Timur mit seiner hochtrabenden Geste. Den kleinen Mädchen, die eben davonstoben, wünschte sie viel Glück.

Adrian musste nun zur Kongresseröffnung. Abends Programm für alle: Empfang in der Oper, Tschaikowskys *Nussknacker* und dann ein Bankett.

Eva atmete jetzt erst einmal tief durch.

Sie suchte die U-Bahn. Wo sind überhaupt die zwei Millionen Menschen, die hier wohnen? So ruhig hatte sie noch keine Großstadt erlebt. Und ganz Zentralasien hat nur dieses eine U-Bahn-Netz?

Eva fand rasch den Eingang zur Blauen Linie. Die Station Chorsu wollte sie erreichen und die Moschee sehen. Während in Samarkand Kunsthandwerk und kleine Geschäfte in den ehemaligen Schul- und Wohnräumen untergebracht waren, hatten die Gebäude in Taschkent wieder ihre ursprüngliche Funktion als Koran-Universität. Auch vom alten Stadtkern war in diesem Viertel manches wieder aufgebaut worden.

Die Fahrt in der geräumigen U-Bahn war kurz. Fotografieren verboten. Im Kriegsfall wären die Stollen Atomschutzbunker und militärisches Sperrgebiet.

Als sie ausgestiegen war, landete Eva zuerst im Treiben eines Marktes. Ein leuchtend rotes Samtkleid, kunstvoll bestickt mit Arabesken aus Gold- und Silbergarn, aber offensichtlich für den Alltagsgebrauch, hatte sie so beschäftigt, dass sie der Frau kurzerhand nachgegangen war. Zwischen Jeans- und T-Shirt-Trägerinnen immer wieder Frauen in kraftvoll farbigen, langen Gewändern. Auffällig auch die kunstvoll gefalteten Tücher als Kopfschmuck. Und auf dem Platz vor der Markthalle zwischen einem Wirrwarr an Sonnenschirmen, Karren und Kisten kauften und verkauften sowohl Männer als auch Frauen alles, was ein Markt zu bieten hat, von Getränken in Plastikflaschen bis zu kunstvollen Haarspangen, von Küchengewürzen bis zu Hemden und Tennisschuhen. Dahinter, in ruhigem Kontrast, die flache blaue Kuppel der eigentlichen Markthalle.

In der Halle selbst bestaunte Eva aufgeschnittene Granatäpfel, Türme von Orangen, Feigen und Datteln, Säcke mit Nüssen aller Art, Pfefferkörner, Gewürze und Unbekanntes. Mehrmals luden freundlichen Gesten sie ein, etwas zu kosten. Bald lockte aber Bratenduft sie wieder nach draußen. Da hockte ein Mann vor der runden Öffnung eines in den Boden eingelassenen Backofens aus Beton. Hunderte faustgroße Teigballen klebten an den Innenwänden der bauchigen Vertiefung. Der eine oder andere war aufgeplatzt und die Fleischfüllung verschmorte am Grunde des Ofens auf den glühenden Holzkohlen. Einen der Ballen, der schon knusprig goldbraun gebacken war, bugsierte der Verkäufer gerade mittels Eisenhaken in eine langstielige Kelle.

Angenehm berührte Eva der Umgang zwischen der Käuferin und dem Verkäufer. Sie konnte keinerlei kokette Signale der Frau gegenüber dem Mann erkennen. Auch kein unnötiges Hofieren vonseiten des Mannes. Wie schon zuvor in der Halle bewunderte sie den freundlichen, stressfreien Umgang, wie es ihr schien, zwischen Männern und Frauen. Oder kannte sie nur die hiesigen Codes nicht?

Wann war Adrian das letzte Mal bei einem Einkaufsbummeln dabei gewesen? In einem Supermarkt wäre er ein Analphabet. Ein Halbdutzend Frauen würden sich dann allerdings sofort um den armen Herrn Professor bemühen, und falls er endlich mit einem Milchpackerl in der Hand die Kassa findet, lassen ihn alle vor, so exotisch und so wichtig sieht er aus!

Eva erschrak über ihren Zorn, wollte sich ablenken und wandte sich zum Gehen.

Die alte Moschee war ganz in der Nähe. Ein Backsteinbau. Auf den wenigen Fliesen glänzten ineinander verwobene Sterne und arabische Schrift. Im Innenhof führten Kieswege zwischen streng geformten Rasenflächen zu einem Blumenbeet in der Mitte. Eva schaute sich um. Über dem Tor zum Gebetsraum ein riesiges Plakat. Da hielt zwischen kyrillischen Buchstaben ein heiter wirkender, schwarz gekleideter Lehrer einem Schüler ein Buch hin. Die offenen Wandelgänge rechts und links im ersten Stock füllten sich soeben mit jungen Männern, alle in weißem Hemd und dunkler Hose. Stolz und Zufriedenheit strahlte aus ihren Gesichtern. Sie unterhielten sich oder blickten in die Ferne. Vermutlich eine Unterrichtspause.

An Eva vorbei huschten zwei blasse junge Frauen. Mit gesenktem, schwarz verhülltem Kopf. Die studieren nicht hier, dachte Eva. Das sind die Frauen, die hinter jedem erfolgreichen Mann putzen und kochen. Auch wenn Adrian hin und wieder den berühmten Satz gesagt hatte: »Ohne dich hätte ich das alles nie geschafft!«, das öffentliche Prestige gehört dann den Männern allein. Der Dauerauftrag fiel Eva ein. Adrian wollte, dass sie alle zwei Wochen fünf langstielige rote Rosen geliefert bekommen sollte. Und war noch tief gekränkt, als sie entsetzt abgewehrt hatte.

»Woran würden Sie denn erkennen, dass Ihr Mann Sie zu schätzen weiß?« Eva hatte einmal insgeheim eine Therapiestunde für sich vereinbart.

»Es genügt mir nicht, dass er weiß, wie nützlich ich bin. Da könnte ich auch sein Auto sein!«

»Woran erkennen Sie Wertschätzung? Wie würden Sie Dankbarkeit ermessen können?«

»Er kann das nicht.«

»Woran würden Sie ermessen können, dass Ihr Mann sie liebt?«

Ermessen! Ermessen! So was spürt eine Frau, so was misst sie nicht.

»Wenn Sie Wertschätzung wollen, müssen Sie ihm doch eine Möglichkeit bieten, sie zu vermitteln. Sonst stellen Sie eine unerfüllbare Forderung!«

Eva hatte das Gefühl gehabt, einen Schuldspruch umgehängt bekommen zu haben. Sie war nicht wieder hingegangen.

Immer, immer die Rücksichtnahme auf seinen Beruf. Natürlich hat der morgige Vortrag Vorrang vor

Beziehungsproblemen. Natürlich wurde seinerzeit alles getan, damit er den angestrebten Job bekommt. Schließlich hat die Familie ja auch etwas davon. Natürlich müssen nach der Übersiedlung die Kinder besonders betreut werden, und natürlich hatte er dazu keine Zeit. Jede einzelne Entscheidung war zwingend. Was hätte sie anderes tun sollen? Natürlich, als er so krank war, drehte sich alles um ihn. Aber sein Magenkrebs ist längst überwunden. Wann geht es endlich um *sie?*

Die Gedanken kreisten. Es war ihr zuwider, dass sie sich in einer so typischen Frauensituation befand. Die Kinder aus dem Haus, der Mann im Beruf, die Frau unglücklich. Nein. Unglücklich, das war sie eigentlich nicht. Verbittert! Aber warum? Sie war gern bei den Kindern zu Hause geblieben, sie war gern Mutter. Warum war alles so verfahren? Sie mochte Adrian ja. Auch das war nicht das Problem. Aber sie fühlte sich so isoliert. Irgendwie hatte er keine Ahnung von ihr. Für das Funktionieren war er dankbar. Er hatte die passende Frau gewählt. Sie könnte doch wirklich stolz darauf sein, dass er den Rücken frei gehabt hatte für die Karriere und trotzdem eine Familie.

Das abgeriegelte Regierungsviertel von Taschkent, in das aus Angst vor Anschlägen niemand hinein durfte, das gab es auch in Adrians Innenleben. An irgendetwas kam Eva nicht heran. Dort wurden zwingende Entscheidungen gefällt. Ohne sie zu fragen.

Jetzt hatte sie erst einmal Hunger. In einer kleinen Gasse lockte das rot gemalte Wort *Restaurant* von einem Brett. Quer an zwei schiefe Pfosten genagelt baute es ein Tor durch eine dichte Hecke. Evas Blick fiel in einen Gastgarten mit einem kleinen Bach. Drei, vier Tische standen unter niedrigen

Bäumen, dicke schwarze Kabel hingen mit blauen, roten und grünen Lampions von Ast zu Ast, und einige Spatzen machten mehr Lärm als die Musik aus den krächzenden Lautsprechern. Sie überlegte, wie viel Zeit sie für den Heimweg brauchen würde. Hoffentlich hatte sie nicht die Orientierung verloren. Sicherheitshalber später essen, beschloss sie. Aber problemlos fand sie zurück zu ihrem Hotel, aß einen Toast und war erleichtert über die Vertrautheit der Abläufe, vom Lesen der Speisekarte bis zum Signieren der Rechnung. Die Stalin-Gotik, wie jemand die Architektur des 17-stöckigen »Uzbekistan« genannt hatte, störte sie nicht.

Dann Abendkleidung und zum offiziellen Empfang.

Ein brausender Festakt war es, wie sie es nach der kühlen Korrespondenz gar nicht erwartet hatte. Zu Beginn die üblichen Begrüßungen und Danksagungen. Adrians Blässe erschreckte sie. Dass er nur Wasser trank, das war sie gewohnt. Aber von den Häppchen, die bald darauf gereicht wurden, nahm er auch nichts. Sie hielt einen Moment den Atem an. Sie wollte es nicht denken. Das nicht.

Diesmal dürfte Adrian ihre Besorgnis gesehen haben. Er berührte ihre Hand, erzählte leichthin, was schon stattgefunden hatte und fragte, was sie wohl inzwischen gemacht habe. Bevor sie noch antworten konnte, wurden sie in den Zuschauerraum gebeten. Der liebenswerte Nussknacker, der sich in einen Märchenprinzen verwandelt, tanzte mit eindrucksvoller Leichtigkeit zur fulminanten Musik seine Kämpfe und Siege.

Verdienter Applaus.

Danach verlor sie Adrian kurz aus den Augen. Wieder bei ihr, legte er den Arm um ihre Schultern. Er hatte sich eben für das Bankett entschuldigt, sagte er, er wollte lieber mit ihr ins Hotel gehen, damit sie in Ruhe ein ausführliches Gespräch führen konnten.

Erdbeben, dachte Eva. Und war er denn gar nicht hungrig? Da gingen sie schon durch die milde Nacht, und Eva suchte in ihrem Kopf zusammen, was sie alles sagen wollte.

Oder meinte Adrian etwas ganz anderes?

Pier Paolo Pasolini

wurde 1922 in Bologna geboren. Schon in Kinderjahren entdeckte er seine Neigung zum Schreiben, studierte aber später Kunstgeschichte, was er mit Ausbruch des Zweiten Weltkrieges wieder aufgab und nahm die Arbeit als Lehrer auf. In dieser Zeit entdeckte er seine Homosexualität. Nach Bekanntwerden seiner sexuellen Neigung musste er, obwohl es keinen anrüchigen Vorfall gab – im Gegenteil, Pasolini arbeitete speziell mit Jugendlichen, die unter Lernschwierigkeiten litten sehr erfolgreich – seine Stellung als Lehrer aufgeben und ging 1950 nach Rom.

Pasolini begann wieder zu schreiben. Zunächst arbeitete er an Drehbüchern u. a. von Federico Fellini oder Luis Trenker mit und fand so Anschluss an die Künstlerszene Roms. 1955 erschien dann schon sein erster Roman *Ragazzi di Vita*, der die damaligen sozialen Umstände Roms umreißt und im Milieu der Kleinkriminalität angesiedelt eine radikale und schonungslose Sprache spricht. Der Roman erntete sowohl Beifall als auch Widerstand. Vier Jahre später erschien sein zweiter Roman *Una vita violenta* während er kontinuierlich linksgerichtete Artikel für Zeitungen verfasste, in denen er einerseits den Verfall sozialer Strukturen analysierte, andererseits aber auch die neu aufkeimende Spielart des Faschismus angriff, die sich unbewusst in der gesamten kapitalistischen Gesellschaft auszubreiten schien.

1960 wandte sich Pasolini dann mehr und mehr einem neuen Medium zu, dem Film. *Mama Roma* ist heute eine Ikone des italienischen Films, und widmete sich abermals den Missständen in der italienischen Gesellschaft. Es folgen Filme wie *Das 1. Evangelium – Matthäus* oder *Edipo Re*, der das Leben des König Ödipus in der typischen Art des damaligen italienischen Films darstellt. Neben zahlreichen, meist erotischen Filmen ist sein wohl erschreckendster, aufsehenerregendster Film *Salo – Die 120 Tage von Sodom*, ein Film der schonungslos die dunkle Seite des Menschen an die Oberfläche kehrt, aufwühlt und den Zuseher verstört zurücklässt.

Im November 1975 wurde Pasolini unter bis heute nicht restlos geklärten Umständen ermordet, indem er von seinem eigenen Wagen mehrmals überfahren wurde. Der Mörder gab Jahre später an im Auftrag gehandelt zu haben. Später wurde dies jedoch widerrufen, was dazu führte, dass eine Unterschriftenkampagne von italienischen Schriftstellern gestartet wurde, die die Wiederaufnahme der Untersuchungen forderte, was trotzdem zu keiner endgültigen Aufklärung des tragischen Ablebens des Künstlers führte.

Pier Paolo Pasolini widmete sich zeitlebens der italienischen Gesellschaft und beleuchtete in seinen publizistischen Arbeiten, Romanen und Erzählungen sowie in seinen Filmen die sozialen Umstände des Landes und seiner Hauptstadt Rom. Die hier vorgestellte Kurzgeschichte *Frauen in Rom* stammt aus dem Erzählband *Geschichten aus der Stadt Gottes* und steht hier stellvertretend für das Werk eines Künstlers, der bis heute zu den bedeutendsten und kreativsten Italiens zählt.

Pier Paolo Pasolini

Frauen in Rom

I

Ich beobachte Anna Magnani dort hinten, auf dem Sofa des eleganten Salons, hinter einem kostbaren, antiken Möbelstück, auf dem viele Schachteln und kleine Tabletts mit erlesenen Kuchen stehen. Sie schweigt, ist halb versteckt. Ihre Haut ist weiß, und die Augen sind wie ein großes schwarzes Taschentuch, das sich oberhalb der Nase um ihre Stirn windet. Sie schweigt, aber sie hält den Oberkörper kerzengerade aufgerichtet, so wie ihre Großmutter im vergangenen Jahrhundert an der Haustür gestanden haben muß. Ich sehe aber, daß ihr Schweigen voller Unruhe ist: hinter dem schwarzen Band der Augen verlaufen noch schwärzere Schatten, unterbrochene und wiederaufgenommene Schatten, die mal wie ein kleines Aufstoßen unterdrückt, mal wie Gelächter losgelassen werden. Es ist offensichtlich, daß die Leute, die sie um sich hat, sie bedrängen, sie in ihre Form zurückzwängen wie eine ausgeströmte Flüssigkeit, die wieder in die Vase zurückfließen kann, um dort ganz brav an ihrem Platz zu bleiben.

Sie trinkt den ausgezeichneten Champagner des Gastgebers: und nimmt sich auch noch den Rest aus der Flasche. Nach ein paar Minuten erhebt sie sich aus ihrer Ecke, ruft, daß sie auf die Toilette gehen wird, und als sie zurückkommt, setzt sie sich in die Mitte des Zimmers auf einen kleinen Stuhl, der mitten auf dem großen grünen Teppich steht. Sie sitzt da wie auf einer Bühne: wieder hält sie den Oberkörper gerade aufgerichtet, die Brüste vorgestreckt: zwei schöne Brüste, denn in letzter Zeit ist sie wieder ziemlich rund geworden: auch jetzt erinnert sie an ihre Großmutter in diesem Kleid, in dem sich auf unerfindliche Weise die letzte Mode mit der zeitlosen Mode der einfachen Frauen aus der Ciociaria oder der Bäuerinnen verbindet. Sie sitzt da in einer herausfordernden Haltung.

Das Band scheint ihr aus dem blassen Gesicht gefallen, und die Augen, die auf der pechschwarzen Farbe schwimmen, blitzen schüchtern und ungemütlich, werfen kurze Seitenblicke, die sofort abgebrochen oder durch einen neuen Ausdruck verlängert werden. Diese Blicke vernichten und lassen jeden, der sie ansieht, wie einen Dummkopf zurück.

Dieses Gefühl, ein Dummkopf zu sein, das man empfindet, wenn man vor ihr steht, verwandelt sich jedoch sofort in zärtliche Zuneigung: dasselbe passiert den jungen Burschen, es können sogar kleine Gauner sein, wenn sie auf ihren Motorrädern angerast kommen und scharf vor einer Prostituierten bremsen, die ruhig auf irgendeiner Bank bei den Caracalla-Thermen sitzt und sie erwartet. Die herausfordernde Art, mit der sie sich verteidigt, läßt auch die kühnsten von ihnen die Fassung verlieren, und da stehen sie nun, unbeholfen und blöde, wie vor der Statue einer wundertätigen Heiligen.

Aus Annas herausfordernder Haltung kann alles mögliche entstehen: auf etwas ist man jedenfalls immer gefaßt, nämlich daß sie singt. Ein Volkslied. Ein altes mit einem gerade eben erfundenen, fröhlichen Vers neu aufgefrischt, den sie dann lachend beendet. Sie kann sich nur singend ausdrücken denn das, was sie ausdrücken muß, ist etwas Ganzheitliches, ohne Unterschiede: das reine Leben, ihres und das der Generationen römischer Frauen, die vor ihr auf der Welt waren ...

II

Der Junge kommt aus einem Seitengäßchen, wo überall die Steine bröckeln, auf die Straße, die an Klein-Parioli[1] vorbeiführt und ebenfalls voller Löcher ist: von dieser Straße in Klein-Parioli aus laufen eine ganze Reihe von Gassen wie ausgetrocknete kleine Sturzbäche zum Pinienwäldchen hinunter, mitten durch einen Haufen armseliger Hütten, alter Landhäuschen, flacher Mauern und neuer, großer Wohnhäuser, deren Zement noch feucht ist.

Der Junge hat eine dunkle Haut: das ist das einzige, was man im abendlichen Halbdunkel sehen kann. Darum wirken seine weißen Jeans noch weißer: sie glänzen wie Spiegel und sie wurden erst vor kurzem angezogen, werfen nur wenige Falten an den Oberschenkeln, unterhalb der prall gefüllten Taschen. Es sind die ersten weißen Jeans in diesem Jahr: der Frühling ist jetzt schon fortgeschritten, aber wie süß ist diese Luft, schon schwül wie im Hochsommer, hier in Torpignattara ...

Geradeaus wie ein Pferd mit Scheuklappen, entschieden unerbittlich, durchaus bereit, Ohrfeigen zu verteilen, wenn es ihn überkommen sollte, auf jeden Fall fest entschlossen, eine Sache klarzustellen, geht er auf den gegenüberliegenden

1 Ironische Bezeichnung für Torpignattara, ein sehr armer Randbezirk von Rom, benannt nach Parioli, einem der vornehmsten Viertel der Stadt; Anm. d. Ü.

Bürgersteig zu, wo zwischen zwei Fiat 600 und einem Morini, im Licht eines Lebensmittelgeschäfts, das noch geöffnet hat, jemand steht und auf ihn wartet.

Es sind zwei kleine Nymphen, sehr sehr jung, wie zwei kleine Kätzchen; sie tragen leichte Kleider, aber darüber haben sie sich umsichtig, weil es noch kühl ist, jede einen kurzen Überziehmantel angezogen, braune oder nußfarbene, respektierliche saubere Mäntelchen. Eine der beiden ist etwas größer und hat lange dunkle Haare von jenem Kastanienbraun, in dem ein ganz leichter roter Reflex schimmert, besonders dort, wo die Locken gegen das grelle Licht aus dem Geschäft hinter ihrem Rücken an den Spitzen ein wenig ausdünnen: ein blasses, sanftes Gesicht, das in eine Hand paßt, mit diesem kleinen Mund, den nur die Blassen mit dunkler Haut haben, die ein bißchen arabisch aussehen, einem weichen, aber nicht zu schlaffen Mund, genau wie der der jüngeren Geschwister, die auch noch nicht erwachsen sind.

Der Junge erscheint mit diesem Prachtstück an Hosen und geht sofort in scharfem Ton auf sie los. Was er sagt, kann man nicht hören, aber seine Worte dürften etwa so ähnlich sein wie: »Was biste Maria erzähln gegangn über mich?« Oder: »Sag mal, was haste denn eigntlich gestern abend gemacht?«

Sie verteidigt sich ausführlich, wie von ihr gefordert, indem sie sehr lange spricht, ganz ernsthaft und sanft. Angesichts all dieser Rechtfertigungen, die so besorgt und betrübt vorgetragen werden, fällt es ihm schwer, seine finstere Miene beizubehalten: eine Zeitlang gelingt es ihm, dann entwischt ihm ein fröhliches, beruhigtes Blinzeln; und sie, die ohnehin von Anfang an gespürt hatte, daß sein böses Auftreten nur Schauspielerei gewesen war, entkrampft sich ganz allmählich, wird gelöster: die Drohgebärde dieser blütenweißen und unheimlichen Jeans dort unten jagt ihr keine Angst mehr ein.

III

Der Verlobte an ihrer Seite geht langsam, mit einem heiligen Schritt. Da er zu ihrer Linken geht, ruht seine Hand auf ihrer rechten Schulter und hält sie eng an sich gedrückt. Die Geste heißt Besitz und Schutz: sie hat jede Bedeutung von Zuneigung oder gar Sinnlichkeit verloren und mit ihr wird einfach nur so etwas wie ein magischer Ritus vollzogen. Dies ist umso nötiger, als die beiden auf der Viale Tiastevere gehen: nein, sie überqueren sie gerade, und zwar nicht auf dem Zebrastreifen, ganz und gar nicht, sondern mittendrin im Verkehr, wo die rote Linie der Ringbahn gerade aus der Via Induno abbiegt, zwei Busse der Linie 75 dabei sind, auf der Höhe vom Palazzo degli Esami in die Viale Dandolo einzubiegen, und die Schlange der Autos bis zum Ponte Garibaldi reicht.

Aber solange er sie mit seiner Hand auf ihrer Schulter so fest an sich preßt und sein ausgefranstes, fast wie weichgekochtes Gesicht über sie beugt, sieht und hört er nichts, weder die Straßenbahnen, noch die Busse, noch die Autos. Die heilige Geste, der heilige Schritt halten jede Gefahr von ihm fern - von ihnen beiden, von dem Paar: daß doch die Straßenbahnen, die Busse, die Autos langsamer fahren möchten, anhalten möchten: hier handelt es sich um Jugend und Liebe, um die Spezies und die Gesellschaft: alles ist auf die beiden, auf ihr Wunder konzentriert.

Sie, besessen, beschützt, zum Symbol gemacht, erscheint wie in Trauer. Sie ist ganz ernst: auf ihrem Gesicht liegt nicht der Hauch eines Lächelns, weder eines vergangenen noch eines zukünftigen: sie wirkt, als habe sie sich verhärtet und verkrampft bei dem stummen, rituellen Akt, der dort zu zweit vollführt wird, mitten auf irgendeiner Hauptstraße der Stadt, vor irgendeinem öffentlichen Gebäude, in Richtung auf irgendein Stadtviertel, wo arme Leute wohnen: und am Mittelpunkt der Welt.

Jetzt sind die beiden an der Reihe: und man muß den Hut vor ihnen ziehen. Er, mit seiner ausgefransten und weichgekochten Wange, sieht ganz so aus, als sei er fähig, sich mit jedem zu prügeln, der diese so überaus feierliche Einweisung nicht respektieren will. Und sie würde ihn nicht aufhalten. Von seiner Fährte wie betäubt, eingeschüchtert und entmutigt, ist sie ganz auf seiner Seite.

Ihre Haut ist mit dem Alter immer dunkler geworden, fast schwarz, der Mund hat sich ihr ein bißchen nach unten gebogen, wie bei denen, die seit langem einen geheimen Kummer mit sich herumtragen, die Augen haben einen nachdenklichen und traurigen Ausdruck, fast glänzen sie vor Tränen. Oder vielmehr nicht nur fast: Das winzige Licht, das man in der Pupille sieht, sind tatsächlich Tränen: Freudentränen vielleicht, aber es sind Tränen. Und er, dieses Schlitzohr – ganz Ruhe und Gelassenheit! – nährt diesen tiefen Ernst noch, indem er immer neue liebevolle Worte auf das Feuer gießt: sicherlich sagt er ihr gerade, daß er gute Bekannte hat … Er wird dies tun, er wird das tun. Und sie: stumm, niedergeschlagen, sein Besitz, seine Komplizin, gefangen mit ihm im magischen Kreis, wie eine Nonne.

IV

Eines der schönsten Schauspiele Roms ist bekanntlich der Markt an der Porta Portese am Sonntag vormittag.

Mit einem Bilderrahmen unter dem Arm und einem kleinen Tintenfaß in der Hand schlendere ich mitten durch eine Menschenmenge, die einen dazu zwingt, sich schlangenartig um die Reihen der Verkaufsstände und das auf dem Boden ausgebreitete Warenangebot herumzuwinden: es ist Weihnachten, aber eine sommerliche Sonne erhitzt die Köpfe und brennt auf die schiefbeinigen Stühle, die staubigen Stoffe, die nachgemachten Antiquitäten, die Schinken in Öl, die falschen Orden. Die Verkäufer, die schon vor Sonnenaufgang gekommen sind, um ihren Platz zu besetzen, sind unter dieser schönen Sonne inzwischen todmüde geworden. Sie schreien mit heiserer Stimme, lachen, gepackt von der Erregung, die sie jeden Sonntag befällt, einer Art Rausch, einem Wahn, aber man sieht, daß sie unter ihren Zylindern oder Taschentüchern schon fast dösen, und daß sie drauf und dran sind, zwischen einer hölzernen Statue des Heiligen Antonius und einem Porträt des Duce vor Müdigkeit umzufallen.

Die ganze Straße von Porta Portese entlang, über einen oder zwei Kilometer, wimmelt es unter den Speichern, den Baracken, den Überresten barocker Bauwerke und auf den dreckigen Wiesen am Tiber von einem Heer aufgeregter Schwärmer, alle von der Süße des Weihnachtsfestes elektrisiert.

Da erblicke ich hinter einer Gruppe kleiner Bengel mit schwitzenden Gesichtern, zwischen den über das Angebot gebeugten Rücken der Frauen, die, eingeschüchtert vom

Kontakt mit dem Volk, ihre Weihnachtsgeschenke kaufen, unter den wie Körner am Maiskolben aufgereihten Gesichtern einer Herde von Fremden auf Beutezug, wie in einer Halluzination vor mir plötzlich ein Stück römischer Salonwelt.

Es handelt sich um die Signora Livia De S. und die Signora Paola M.: die erste schwebt mitten im Gewühl wie ein großer Schwan auf dem Schlamm eines Teiches, der lange und ein wenig aufgedunsene, heraldische Hals trägt einen Kopf, der nicht besonders groß, aber eines bedeutenden Manieristen des Settecento würdig ist: in Spanien erzogen, gestorben in Sizilien. Rund und stauned der Mund, ausdruckslos und geheimnistuerisch blicken die klassisch zwischen Nase und Stirn eingefaßten, großen Augen, und trotz des inzwischen reifen, mütterlichen Alters ist ihnen eine jugendliche Verwirrung anzusehen: ob sie braun oder blau sind, ist nicht zu sagen. Die zweite erscheint dagegen kleiner, als sie wirklich ist (tatsächlich handelt es sich um eine echte Römerin, die eine gute Partie gemacht hat), so sehr wird sie in Anspruch genommen von dem, was sie um sich herum zu Füßen hat: unter der eckigen Stirn und Haaren, die so schwarz sind wie die Haare der Tanten mit dem Kameenschmuck, suchen ihre riesigen, wie bei einer Stummfilmschauspielerin von dunklen Ringen umgebenen Augen neugierig und zielstrebig unter den zum Verkauf ausliegenden Sachen aus, was ihr scharfer und praktisch denkender Verstand dann sofort vormerkt.

Sie erkennen mich: wir sind wie Glückwünsche füreinander, wie Komplizen. Wir zeigen uns gegenseitig unsere Einkäufe. Die beiden Damen sind beladen mit Kupferwaren.

Die Sonne brennt uns in den Augen und auf der Haut, und läßt die Gegenstände in unseren Händen aufblitzen. Ich glaube, es ist das erste Mal, daß wir einander am helllichten Tag sehen. Aber die Menge trennt uns und reißt uns auseinander. Sie verabschieden sich fröhlich von mir, und während sie mit den großen Kupfergefäßen wedeln, die sie sich aufgeladen haben, rufen sie: »Die sind für Fellini ... für Fellini ...« Und sie verschwinden in der gottlosen Menge.

V

Hinter dem Gianicolo, weiter oben, in dem neuen Stadtviertel, wo vieles an Garibaldi erinnert, ist die Sonne um diese Zeit einsame Herrscherin: die vor kurzem aufgeblühten und schon wieder erschlafften Glyzinien verströmen einen starken, süßen Kadavergeruch, und ganz Monteverde ist voll von ihnen, nachdem überall das Grün explodiert ist, dieses römische Grün, das zu kräftig ist, um Schattierungen oder Nuancen zu haben, es ist aus einem Stück, verzweifelt, erstickend, prächtig.

In dieser Sonne sitzen an den Metalltischchen einer kleinen Bar – ohne etwas zu konsumieren – sechs oder sieben Mädchen: sie und die Sonne.

Aber die Bar liegt an der Ecke der Via Fratelli Bonnet und der Via Carini, neben der Bushaltestelle: manchmal kommt also jemand vorbei und sieht sie: zumindest die Fahrer der leeren Busse oder die Laufburschen, die bummelnd darauf warten, daß die Läden wieder aufmachen; oder der Tankwart der Ozo-Tankstelle neben einem Rohrzaun, der in einem grellen Salatgrün gestrichen ist. Und sie schämen sich; darum lachen sie, vom Besitzer der Bar geduldet, dort, auf seinen Blechstühlchen, wo sie von den wenigen vorbeikommenden Männern vergnügt betrachtet werden. Die Männer begegnen ihnen kameradschaftlich, fast wie Kollegen – ungekämmt, unordentlich und abgerissen gekleidet wie sie sind. Und sie lachen fortwährend. Sie tragen alle die gleiche Kleidung, einen weißen Kittel und sonst nichts: auch die Schuhe sind im Grunde alle gleich: diese ärmlichen, ein wenig schiefgetretenen Schuhe zu zweitausend Lire, die die Mädchen aus dem Volk tragen. Und weil es warm ist, haben sie darunter nicht einmal Unterhemden oder Blusen in anderen Farben.

Ihre Gesichter sind gezeichnet, vorzeitig gealtert: die Ältesten unter ihnen sind nicht älter als fünfundzwanzig. Trotzdem ist ihre Haut häßlich, weißlich, rissig. Die zerzausten Haare umrahmen blasse, schwitzende und ein wenig faltige Stirnen. Und sie sind fast alle mager, erschöpft. Eine, die häßlichste, ist außerdem klein gewachsen: an ihren hervortretenden, gespannten Jochbeinen und an den Zähnen, die das dünne Fleisch um die Lippen nach außen drücken, sieht man, daß sie aus irgendeinem weit entfernten Viertel am Stadtrand hierher zum Arbeiten kommt, aus Trullo oder der Magliana oder aus Primavalle …

Aber sie lacht, auch sie lacht mit den anderen, über nichts: über ihre dumme Schamhaftigkeit, über ihren seltsamen Schwesternkittel, einfach darüber, wie sie alle zusammen dort sitzen, um die Männer in der Umgebung anzulocken, die sich genauso plagen müssen, und da gibt es keine Feinheiten, aber auch kein bißchen Brutalität. Da sitzen sie, wer sie will, soll sie sich holen: arme Arbeiterinnen, unansehnlich und von der Mühe gezeichnet, aber für das Eine sind auch die noch gut …

VI

Wie klein meine Mama ist, klein wie ein Schulmädchen, fleißig, verängstigt, aber entschlossen bis zum Letzten ihre Pflicht zu tun. Diese Frauen erschrecken sie, sie betrachtet sie mit ein wenig Furcht in den Augen. Sie sind womöglich genauso alt wie sie oder sogar noch jünger, vielleicht sehr viel jünger: aber sie, die so höflich und zartfühlend ist, wirkt im Vergleich zu ihnen, den Großen, wie ein junges Mädchen. In jeder von ihnen scheint sich ein Mann zu verbergen. Solange sie kleine Mädchen und junge Frauen sind, hat es vielleicht nicht den Anschein (aber diese Boshaftigkeit ohne jede Schüchternheit, diese Wut, dieser Groll, den man oft in ihren Augenwinkeln sieht, was ist das?): mit fortschreitender Zeit jedoch wächst der Mann, den sie in sich haben, verleiht ihnen seinen Charakter, seine Stimme, und Stück für Stück auch sein Gesicht, das vorspringende Kinn, die Hängebacken, die breiten Nasenflügel, die Haare am Körper. Hinter ihrem mit Gemüse beladenen Verkaufsstand können sie einem wirklich ein wenig Angst machen: meine Mama zittert zu Recht ein bißchen, wenn sie in ihrem armen, sanften, uralten, christlichen Akzent aus dem Veneto einen Blumenkohl oder Kirschen verlangt. Die Frauen ihr gegenüber suchen aus und wickeln die Blumenkohlköpfe und Kirschen mit der grimmigen Verbissenheit von Gepäckträgern ein. Sie haben andere Dinge im Kopf. Wir wollen mal sehen:

so viel dürften sie eigentlich nicht im Kopf haben. Es sind schließlich Gemüsefrauen: zäh wie Maultiere, hartgesotten wie Tuffstein, herzkrank und jähzornig, aber Gemüsefrauen. Ihr Leben beschränkt sich auf zwei, drei Tatsachen: ein kleines, dunkles Häuschen, so alt wie das Kolosseum, hier in der Nähe vielleicht, in den Gäßchen hinter dem Campo dei Fiori, oder auch in irgendeinem neuen Stadtviertel mit Mietshäusern des Nationalen Versicherungsverbundes, in San Paolo oder auf der Via Portuense: zwei, drei, vier Kinder, die eine Hälfte Jungen, die andere Mädchen, die einen Kleinkinder, die anderen Jugendliche, einer davon vielleicht schon beim Militärdienst; und einen Ehemann mit einem zerbeulten Fahrgestell, der spricht, als habe er eine heiße Batterie in der Kehle, einer der vor Wut rot anläuft oder blaß wird, so daß man ihm schon »ganz Terracina im Gesicht« ansieht. Das Übliche. Warum denn all diese Großartigkeit? Warum wirken sie sämtlich wie Kuppeln des Petersdoms? Weil sie Büffelkühe sind oder Muttersäue, wirklich antike, doch lebendige Büffelkühe. Sie sind geboren, bevor Christus auf die Welt kam; ihre Philosophie ist die zum Volk herabgestiegene Philosophie der Stoiker: wer leben will, muß kämpfen, da gibt es keine Geheimnisse. Man muß leiden, aber alles ertragen lernen: und sich inzwischen einigermaßen einrichten, auch wenn man lieber wütend werden möchte. Vielleicht gibt es einen Gott, einen christlichen, katholischen, den man mit Kerzen und Gebeten besänftigen muß: und im übrigen muß man sich irgendwie selbst zurechtfinden: hier, auf der Erde und nirgendwo sonst wird man belohnt oder bestraft: Essen und Trinken sind die Belohnung, Söhne, die zu Verbrechern werden, und Ehemänner, die saufen, sind die

Strafe. Die Männer mit ihren Schwächen taugen zu nichts, sind Verräter, Faulpelze, geile Böcke; die Sache der Frau ist es, das Leben immer so fest in der Hand zu haben, wie es dich jedesmal ergreift, wenn es entsteht. Und die schmerzerfüllte, aufbrausende Sicherheit in diesen Gesichtern voller Höcker und Härchen macht uns angst, uns unsicheren Christen ...

VII

Der Vicolo del Cinque in der Abenddämmerung: ein armseliges, enges Gäßchen aus römischen Pflasterquadern und alten Ziegelsteinen, das, während die Sonne noch lauwarm auf den Dächern liegt, bereits der Nacht überlassen ist. Keiner arbeitet mehr. Geradezu festlich gekleidet – nicht mit ihren eigentlichen Feiertagskleidern, aber mit der richtigen Bekleidung für die tägliche Feier, die der Abend bedeutet – genießen die Jugendlichen auf der Straße ihre Freizeit, lehnen müßig an den Rollläden der Werkstätten, die soeben heruntergelassen wurden, stehen vor dem Barbierladen, den Spielautomaten oder um ihre Motorräder herum. Die Kleinen, die nicht von der Arbeit verdreckt sind, sondern weil sie den ganzen Tag im Staub herumgespielt haben, setzen ihre Spiele mit seliger Unerschütterlichkeit fort. Die Alten, an ihrem Lebensabend angekommen, gehen spazieren, und sie sind ebenfalls verdreckt, denn es nützt ihnen ja sowieso nichts mehr, frischgewaschen und gekämmt zu sein: sie haben keine Flausen mehr im Kopf – aber ihr boshaftes, trübes Auge verrät, daß sie im Grunde immer noch bedauernswerte Halbwüchsige sind ... Die ganze Gasse wird von den großen

Abwesenden beherrscht: von denen, die, ob Grünschnäbel oder Greise, alle im gleichen Kahn sitzen: nicht weit entfernt, unter derselben Sonne, zwischen demselben Geschrei; nicht weit entfernt, am Tiberufer, am Ende der Lungaretta, unterhalb des Gestrüpps des Gianicolo ... Auch ohne sie spielt sich das Leben in der Gasse so ab, wie es immer schon war: während man darauf wartet, daß sie eines schönen Tages alle glattrasiert wieder auftauchen werden, wie aus dem Militärdienst Entlassene. Und so wie sie hier plump und blöde, kaugummikauend oder fluchend herumstehen, geben sich die anderen, die noch da sind, junge Milchbärte oder nach Wein stinkende alte Vogelscheuchen inzwischen alle Mühe, ebenfalls früher oder später einer von den großen Abwesenden zu werden: damit das Leben sich nicht ändere. Dieses Leben wird überwacht und bewahrt von denen, die hier fast nicht vorhanden scheinen: zusammengedrängt vor einer Tür, abgesondert in einem kleinen Fenster, die eine mit der dunklen Haut und den lakritzschwarzen Augen des Sohnes, die andere mit dem Liebreiz des kleinen Bruders, wieder eine mit der animalischen Wut des Vaters: sie sind fast nur Zuschauer, ein Hintergrund, alle gleich und namenlos, über die Gasse verstreut, unter die Männer gemischt, aber wie Essig und Öl. Diese machen, handeln, lachen, jene sehen zu, warten, beklagen sich. Und doch sind sie das Bewußtsein dieses Lebens der Gasse: das Bewußtsein davon, was das Leben ist, nicht davon, was es sein müßte. Wer allen Mut verloren hat, wünscht keine Verbesserungen, wer in die Dunkelheit verbannt ist, sehnt sich nicht nach dem Licht. Nur eines von den sehr, sehr jungen Mädchen, eine, der in den letzten beiden Jahren die Brüste unter dem Pullover gewachsen sind, beginnt, sich ein wenig gegen das alte Eingeschlossenwerden, gegen die Sklavenherrschaft der Männer aufzulehnen, in deren Sittengesetz die einzige erkennbare Regel die Unterordnung der Frau ist: und seht sie euch an, dort, wie sie sich aufregt, mit einem Kleidchen nach der letzten Mode, seht, wie sie schreit …

Originaltitel: *Donne di Roma*, Mailand, 1960
Pier Paolo Pasolini, *Frauen in Rom*
aus: *Geschichten aus der Stadt Gottes* S. 47-59

Aus dem Italienischen von Annette Kopetzki

Georg Elterlein

wurde 1961 in Wien geboren. Der Toningenieur schrieb vorerst Kurzgeschichten und arbeitete an Drehbüchern mit. 2009 erschien sein Roman *Der Hungerkünstler*, der 2010 für den Rauriser Literaturpreis nominiert wurde.
Georg Elterlein lebt in Wien und arbeitet derzeit an seinem zweiten Roman.

www.georgelterlein.info

Georg Elterlein

Wien: Stummel und die Liebe zur Stadt

Wir nannten ihn Stummel. Nicht weil er klein war, gedrungen, den Namen bekam er, weil er Kettenraucher war. Wo immer Stummel länger als drei Minuten stand oder hockte, regnete es verkohlte Zigarettenreste aus seinen Händen. Flirt ohne Filter.

Stummel war Kohlenhändler. Er hieß Hrdlicka. Sein Name stand auf einem handgemalten Schild mit abblätternder Farbe über der Metalltüre seines Geschäftes. Steile Stiegen führten hinab in den Kohlenkeller, aus dem er und seine Arbeiter Kohlesäcke schleppten, auf offene Pritschenwagen warfen. Wenn sie losfuhren hallte das Knattern der Zweitakter über den Markt, der blaue Dunst verpestete die Luft.

Nach ihrer Abfahrt hockte sich Stummel zur Liesl in den Schanigarten neben der Fischhandlung am Markt. Das Gesicht schwarz vom Kohlestaub, gelbe Zähne beim Grinsen als er das erste Krügerl bekam, die Augen strahlten azurblau und weiß.

Stummel hatte bei der Liesl seinen eigenen Sessel, von einer klebrigen Kohle-Schweißschicht überzogen. Kam Stummel zum Lokal, schnappte er sich den Sessel, klappte ihn auf und nach dem Zahlen verstaute er ihn wieder in der Ecke des Schanigartens. Niemand rührte diesen Stuhl an, nicht einmal wir, obwohl wir öfters darüber nachgedacht hatten, auf welche Laterne wir den Klappsessel hängen könnten. Doch Stummels liebevolles »Gfrasta und Tschuschn, na es sads ma a Mischung« und vor allem die mächtigen Hände waren uns Warnung genug.

Jeden Nachmittag schaute er uns beim Fußballspielen zu und wenn sich jemand aufgeregte, auf das Schild ›Ballspielen verboten‹ deutete, brüllte er aus dem Schanigarten: »Oba lassens doch de Buam! De tuan doch kan wos!«

Doch eines Tages blieb der Sessel verwaist. Die Arbeiter schleppten Kohlesäcke aus dem Keller, die Zweitakter knatterten los, ohne Stummel. Wir spielten unser Länderspiel Jugos gegen Wiener auf dem Marktplatz, als ich einen Mann in Anzug und Krawatte an der Liesl vorbeigehen sah. Er überquerte den Markt, eine Aktentasche aus glattem, braunem Leder unter den Arm geklemmt und ehe ich Stummel unter der Verkleidung erkannte, war er in den Gängen zwischen den Marktständen verschwunden.

Am nächsten Nachmittag saß er wieder kohleverdreckt auf seinem Stammplatz, das Bier in seinen Pranken, blätterte die Arbeiterzeitung durch. Stummel bemerkte mein Herumschleichen, winkte mich zu sich.

»Is wos, Bua?«

»Na. Nix.«

Es dauerte eine halbe Flirt ohne, bis er aus mir heraus gekitzelt hatte, was ich wissen wollte: Wohin war er tags zuvor in Anzug und Krawatte unterwegs gewesen?

»Wannst des wissen wüllst, kummst hoit am Mittwoch uma ochte auf d'Nacht ins Bezirkmuseum«

Hätte ich einen meiner Freunde nach dem Bezirksmuseum gefragt, sie hätten gelacht, gespottet, gegen welchen Türpfosten ich gerannt sei. Die einzigen Museen die wir kannten waren die beiden am Ring. Riesige Klötze, und dazwischen hockt fett Maria Theresia. Als Schulklasse waren wir durchgeschleift worden, in dem einen Ölbilder so groß wie Fußballtore, Mumien in dem anderen.

Also suchte ich nach einem großen Gebäude in der Umgebung des Marktes, das Streifen durch die Gassen umsonst. Auch Mutter und Vater hatten keine Ahnung, erstaunte Blicke bei meiner Frage, erst der Geschichtsprofessor konnte mir weiterhelfen, schrieb die Adresse auf einen Zettel: »Und was willst du dort?«

Gfrasta. Das Wort pickte wie Sekundenkleber an mir. In der Schule immer am Rand des Durchfallens oder an der Schwelle des Hinauswurfs. Mit jedem Schuljahr der Vorsatz, es dieses Mal besser zu machen, aber nach ein paar Tagen Ernsthaftigkeit begann die Kupplung zu schleifen, ich nahm den Gang raus, verlor an Geschwindigkeit. Nichts interessierte, nichts band meine Konzentration an die Worte, die mich Stunde um Stunde anschwemmten, bis mich das letzte Läuten erlöste. Hinaus in die frische Luft. Lärmen. Rennen. Fußball.

Die Stadt bestand für mich aus dem Sandplatz im Augarten, aus dem Käfig am Donaukanal, aus dessen Wasser wir regelmäßig den Ball fischen mussten, flussabwärts bei der Urania, wo ihn der einmündende Wienfluss gegen die Uferpromenade trieb, und dem Karmelitermarkt. Nie wäre ich auf die Idee gekommen, dass der Augarten einmal ein kaiserlicher Jagdgarten gewesen war, der Donaukanal einer der vielen wilden Arme der Donau vor der Stadtmauer, der Karmelitermarkt für die Juden nach der Vertreibung aus der Stadt ein neues Wohngebiet, die Mazzesinsel, bis dreihundert

Jahre später Nazis sie dort zusammentrieben und in den Tod transportierten. Für mich waren es bloß Orte zum Fußballspielen und Stummel ein Kohlenhändler mit einer Stimme wie ein Orkan. Dennoch, der Zettel mit der Adresse des Bezirksmuseums, die Neugierde, was Stummel in Anzug und Krawatte dort machte. So ließ ich das wöchentliche Fußballspiel im Augarten gegen die Brigittenauer aus, die Anfeindungen eines Mitspielers, dass ich ein Nudelaug sei, wurde mit einer Prügelei aus der Welt geräumt und vollgepumpt mit Adrenalin und einem zerrissenen Hemd machte ich mich auf den Weg ins Bezirksmuseum.

Im zweiten Stock des Bezirksamtes, eine hohe Flügeltüre, darauf ein Schild ›Bezirksmuseum‹ und die Öffnungszeiten. Es roch muffig. Das Parkett knarrte. Beim Eingang saß eine Frau mit einem Lächeln wie aus der Walton-Familie. Ich blieb stehen, wartete, dass sie mir eine Frage stellte, was ich hier wollte, aber sie schaute nur auf die aufgerissene Schulternaht des Hemdes und sagte, heute gebe es keine Führungen. Nur einmal im Monat. Ich nickte, als wäre genau das die Information gewesen, auf die ich gewartet hatte, kehrte um, beschleunigte am Gang meine Schritte, rannte die Stiegen hinunter, sauste am Portier vorbei, der mir durch die Öffnung der Plexiglasscheibe nachrief: Nur langsam, junger Mann!

Den Anpfiff zur zweiten Hälfte im Spiel gegen die Brigittenauer erreichte ich rechtzeitig, fing und faustete Bälle, war nach dem Spiel so staubig wie Stummel dreckig von Kohle. Auf dem Heimweg fragte ich Branko, warum der zwanzigste Bezirk Brigittenau heißt.

»Woher soll i des wiss'n?«

»Na du bist ja drübn aufgwochsn.«

Er zuckte mit der Schulter und fragte mich, ob ich nun beim Prater SV zum Probetraining übermorgen kommen würde: »A so a Goalie wie du muaß zu uns.«

Das Probetraining war am Abend kein Thema zuhause. Die Backe glühte von Mutters Watschen wegen des zerrissenen Hemdes, kein Abendessen, eine Woche Fernsehverbot, ich lag im Zimmer und schaute auf das Foto von Ray Clemence, im grünen Einserdress der Reds durch die Luft fliegend, im Hintergrund unscharf die Zuschauermasse im Stadion an der Anfield Road…*Ray Clemence saving the penalty!* Davon träumte ich. *Mike Pospischil saving the penalty!* Ich kannte alle Spielernamen des FC Liverpool, sprach sie in meinen Tagträumen bei ihren Vornamen an, hörte sie rufen: *Come on Mike!* Mike, the Cat. Das war meine Zukunft, und während ich das Poster anstarrte, Teil dieses Bildes wurde, mir unter dem Raunen des Publikums unhaltbare Bälle krallte, erinnerte ich mich plötzlich an den Bezirksplan im Eingangsbereich des Museums. Ich sah die Donau, den Donaukanal, ihre blauen Arme, die meinen Bezirk umschlossen. Ich lebte auf einer Insel. Wenn das kein Omen war! Von Insel zu Insel. *Mike Pospischil saving the penality.*

»No, wos is? Kummst heit Abend?«

Stummel kratzte mit dem Zahnstocher Schnitzelreste aus den Lücken zwischen seinen Vorderzähnen, spuckte die Panier auf den Boden. Eine Taube pickte gurrend nach den Essensresten. Ich wusste keine Antwort auf die Frage, war sicher gewesen, Stummel hätte das gestrige Gespräch schon längst vergessen.

»No? Wos is?«

Ich zuckte mit der Schulter und er grinste so breit, dass die zwei fehlenden Backenzähne als klaffendes Loch sichtbar wurden.

»Muaßt ja net. War nua a Vuaschlag. Hab docht bei de Deppn do bist du da Anzige mit a bisserl an Hiarn, der sich irgendwonn net die Händ dreckig mochn muaß.«

Hätte er mich einfach Trottel geschimpft, dann wäre die Sache vorüber gewesen, aber er kam durch die Hintertür. Was hätte ich sagen sollen? Ich war nicht so gescheit wie er glaubte, die Viererserie im Jahreszeugnis deutete eher darauf hin, dass mit fünfzehn Schluss sein würde mit der Schule.

Ich fragte Stummel, wann ich kommen sollte. Er machte einen letzten Zug aus der Filterlosen, dämpfte die Glut mit seiner Fingerkuppe aus, ohne dass sich nur eine seiner rußschwarzen Stirnfalten rührte.

»Uma ochte, Klana. Und schau, dass dei Hemd net zrissn is.«

Er grinste und spuckte auf den Boden.

Für einen Moment wusste ich nicht, ob ich gehen oder stehen bleiben sollte. Stummel hatte mit der Frau aus dem Bezirksmuseum über mich gesprochen. Der Mann mit einer hundertjährigen Rußschicht auf der Haut täglich in einem Museum? Doch Stummel schien mich schon vergessen zu haben. Vertieft in den Tageskommentar der *AZ* bohrte er mit dem kleinen Finger in seinem Ohr. Die Taube pickte die letzten Essensreste vom Boden auf und Brankos Stimme brüllte meinen Namen quer über den Marktplatz.

Am Abend hatte ich keine Lust zum Bezirksmuseum zu gehen, aber der Gedanke, Stummel tags darauf bei der Liesl wiederzusehen, dem azurblauen Blick standzuhalten und ihm dabei eine Lüge aufzutischen, trieb mich aus dem Haus.

Schon von weitem konnte ich das Bezirksamt sehen. Ich war überrascht, nur im zweiten Stock brannte Licht. Ich hatte eine Veranstaltung erwartet, Leute auf dem Gehsteig, ein hellerleuchtetes Haus. Die Tür war verschlossen. Ich pochte gegen das Holz, bis im Gang das Licht aufflackerte.

»Oiso? Host das do gschafft!«

Stummels pockennarbiges Gesicht war mir nie aufgefallen. Die Rußschicht hatte die Haut glatt erscheinen lassen. Auch sein graues Haar hatte ich nie bemerkt, versteckt unter dem roten Kopftuch, schwarz vom Kohlenstaub. Ich vermisste die Zigarette im Mundwinkel.

»Kumm eina.«

Stummel sagte kein Wort während wir in den zweiten Stock hinaufgingen. Ich stapfte hinter ihm her und plötzlich schien mir der Mann unheimlich. Der breite Rücken, die wuchtigen Schultern. Arme und Hände, die Fünfzigkilosäcke in die Höhe wuchteten. Ich war alleine mit ihm, doch ehe meine dunkle Phantasie mit mir durchging, stoppte ein Hustenanfall Stummels Schritte. Er stützte sich an der Wand ab, die Faust vor dem Mund krümmte ihn der Husten, warf ihn vor und zurück, sein Gesicht dunkelrot. Ich hatte ihn schon manchmal auf dem Markt husten hören, lauter als unser Gebrüll, aber hier im Stiegenhaus, aus der Nähe sah es schrecklich aus. Schweiß stand auf der Stirn als der Anfall vorüberging, das Pfeifen und Rasseln im Atem abklang. Stummel zog ein weißes Stofftaschentuch aus der Hose, wischte sich über das Gesicht, spuckte einen gelben Patzen in die hohle Hand.

»Verdammter Kohlenstaub.«

Ich folgte Stummel in einen länglichen Raum. Zwei Regalreihen bis zum Plafond, vollgestopft mit Kisten, Rollen und eingepackten Bildern. Der Geruch von altem Papier.

»Des is aber net das Bezirksmuseum.«

»Dass di net irrst, Michi.«

Er marschierte zielstrebig auf die zweite Regalreihe zu, zog eine Kiste heraus, deutete auf die beiden daneben und bat mich, sie mitzunehmen. Ich stöhnte als ich sie aus dem Regal zog, zum Tisch vor dem Fenster schleppte.

Stummel knipste die Tischlampe an. Der Lichtkegel bestrahlte die Aufschrift *Zwischenbrücken* und eine Kombination aus römischen und arabischen Ziffern. Stummel legte seine Pranken auf die Deckel, feiner Staub wirbelte auf, der seine Lungen reizte. Er öffnete das Fenster. Nieselregen hatte eingesetzt, dünne Bindfäden im Licht der Straßenlampen. Ich dachte an das Match morgen im Mortarapark. Würde eine Rutschpartie werden.

»Zwischen Bruckn?! Wos isn des fia a Schaß?«

Ich hatte Brankos Unverständnis erwartet. Er fuhr sich mit der Hand durch die kohlschwarzen Haare.

»Da Stummel? Da Kohlenheini macht a Ausstellung?«

Er lachte, und während er den Mund aufriss und den anderen die Neuigkeit zubrüllte und das Gelächter mir wie Spott entgegendröhnte, der Gedanke, dass es wirklich absurd war. Mike »saving the penalty« Pospischil und Roland Hrdlicka, der Kohlentandler, eine Ausstellung? Doch dann sah ich wieder den Inhalt der Kisten vor mir, die plötzliche Begeisterung, die mich seit gestern Abend nicht mehr losgelassen hatte. Ich sah Stummels konzentrierten Blick, die Behutsamkeit seiner klobigen Finger mit der er Fotos, gemalte Ansichtskarten und Pläne aus den Kisten zog, mir erklärte, welche Straßen und Plätze es waren, deren Namen ich kannte, aber auf den alten Ansichten nicht wiedererkennen konnte. »In eine fremde Welt eintauchen«, hatte es Stummel genannt, »eine Detektivarbeit.«

Nachdem sich die Bande beruhigt hatte, fragte mich Branko, ob das mein Ernst sei. Das kurze Ja überraschte ihn. Ich hätte es auch gesagt, wäre ich nicht davon überzeugt gewesen, einfach nur, weil mich das schäbige Grinsen ärgerte.

»Und des Match heit? Wer soi den Goalie mochen?«

Die Frage hatte ich befürchtet. Ich hatte Branko und das Team bis jetzt nie im Stich gelassen. Aber das Versprechen und mein Wunsch, die Fotos aus den Kartons heute Nachmittag zu sortieren, klebten an mir.

»Wannst heit net spülst, ist da Fredi ab jetzt unsa Ansergoali.«

Ich schaute Branko in die Augen, musste mich zwingen, die Hände unten zu lassen, nicht nach der grünen Pumajacke zu schnappen, ihn zu Boden zu reißen. Seit dem Kindergarten waren wir Freunde, seit wir den ersten Ball vor die Füße bekommen hatten, waren wir ihm gemeinsam nachgejagt, und jetzt drohte er mir? Mit einem Schritt stand ich vor ihm, spürte seinen Atem.

»Oarschloch!«

Ein kopierter Plan lag auf dem Tisch in der Lagerkammer des Bezirksmuseums. Schwarz-weiß. *1821 Zwischenbrücken.* Keine Spur von Stummel, nur eine Nachricht.

> *Nimm bitte die Karte und versuch, die Gegend zwischen Tabor und Friedrich Engels Platz abzugehen und zeichne alle Gassen und Straßen und Plätze ein und schreib auf was du siehst und entdeckst.*
>
> *Hrdlicka.*

Ich schaute zu den Kisten im Regal und war sauer. Ich wollte mich mit den Fotos und Ansichtskarten beschäftigen, das Papier zwischen den Fingern, klebrig wie ihr Alter, sie sortieren. Ich wollte nicht durch Straßen und Gassen rennen, die ich schon tausendmal durchquert hatte. Verstaubte Gassenschluchten, die Fassaden der Häuser wie vergilbte Postkarten, eingezwängt zwischen der Gstätten des aufgelassenen Frachtenbahnhofs, wo Huren jede Nacht ihre Freier hin lotsten, Wachleute Sandler verdroschen, und dem Nordbahnhof, wo jeder froh war, wenn er nicht aussteigen musste, der Geruch von billigem Wein, Hendlfett und Pisse.

Schreib auf was du siehst. Ich betrachtete den Plan. Nur drei Namen waren mir geläufig. Augarten. Tabor. Floridsdorf. Und dazwischen eine Verästelung von Donauarmen und Inseln. Taborhaufen. Biberhaufen. Gänsehaufen. Und Brücken. Ich zählte drei. Dort, wo in den feuchten Hinterhöfen im Lärm der Werkstätten sich der Geruch von Holz und Staub und Metall mit den Dunstwolken gegrillten

Knoblauchs und Zwiebel und Hammel vermischte, und, als wären sie Burgen, grob und klotzig das verwitterte Grau und Braun der Gemeindebauten. Hunderte Male war ich dort gewesen, hatte in den Parks Fußball gespielt, war mit meinen Freunden durch die schattigen Gassen gezogen, hatte Zigarettenautomaten geknackt, jeden Kieberer auf hundert Meter gerochen, die Hausmeister Abends aus dem Sofa vor dem Fernseher geläutet. Aus dem Gedächtnis könnte ich Stummel jede Gasse, jede Straße, jeden Platz einzeichnen, ohne auch nur einen Schritt vor das Haus zu setzen. In einer Stunde wäre ich fertig, genug Zeit, um nach Hause zu laufen, die Sportsachen zu holen, mit dem Rad wäre ich in zwanzig Minuten im Mortarapark. Branko würde mich in den Schwitzkasten nehmen, mehr eine Umarmung als ein Würgen, die Frage, was ich mit dem ›Oarschloch‹ gemeint hätte, ein freundliches ›leck mi‹ würde die Sache für immer aus unserem Gedächtnis streichen.

Scheiß auf den Plan! Scheiß auf Stummels Ausstellung! Ich zerknüllte das Papier und schleuderte es in die Ecke. Dennoch blieb ich sitzen. Wie Burt Reynolds in seinem Trans Am lehnte ich auf dem Stuhl, als Frau Sie-wäre-gerne-eine-von-den-Waltons in den Lagerraum kam. Sie entdeckte den Plan auf dem Boden, hob ihn auf und streifte ihn glatt.

»Den wirst du noch brauchen.«

Ich beachtete sie nicht. Doch Frau Sie-wäre-gerne-eine-von-den-Waltons ließ sich nicht beirren. Sie setzte sich auf den Hocker und schaute mich an. Ich erwartete, dass sie mir Vorhaltungen machen würde, dass Stummel meine Hilfe bräuchte. Doch sie folgte meinem Blick aus dem Fenster und erst nach einer Weile schob sie mir den zerknitterten Plan hin.

»Bevor du davonläufst, überleg dir mal, warum Herr Hrdlicka gerade dich ausgewählt hat.« Sie stand auf, berührte zum Abschied flüchtig meine Schulter.

Auf dem Fensterbrett landete eine Taube. Durch das offene Fenster starrte sie mir in die Augen. Warum er mich ausgewählt hatte? Ich erinnerte mich, was er mir beim Abschied gestern Abend gesagt hatte: »Du bist da Anzige, der wos do am Moarkt kane Taubn jogt, waßt du des?« Erst hatte ich nicht verstanden, was er meinte, doch plötzlich die Scham, wie nackt vor ihm zu stehen. Nicht einer von Brankos grölendem, fluchendem Rudel. Ein Anderer. Ich hatte die Fäuste tief in die Taschen geschoben, die Knöchel am Stoff gerieben, Stummel mit meinem Blick festgenagelt.

»Und wenn's so wäre?«

Noch nie war ich in Stummels Kohlenkeller gewesen. Ich stieg die steilen Stufen hinab, langsam gewöhnten sich meine Augen an die Düsternis. Auf der linken Seite Abteile mit Kohlehaufen und Stapel von Säcken, auf der rechten eine Tür, ein Glasfenster, dahinter Stummels Büro. Im Licht der Schreibtischlampe tippte er Zahlen in eine elektrische Rechenmaschine, das Papierband hing bis zum Boden. Eine Filterlose qualmte im Aschenbecher. Für einen Moment blieb ich stehen, versuchte, mir den bulligen Mann hinter der verschmierten Glasscheibe als Geschichtelehrer vorzustellen. Der traurige Ausdruck seiner Augen, als er mir tags zuvor zwischen all den Fotos und Ansichtskarten erzählt hatte, dass er gerne die Schule zu Ende gemacht, studiert hätte, doch dann der frühe Tod des Vaters, vier Geschwister im Haus, er hatte im Betrieb mitarbeiten müssen.

»Kumm eina.«

Stummel bot mir einen Sessel an, besah im Lichtkegel der Tischlampe meinen Plan. Er war kaum mehr zu erkennen. Ein Wirrwarr von Gassen und Straßenzügen und Notizen, fast drei Stunden war ich unterwegs gewesen, am Ende am Ufer der Donau gesessen. Kein wilder Fluss mehr. Meine letzte Notiz.

Während Stummel meine Schrift Wort für Wort enträtselte, schaute ich mich um. An der nackten Kellerwand hing ein Brett mit Fotos. Vergilbte Aufnahmen der Kohlenhandlung, auf einigen standen Pferdefuhrwerke vor dem Geschäft, Männer mit rußgeschwärzten Gesichtern, ernste Blicke in die Kamera. Nur das Schild über dem Eingang war gleich geblieben. Hrdlicka und Sohn. Der einzige Farbfleck im Raum, das Foto neben dem Telefon. Stummel in dunkelblauem Anzug und Krawatte, im Arm eine brünette Frau in rotem Kleid. Stummel bemerkte meinen Blick.

»Des wor mei Mathilde.«

Mit der gleichen Behutsamkeit, mit der er die alten Fotos gestern behandelt hatte, streifte Stummel den Plan glatt.

»Iss da bisserl owegfoin, göö?«

Wir lachten.

Aus der Schreibtischschublade zog Stummel eine weitere Kopie der Karte. Er schob die beiden zueinander, Kante an Kante, lehnte sich zurück, die Oberarme vor der Brust verschränkt.

»Waßt du eigentlich, wos du do gmocht host?«

Es dämmerte bereits, als ich zu Hause auf dem Bett in meinem Zimmer lag und noch immer nachdachte, was Stummel gesagt hatte. Mein Gekritzel auf der Karte sei Geschichte. Ein Früher. Ein Jetzt. Dazwischen die Veränderung.

So einfach hatte es mir noch nie jemand erklärt. Kein endloses Auswendiglernen von Daten, Orten und Ereignissen, kein Streberhirn vollpumpen, sondern ein Ort vor meiner Haustür, unten die Gasse; sie hat nicht immer so ausgesehen.

Veränderung. Das wollte Stummel mit der Ausstellung zeigen. Die Veränderung, die dem Teil dieser Stadt und damit der ganzen Stadt widerfahren war. Ich war ihm durch einen Kellergang gefolgt, zu einer Eisentür, ein quadratischer Raum dahinter, vier Scheinwerfer an der Decke, ein runder Tisch. Auf ihm ein Modell des Stadtteils »Zwischenbrücken«. Vor hundertfünfzig Jahren. Neun Wochen hatte Stummel daran gearbeitet, jeden Abend bis Mitternacht. Noch nie hatte ich so etwas Filigranes und gleichzeitig Imposantes gesehen. Ich erkannte alles wieder. Wie auf dem alten Plan: die Gebäude, die Wege, die Inseln, die Donauarme, die Brücken. Ein zweites Model wollte Stummel bauen, »Zwischenbrücken heute«, die beiden Modelle das Zentrum der Ausstellung.

Ich stand auf und ging zum Fenster. Im Wohnzimmer liefen Fernsehnachrichten. Kreisky brummte einen Journalisten an, dass er das nie so gesagt hätte. Auf der Straße entdeckte ich Branko mit seinen Brüdern auf den Stufen eines Hauseingangs. Branko schaute zu meinem Fenster hoch. Normalerweise hätte er gepfiffen, mir gewunken auf die Straße zu kommen. Doch sein Pfiff blieb aus. Unsere Blicke kreuzten sich eine Weile, dann stand er auf, reckte den Mittelfinger in meine Richtung.

»Du mich auch.«

Ich schloss das Fenster, ließ mich auf das Bett fallen und starrte auf Ray Clemence im grünen Einserdress. Anstatt der Anfield Road aber sah ich Stummel im Licht der Scheinwerfer über sein Modell gebeugt, die mächtige Pranke, die sanft über die Landschaft glitt, jede Insel benennend, ihre Geschichte in Anekdoten erzählend. Erst beim Abschied hatte er mich gefragt, ob ich am nächsten Tag wiederkommen, ihm beim Bau des zweiten Modells helfen würde. Er hatte mein Zögern bemerkt.

»Wonns dei Zeit hoit erlaubt.«

Ein fester Händedruck, dann hatte er mich zwischen den Kohlehaufen stehen lassen, war zurück zum Büro gestapft.

Ich schaute wieder zu dem Poster an der Wand, dachte an das morgige Probetraining beim Prater SV am Abend.

»*What would you do, Ray?*«

Doch Ray Clemence schwieg.

Frank-Rüdiger Schnell

wurde 1960 im oberösterreichischen Steyr geboren. Nach Auslandsaufenthalten in der Schweiz, in England, Italien und Brasilien absolvierte er sein Grundstudium Englisch/Portugiesisch bzw. sein Diplomstudium (Angewandte Sprachwissenschaft) in Brasilien und sein Doktorat (Philosophie) in Österreich. Neben kürzeren Erzählungen, wie der hier vorgestellten, schrieb Frank-Rüdiger Schnell noch seine bislang unveröffentlichte Autobiographie: *Brasilien – ein Abenteuer, Erinnerungen an ein Land voller Widersprüche*. Er ist Dozent für Deutsch als Fremdsprache an der Universität Wien.

Frank-Rüdiger Schnell

Rio de Janeiro: Rúbia

Rúbia griff zum Telefon.

»E daí, João, tudo bem? Voltei ...! Na, João, wie geht's dir? Ich bin wieder zurück ...!«

Rúbia freute sich, João wiederzusehen, zumal er sie auch noch einlud, zur Musik- und Tanzprobe der Sambaschule zu kommen. Er war einer ihrer besten Freunde. Er hatte seine Arbeit verloren, war auf der Straße gelandet, doch sein außerordentliches musikalisches Talent hatte ihm geholfen, schnell wieder Arbeit zu finden. Der Manager einer bekannten Sambaschule Rio de Janeiros – sie hieß ›Mangueira‹ – hatte ihn am Strand von Ipanema entdeckt, als er mit tänzelnden Bewegungen Musik von Gilberto Gil vor sich hin tirilierte. Da war er von ihm ermutigt worden, doch bei den Vorbereitungen für die Karnevalsumzüge mitzumachen. Die Tanzschule befand sich in einer der *morros*, den vielen Hügeln, die die Stadt umgaben und an deren Flanken sich die Armenviertel hinaufwälzten, in denen die Widersprüche nicht größer sein konnten: sprühende Lebensfreude auf der einen Seite – Menschen, die an Straßen- und Gassenecken sangen und auf Stufen und Gehsteigen saßen, die miteinander gestikulierend auf Portugiesisch witzelten und lachten; auf der anderen Seite die Armut und Kriminalität, die ständig um sich zu greifen schien und das Leben zur Hölle machte. Dort inmitten dieses Paradoxes stand sie – die Halle, in denen die Proben der Sambaschule stattfanden.

»*Você está boa! Vamos entrar!* – Du siehst gut aus! Gehen wir rein!«

João und Rúbia umarmten sich. Er küsste sie dreimal auf ihre Wangen, nahm sie bei der Hand und schon waren sie drinnen, mitten im Getümmel der Menschen, die ihre Hüften zum Trommelwirbel schwangen und drehten, dazu ihren Kopf und die Arme hoben, einer Beschwörung gleich.

Thomas wurde von den Rhythmen angesteckt.

Von Salzburg aus war er mit einer Reisegruppe nach Rio gekommen. Er war ein Abenteurer und hatte sich deshalb nach drei Tagen von der Gruppe losgerissen. Rio erneut hautnah erleben, in all seinen Facetten, sich auf die Dynamik der Stadt einzulassen, das emotionale Feuer, das in den Menschen steckte, das quirlige Leben sowie die Anziehungskraft der Frauen zu spüren – all diese Emotionen hatten sich in Thomas breit gemacht, noch bevor er in Rio ankam. Und die Stadt faszinierte ihn tatsächlich. Die teils misstrauischen, teils offenherzigen Blicke der Menschen waren ihm sofort aufgefallen, aber er hatte versucht, sich nichtsdestotrotz völlig natürlich zu verhalten. An der Copacabana hatte er schon bald mit einigen *cariocas* Freundschaft geschlossen, die beschwingt im Sambarhythmus herumgetrommelt und ihn eingeladen hatten, mitzusingen und mitzuklatschen. Er hatte es genossen, mitten drin zu sein, im Leben dieser Stadt, und sich entschlossen, in die *morros* zu gehen, an deren Bergflanken sich die *favelas* ausbreiteten. Das Getrommel in der Ferne hatte ihn neugierig gemacht.

Und da war er gestanden, vor der Halle, aus dem das Getrommel kam. Angst, dass ihm etwas zustoßen könnte, hatte er nicht und so stürzte er sich ins Getümmel und ließ inmitten der Menge den Rhythmus auf sich einwirken.

Rúbia lachte, hier war sie zuhause. Beseelt drehte sie sich zu den Klängen der Sambamusik – dabei berührte sie unabsichtlich die Hand des jungen Mannes, der sich schon geraume Zeit etwas unbeholfen, aber nicht gänzlich unrhythmisch auf der Tanzfläche bewegte. Rúbia schaute ihn an.

Er erinnerte sie an ihr Jahr in Europa, wo sie in Österreich Arbeit fand, Liebe fand, Liebe verlor und Arbeit verlor. Der Charme der Österreicher hatte sie schon damals fasziniert, und so sprach sie ihn auf Deutsch an.

»Bist du aus Österreich?«

»Ja, ich heiße Thomas«, sagte er.

»Wie lange bleibst du hier?«, fragte sie.

»Ein paar Tage noch, bis zum Ende des Karnevals.«

Rúbia bestellte zwei Caipirinhas.

»Übrigens, ich bin die Rúbia.«

Rúbia hob genüsslich ihr Glas, indem sie ihn musterte. Dieser Thomas gefiel ihr. Sie packte die Gelegenheit beim Schopf, zeigte ihm einige Tanzschritte und wich ihm den ganzen Abend nicht mehr von der Seite.

»Sag mal, Thomas, wirst du dir die Umzüge im Sambadrom anschauen?«

»Ja, übermorgen.«

»Wir könnten gemeinsam hingehen, wenn du Lust hast.«

»*Ótimo* – sehr gut.«

»Portugiesisch kannst du auch schon?«

»Ich war schon mal hier … und da hab' ich's ein bisschen gelernt.«

»Toll.« Sie lächelte. »Ich zeige dir die Stadt – *está bom?*«

»*Ótimo*«, sagte er.

Für Thomas war es leicht, den Treffpunkt, die Bar *Garota de Ipanema – Das Mädchen von Ipanema* – zu finden, nachdem Rúbia ihm den Weg dorthin beschrieben hatte.

Ihre kastanienbraunen Augen und die langen gewellten brünetten Haare, ihre bräunliche Haut, die dezent geschminkten Lippen sowie das offene, exotisch anmutende Lächeln, vor allem aber ihre wärmende, liebevolle und zärtliche Art hatten sein Herz rasch erobert.

Er erzählte ihr, während sie den Strand entlang gingen, dass er Jahre zuvor in der Nähe der Copacabana brasilianische Bekannte besucht hätte, die, in schwieriger finanzieller Situation, ihm ein Bett angeboten hätten. Die Herzlichkeit der Menschen, trotz dieser prekären Lebenssituation, habe ihn schon damals fasziniert.

»Das ist Rio – und das ist Brasilien.«

Rúbia schaute ihn an. Sie setzten sich an eine der vielen Bars von Ipanema, dem Strand, der nicht so sehr wie die Copacabana wegen seiner Länge, aber umso mehr wegen seiner Schönheit berühmt und beliebt ist. Die laue Brise, die vom Meer her wehte, erfrischte Thomas' Gemüt, der Saft der süßen, frisch gepressten *Capuaçú*-Frucht zerging ihm auf der Zunge.

Sie standen vor DEM Monument, für das Rio so berühmt war, DEM Symbol, von dem nicht nur die *cariocas*, sondern viele Brasilianer behaupten, dass Gott selbst ein Brasilianer sei – der *Cristo Redentor* – die Christusstatue. Ein angenehmer, warmer Wind wehte über die Erhebung des 704 Meter hohen Corcovado. Rúbias Stimme zitterte noch, denn einiges war am frühen Nachmittag passiert.

Kurz nachdem sie sich getroffen hatten, fuhren sie mit dem Taxi über Ipanema und Leblon nach São Conrado, doch der Taxifahrer, der zu Beginn noch vertrauenswürdig gewirkt hatte, entpuppte sich als unangenehmer Zeitgenosse. Er forderte einen höheren Preis für die Fahrt, als ursprünglich vereinbart worden war, wurde handgreiflich und stieß Thomas brutal zu Boden, während er Rúbia auf die Motorhaube des Taxis drückte. Fassungslos beobachtete Thomas, wie der Fahrer Rúbias Rock hochschob und Anstalten machte, sie zu vergewaltigen. In diesem Moment fühlte Thomas, wie seine Ohnmacht in unbändigen Zorn umschlug und ihm Bärenkräfte verlieh. Er riss seine Geliebte aus der Umklammerung des Taxifahrers und lief mit ihr so schnell er konnte ... Damit aber nicht genug; sie waren in der größten *favela* der Stadt, der Rocinha gelandet. Ein kleiner Junge mit zerrissenem T-Shirt stand plötzlich vor ihnen. ›*Da a grana pra mim* – Geld her!‹, schrie er mit gezücktem Messer. Ein Polizist, der die Szene aus der Nähe beobachtete und Thomas offensichtlich als Touristen identifizieren konnte, war ihnen mit einem lauten Pfiff zu Hilfe geeilt.

Auch Thomas saß der Schreck noch in den Knochen, beim Gedanken an die Brutalität die in dieser Satdt, in der die Armut allgegenwärtig zu sein schien. Es war schwer zu fassen, dass man hier zu einer Minderheit zählt wenn man *keine* Waffe trägt.

Rúbia lehnte sich an seine Schulter.

»Und trotzdem ist dies das Paradies …«

Thomas erwiderte leise: »Ich fühle mich wie im Garten Eden.«

Er blickte auf die ausgestreckten Arme der Christusstatue, die sich über das weiße Häusermeer, das im Sonnenlicht wie kleine aufgestellte Zündholzschachteln aussah, zu erheben schienen. Schweigend betrachtete er das Blau der kleinen Bucht von Botafogo sowie den breiten Felsen des Morro da Urca als Vorläufer der unmittelbar dahinter gelegenen mächtigen Erhebung des Pão de Açucar – des Zuckerhuts – und die vielen kleinen Inseln im Hintergrund. Auch Rúbia breitete plötzlich ihre Arme aus.

»Thomas, ich möchte fliegen … wie ein Engel … dieses Paradies von oben sehen. Und du fliegst mit.«

»Du bist ein Engel«, sagte Thomas, lächelte sie an, stellte sich hinter sie, nahm zärtlich ihre Hände in die seinen. Beide standen sie mit ausgebreiteten Armen da.

»Morgen Abend werde ich fliegen …«, flüsterte Rúbia: »und du fliegst mit.«

Thomas wusste sofort, wovon Rúbia sprach. Sie sprach von den vielen ausgebreiteten Armen der in allen möglichen Farben gekleideten Menschen, die morgen durch das Sambadrom tanzen würden.

Thomas fand den Treffpunkt sofort. Sie trafen sich an der Kreuzung der *Santa Clara* mit der *Avenida Atlântica*, der Straße, die entlang der Copacabana führte.

»Komm, setzen wir uns etwas in den Sand«, sagte Rúbia zu Thomas.

Es war schon einiges los am späten Nachmittag, für einen *carioca* – den Einwohner von Rio – noch relativ früh, wenn die Nacht fast ständig zum Tag wird, und das vor allem jetzt zur Karnevalszeit. »*Água, água, água, …, camarão frito, camarão, camarão frito …* !!« Dunkelhäutige, sportlich aussehende Männer stapften im Sand mit Wasserflaschen, die sie in Styroporboxen über ihre Schulter trugen, an ihnen vorbei, in einer Hand lange Holzspieße mit einigen dunkelrot aneinander gereihten gebratenen Garnelen. Junge Mädchen flanierten in ihren bunten *fios dentais*, die eng an ihren braun gebrannten Körpern anlagen und die Aufmerksamkeit der Männer auf sich lenkten, am Strand entlang.

»Die gefallen dir, oder?«

Thomas griff nach ihrer Hand. Rúbia schaute ihn mit neckischem und zugleich provokantem Lächeln an, das einen Hauch von Zärtlichkeit verspüren ließ. Sie sprang auf, riss Thomas mit sich und begann zu laufen, zuerst in die mit Schaumkronen bedeckten Wellen, dann wieder in den Sand.

»Nicht so schnell …«, rief Thomas. Er stolperte und fiel in den Sand. Er keuchte. Rúbia lief zu ihm zurück. Sie beugte sich zu ihm hinunter. Er schaute sie an und betrachtete die feinen Schweißperlen, die in Rúbias Gesicht glitzerten. Rúbia lachte.

»Weißt du was?«, sagte er und umklammerte ihre Hüften. »Jetzt hebe ich dich in den Himmel!«

Sie ergötzte sich an seiner Umklammerung, ehe auch sie stolperte und sie sich beide küssend im Sand wälzten …

Rúbia hatte zu Hans Donner Kontakt aufgenommen. Ihm hatte die Samabaschule Mangueira einige Jahre zuvor ein Lied für die Umzüge gewidmet – ja, ihm wurde sogar ein Spitzname, ›Trovão‹, was eben ›Donner‹ auf Deutsch heißt, gegeben. Der österreichische Designer und der Manager der Mangueira kannten sich gut, das wusste Rúbia. Trovão hatte sie schon aus der Zeit gekannt, als sie bei der Rede Globo arbeitete. Er war schon vor ihrer Zeit in Österreich ihr Kollege gewesen – eigentlich war er es gewesen, der sie zu der Reise nach Österreich bewegt hatte. Kurzerhand wurde Rúbia und Thomas die Teilnahme am Umzug erlaubt, nachdem Trovão mit dem Manager der Mangueira gesprochen hatte. Thomas sollte wie alle anderen ein Kostüm bekommen – ein Engelskostüm, so war es vorgesehen. Die Mangueira – sie bestand aus ca. 3.000 Tänzern und Tänzerinnen – sollte dieses Mal als fünfte von insgesamt 16 Sambaschulen das Sambadrom entlang tanzen, vorbei an einer Riesenbühne, von der aus die Zuschauer das Spektakel bewundern konnten. Die Umzüge würden um 11:00 Uhr abends beginnen. Rúbia und Thomas trafen sich mit João schon einige Stunden vorher, um ihre Kostüme anzuprobieren. Das in glitzerndem Blau gefasste Oberteil des *fio dentals*, der gelb-goldene kurze Rock, von dessen oberem Ende bunte Kettchen herabhingen standen Rúbia ausgezeichnet. Sie steckte ihre Haare zurück und sagte:

»Setz mir bitte die Federboa auf.«

Thomas nahm das mit langen, blauen und weißen Federn geschmückte Band und setzte es ihr auf den Kopf. Sie sah wunderschön aus in ihrem Karnevalskostüm, der *fantasia carnavalesca*. Er selbst fühlte sich jedoch eigenartig in seinem dunkelblauen, mit Gold bepunktetem Hemd, an dessen Armen sich breite Rüschen hin und her bewegten, die ihm ein engelhaftes Aussehen verleihen sollten. Der kleine weiße Zylinder passte jedoch gut zu seinem karnevalesken Outfit. »Du bist schön – so will ich dich immer haben – *eternamente*«, sagte Rúbias zärtlich und Thomas küsste sie.

Kurz vor Mitternacht. Das Getrommel und der Gesang der ersten Sambaschule waren zu hören. Inmitten der sich in allen möglichen Farben drehenden Menschen bewegte sich langsam ein Riesenwagen nach vorne, über dessen Führerhaus Stufen aufgebaut waren, auf denen junge schlanke Mädchen, schön geschmückt, sich leicht zur Musik hin und her bewegten. Die um den Wagen herum in der Menge trommelnden und rasselnden Männer und Frauen wirkten auf Thomas belebend, machten ihn aber gleichzeitig nervös. Er bekam Herzklopfen. Noch nie hatte er vorher an so einem Fest teilgenommen, aber João klopfte ihm auf die Schulter.

»*Relaxa, vá com ânimo*«, sagte er und verwand lachend in der Menge.

Die Vielfalt der bunten Kostüme: Punkte, Streifen, Sterne, glitzernd im gleißenden Licht der Scheinwerfer sowie die Elastizität und Körperbeherrschung der Teilnehmenden, die sich zwar kreuz und quer aufeinander zu und aneinander vorbei bewegten, aber doch ihre Geschmeidigkeit zu den Rhythmen zeigten – es war ein überwältigendes, faszinierendes Bild, das sich Thomas hier bot.

Es war soweit: Zwischen dem vielen Trommelgerassel, den Tschinellen und den Gesängen war für Thomas die *Loucura da Liberdade* – der Wahnsinn der Freiheit zu spüren, feurig und erhebend. Die Menschen auf den Zuschauerrängen sprangen auf, klatschten und tanzten ebenfalls mit. Rúbia und Thomas tanzten mehrmals aneinander vorbei – sie sang und lächelte ihn mit ausgebreiteten Armen immer wieder an. Die Menge erhob ihre Stimme und sang in pulsierenden Rhythmen:

Voamos pela noite ao paraíso,
com alegria e com um lindo sorriso.
Tudo isto leva a uma vida de mocidade,
que nos traz a loucura da liberdade.

Rúbia tanzte Thomas abermals entgegen. Sie beugte sich dicht an sein Ohr und übersetzte ihm:

Wir fliegen durch die Nacht ins Paradies
mit Freude und einem schönen Lächeln.
All das führt uns zu einem jugendlichen Leben,
und bringt uns den Wahnsinn der Freiheit.

Dann küsste sie ihn auf die Wange und tanzte davon. Thomas drehte sich zur Seite, und sein Blick blieb eine Zeit lang am erleuchteten Punkt des *Cristo Redentor* in der Ferne haften, wie gelähmt. Das Farbenmeer der Kostüme der Tänzerinnen und der tosende Trommelwirbel raubten ihm für einen Augenblick die Sinne. Dann blickte er sich wieder um.

»Rúbia …«

Seine Stimme wurde lauter. Wo war sie?

»Rúbia …!!« Er hörte auf, sich zu bewegen, blickte durch

die tanzende Menge. Die rund um ihn herum sich drehenden Figuren versuchten ihn mitzuziehen.

»Rúbia …!!!« Er begann die Figuren zur Seite zu drängen, wegzustoßen. ›… *ao paraíso, … um lindo sorriso …, a loucura … liberdade …*‹, klang es bruchstückhaft von allen Seiten an seine Ohren.

»Rúbia, wo bist du?« schrie Thomas verzweifelt. ›… *paraíso … mocidade … loucura … liberdade …*‹ Er lief kopflos durch die tanzende, fröhlich singende Masse, erst in eine Richtung, hielt plötzlich an, dann in die andere Richtung. ›… *a loucura da liberdade …*‹ Thomas spähte links und rechts durch die Menge, war aber unversehens von jungen Frauen in glitzernden Gewändern umgeben, die ihm nun alle gleich erschienen. Sie bildeten einen Kreis um ihn, trippelten im Sambaschritt mit ihrem rosa gefiederten Kopfschmuck, dem Rad eines Pfaus gleich, hin und her. ›… *com alegria … uma vida de mocidade …*‹ Er stülpte die Federn zur Seite. Die Buntheit der Farben erschien ihm wie ein sich drehendes Karussell, vermischte sich immer mehr zu einem fahlen Grau.

»Rúbia, … Rúbia, wo bist du …!!!«

Inmitten des Trommelgerassels: der Riesenwagen. Er erschien ihm viel größer als vor dem Beginn der Umzüge. Er bemerkte sofort die Maske am Führerhaus des Wagens – die Fratze eines Drachens, monströs und bedrohlich. Beklemmung machte sie sich in ihm breit. Die Federn des Kopfschmucks der vielen Tänzerinnen streiften ständig über sein Gesicht und nahmen ihm den Blick über das, was sich um ihn herum bewegte, machten ihn blind.

»Rúbia … Rúbia … Rúbia …!!!

Die Lautstärke des Trommelwirbels und des Gesangs der tanzenden Menge übertönte seine Stimme.

»… Rúbia …«

Thomas schaute noch einmal auf das im Sonnenlicht sich kräuselnde Meer als das Flugzeug abhob. Rúbia war da, in seinen Gedanken und in seinem Herzen. Als in der Ferne die Inseln mit ihren Stränden, der Zuckerhut sowie die Christusstatue und die vielen kleinen Zündholzschachteln immer kleiner wurden, da glaubte er einen Engel mit ausgebreiteten Armen in leuchtenden Farben über der langsam aus seinen Augen entschwindenden Stadt zu sehen.

»Rúbia …«, flüsterte Thomas. Er meinte, im Lächeln des Engels jenes von Rúbia zu erkennen. ›Ich fliege mit dir …‹, klang es in Thomas Ohren, ehe der Engel sich zu drehen begann und seinen Augen entschwand … über den Horizont hinaus …

… ins Paradies …

Ernest Hemingway

wurde 1899 im US-amerikanischen Bundesstaat Illinois als Sohn eines Arztes und einer Opernsängerin geboren. Seine Laufbahn begann 1917 als Lokalreporter in Kansas City. Ein Jahr später meldete er sich freiwillig als Fahrer des Roten Kreuzes im Ersten Weltkrieg an die österreichisch-italienische Front, wo er noch im selben Jahr schwer verwundet wurde. Die Fronteindrücke sollte er später in seinem Roman *In einem andern Land* verarbeiten.

Nach dem Krieg arbeitete er wieder als Reporter und zog als Auslandskorrespondent 1921 nach Paris, wo er sich nun endgültig der Schriftstellerei zuwandte und quer durch Europa reiste. Mit dem in Österreich verfassten Roman *Fiesta* gelang Hemingway 1927 der Durchbruch. *Fiesta* begeisterte vor allem durch einen neuen, schnörkellosen, ökonomischen Schreibstil, der von Auslassung geprägt war und den er selbst später als das Eisbergmodell bezeichnete – »*Ein Eisberg bewegt sich darum so anmutig, da sich nur ein Achtel von ihm über Wasser befindet*«.

Hemingways Leben allein könnte Bücher füllen und der Platz hier reicht lediglich aus um sein gesamtes Schaffen blitzlichtartig zu beleuchten. Er meldete sich 1922 als Kriegsberichterstatter an die türkisch-griechische Front, in den 30-er Jahren verschlug es ihn nach Spanien wo er die Eindrücke des Bürgerkrieges in seinen Romanen *Tod am Nachmittag* und *Wem die Stunde schlägt* verarbeitete, im zweiten Weltkrieg war er abermals als Reporter unterwegs.

Seine Verwegenheit und seine von Kindheit an große Naturverbundenheit zieht sich durch sein gesamtes Werk. Für seinen in seiner letzten Wahlheimat Kuba angesiedelten Roman *Der alte Mann und das Meer* erhielt er 1953 den Pulitzer Preis, ein Jahr danach den Literaturnobelpreis. Nach Kuba wurde Hemingway nie wieder richtig sesshaft. Trotz seines Erfolges war sein Leben stets von Depressionen und Alkoholsucht begleitet. Im Jahr 1961 erschießt sich Hemingway selbst.

Ernest Hemingway war aber neben seinen zahlreichen Romanen auch ein Meister der Kurzprosa. Seine mit Gregory Peck, Susan Hayward und Ava Gardner verfilmte Erzählung *Schnee auf dem Kilimandscharo* zählt wohl zu den berühmtesten Kurzgeschichten aller Zeiten. Die hier vorgestellte Erzählung spielt in Spaniens Hauptstadt Madrid und spiegelt eine weitere große Leidenschaft des amerikanischen Schriftstellers wider – den Stierkampf.

Madrid: Die Hauptstadt der Welt

Madrid wimmelt von Jungen, die Paco heißen: das ist die Abkürzung des Namens Francisco, und es gibt einen Madrider Witz von einem Vater, der nach Madrid kam und in den Kleinanzeigen im *El Liberal* folgendes Inserat aufgab: »*Paco, komm Dienstagmittag ins Hotel Montana. Alles vergeben. Papa*«, und wie eine ganze Kompanie Guardia Civil aufgeboten werden mußte, um die achthundert jungen Männer auseinanderzutreiben, die auf die Anzeige hin gekommen waren. Aber dieser Paco, der in der Pension *Luarca* bei Tisch bediente, hatte weder einen Vater, der ihm vergeben konnte, noch etwas, was ein Vater ihm hätte vergeben können. Er hatte zwei ältere Schwestern, die in der *Luarca* Zimmermädchen waren, die ihre Stellung dadurch bekommen hatten, daß sie aus demselben kleinen Dorf stammten wie ein früheres *Luarca*-Zimmermädchen, das sich als arbeitsam und ehrlich erwiesen und so ihrem Dorf und dessen Erzeugnissen einen guten Ruf verschafft hatte; und diese Schwestern hatten ihm die Fahrt im Omnibus nach Madrid bezahlt und ihm die Anstellung als Kellnerlehrling besorgt. Er kam aus einem Dorf aus einer Gegend von Extremadura, in dem die Lebensbedingungen unglaublich primitiv waren, das Essen rar und jede Bequemlichkeit unbekannt, und er hatte, so lange er denken konnte, schwer gearbeitet.

Er war ein gut gewachsener Bursche mit tiefschwarzem, ziemlich krausem Haar, gesunden Zähnen und einer Haut, um die ihn seine Schwestern beneideten, und er hatte stets ein kindlich-heiteres Lächeln bereit. Er war flink auf den Beinen, tat ordentlich seine Arbeit, und er liebte seine Schwestern, die ihm schön und weltstädtisch vorkamen; er liebte Madrid, das für ihn immer noch etwas Phantastisches war, und er liebte seine Arbeit, die er im hellen Lampenlicht tat und die ihm – mit sauberer Tischwäsche, Abendanzug und ausreichendem Essen in der Küche – romantisch schön schien.

Etwa acht bis zwölf andere Leute wohnten in der *Luarca* und aßen im Speisezimmer, aber für Paco, den jüngsten der drei Kellner, die bei Tisch bedienten, waren die einzigen, die wirklich existierten, die Stierkämpfer.

Zweitklassige Matadore wohnten in dieser Pension, weil die Adresse Calle San Jerónimo gut war; das Essen war ausgezeichnet und Zimmer und Verpflegung waren billig. Es ist wesentlich, daß sich ein Stierkämpfer, wenn auch nicht gerade den Anschein von Wohlhabenheit, doch zum mindesten von Wohlanständigkeit gibt, da in Spanien Würde und äußeres Auftreten mehr gelten als Mut und die am höchsten geschätzten Tugenden sind, und die Stierkämpfer blieben in der *Luarca* so lange, bis ihre letzten Peseten ausgegeben waren. Man weiß von keinem Stierkämpfer, der die *Luarca* für ein besseres oder teureres Hotel verlassen hätte; zweitklassige Stierkämpfer wurden niemals erstklassige; aber der Abstieg von der *Luarca* war rapide, da dort jeder wohnen konnte, der überhaupt etwas verdiente, und da keinem Gast je eine Rechnung ungebeten vorgelegt wurde, bis die Frau, die das Unternehmen leitete, wußte, daß der Fall hoffnungslos war.

Zu jener Zeit wohnten außer zwei sehr guten Picadores und einem ausgezeichneten Banderillero drei Matadores in der *Luarca*. Die *Luarca* war für die Picadores und Banderilleros, deren Familien in Sevilla lebten, und die während der Frühjahrssaison in Madrid eine Unterkunft benötigten, ein Luxus; aber sie wurden gut bezahlt, waren fest angestellt bei Stierkämpfern, die in der kommenden Saison eine Menge Kontrakte hatten, und die drei Subalternen verdienten wahrscheinlich jeder einzelne viel mehr als einer der drei Matadore. Von den drei Matadoren war einer krank und suchte es zu verheimlichen, einer war nur kurze Zeit Mode gewesen, und der dritte war ein Feigling.

Der Feigling war einstmals, bevor er eine besonders abscheuliche Hornwunde im Unterleib erhalten hatte, zu Beginn seiner ersten Saison als Matador außergewöhnlich tapfer und bemerkenswert geschickt gewesen, und er hatte noch viele der burschikosen Manierismen aus seiner Glanzzeit beibehalten. Er war übertrieben jovial und lachte dauernd, mit und ohne Anlaß. Er hatte, als er noch erfolgreich war, anderen gern einen Schabernack gespielt, aber er hatte das jetzt aufgegeben. Und damit schwand auch die Sicherheit, die er nicht fühlte. Dieser Matador hatte ein gescheites, freimütiges Gesicht und benahm sich mit viel Grandezza.

Der Matador, der krank war, bemühte sich, es nie zu zeigen, und aß peinlich genau ein bißchen von allen Gerichten, die bei Tisch gereicht wurden. Er hatte eine Unzahl Taschentücher, die er in seinem Zimmer selber auswusch, und kürzlich hatte er seine Kampfkostüme verkauft. Eines hatte er billig vor Weihnachten verkauft und ein anderes in der ersten Aprilwoche. Es waren sehr teure Anzüge gewesen, die immer gut gehalten worden waren, und einen hatte er noch. Ehe er krank wurde, war er ein vielversprechender, ja sogar ein aufsehenerregender Stierkämpfer gewesen, und obwohl er selbst nicht lesen konnte, hatte er Zeitungsausschnitte, in denen stand, daß er bei seinem ersten Auftreten in Madrid besser als Belmonte gewesen sei. Er aß allein an einem kleinen Tisch und blickte sehr selten auf.

Der Matador, der einmal Mode gewesen war, war sehr klein, braun und voller Würde. Auch er aß allein an einem kleinen Tisch, und er lächelte sehr selten und lachte nie. Er kam aus Valladolid, wo die Menschen außergewöhnlich ernsthaft sind, und er war ein fähiger Matador; aber sein Stil war bereits veraltet, bevor es ihm gelungen war, sich durch seine guten Eigenschaften, nämlich Mut und Umsicht, beim Publikum beliebt zu machen, und sein Name auf einem Plakat lockte niemanden in die Arena. Seine Eigenart hatte darin bestanden, daß er so klein war, daß er dem Stier kaum über den Widerrist sehen konnte, aber es gab noch mehr kleine Kämpfer, und es war ihm niemals gelungen, sich in der Gunst des Publikums durchzusetzen.

Einer der Picadores war ein magerer, grauhaariger Mann mit einem Habichtgesicht, von zierlichem Wuchs, aber mit Armen und Beinen wie aus Eisen, der immer unter seiner Hose hohe Viehtreiberstiefel trug, jeden Abend zuviel trank und jede Frau in der Pension verliebt anstarrte. Der andere war riesengroß, dunkel, braungesichtig, gut aussehend, mit schwarzem Haar wie ein Indianer und gewaltigen Händen. Beide waren hervorragende Picadores, obschon es von dem einen hieß, daß er durch Trunksucht und Ausschweifung viel von seiner Gewandtheit eingebüßt habe, und vom zweiten, daß er zu dickköpfig und streitsüchtig sei, um länger als eine einzige Saison bei irgendeinem Matador zu bleiben.

Der Banderillero war in mittleren Jahren, grau, katzenhaft flink trotz seines Alters, und wenn er bei Tischs aß, sah er wie ein mäßig erfolgreicher Geschäftsmann aus. Seine Beine taten es diese Saison noch, und sollten sie einmal versagen, war er gescheit und erfahren genug, um noch lange Zeit hindurch ständige Beschäftigung zu finden. Der Unterschied würde sein, daß, wenn es mit der Flinkheit seiner Füße vorbei war, er immer Angst haben würde, während er jetzt, innerhalb und außerhalb der Arena, sicher und ruhig war.

An diesem Abend hatten alle das Speisezimmer verlassen bis auf den Picador mit dem Habichtsgesicht, der zuviel trank, einen Mann, dessen Gesicht mit einem Muttermal gezeichnet war, der auf den Jahrmärkten und Volksfesten Spaniens Uhren versteigerte, der auch zuviel trank, und zwei Priester aus Galicia, die an einem Ecktisch saßen und wenn auch nicht gerade zuviel, so doch bestimmt genug tranken. Damals war in der *Luarca* der Wein im Preis für Zimmer und Verpflegung inbegriffen, und die Kellner hatten gerade dem Auktionator, dann dem Picador und schließlich den beiden Priestern frische Flaschen Valdepeñas an die Tische gebracht.

Die drei Kellner standen am anderen Ende. Es war die Hausordnung, daß sie alle auf ihrem Posten blieben, bis die Gäste, für deren Tische sie verantwortlich waren, gegangen waren, aber der eine, der den Tisch der beiden Priester bediente, hatte sich verabredet, um zu einer Versammlung der Anarcho-Syndikalisten zu gehen, und Paco hatte sich bereit erklärt, seinen Tisch zu übernehmen.

Oben lag der Matador, der krank war, allein auf seinem Bett, mit dem Gesicht in den Kissen. Der Matador, der keine

Attraktion mehr war, saß da und blickte aus dem Fenster, bevor er sich anschickte, ins Café zu gehen. Der Matador, der ein Feigling war, hatte Pacos ältere Schwester bei sich im Zimmer und versuchte, sie zu etwas zu bringen, was zu tun sie lachend ablehnte. Dieser Matador sagte: »Los, komm, du kleine Wilde.«

»Nein«, sagte die Schwester. »Warum sollte ich denn?«

»Aus Nettigkeit.«

»Sie haben gegessen und jetzt wollen Sie mich als Nachtisch.«

»Bloß einmal. Was ist denn schon dabei.«

»Lassen Sie mich zufrieden. Lassen Sie mich zufrieden, sag ich Ihnen.«

»Es ist doch nur eine ganze Kleinigkeit.«

»Lassen Sie mich zufrieden, sag ich Ihnen.«

Unten im Speisezimmer sagte der größere Kellner, der längst auf der Versammlung hätte sein müssen: »Sieh mal, wie diese schwarzen Schweine saufen.«

»Das ist keine Art, zu reden«, sagte der zweite Kellner.

»Es sind anständige Kunden. Sie trinken nicht zuviel.«

»Das ist meine Art, zu reden«, sagte der Große. »Die Stiere und die Priester, die sind Spaniens Fluch.«

»Gewiß nicht der einzelne Stier und nicht der einzelne Priester«, sagte der zweite Kellner.

»Doch«, sagte der lange Kellner.« Nur durch das Individuum kann man die Klasse angreifen. Es ist notwendig, den einzelnen Stier und den einzelnen Priester zu töten. Jeden einzelnen von ihnen. Dann gibt's keine mehr.«

»Heb dir das für die Versammlung auf«, sagte der andere Kellner.

»Sieh dir doch die Unmenschlichkeit in Madrid an«, sagte der große Kellner. »Jetzt ist es halb zwölf, und die kneipen immer noch.«

»Sie haben erst um zehn mit Essen angefangen«, sagte der andere Kellner. »Du weißt ja, wieviel Gänge es gibt. Der Wein da ist billig, und sie haben dafür bezahlt. Es ist kein schwerer Wein.«

»Wie kann es eine Solidarität der Arbeiter geben, solange es solche Dummköpfe wie dich gibt?« fragte der lange Kellner.

»Sieh mal«, sagte der zweite Kellner, der ein Mann von fünfzig war. »Ich hab mein ganzes Leben lang gearbeitet. Den Rest meines Lebens werde ich arbeiten müssen. Ich habe nichts gegen Arbeit einzuwenden. Arbeiten ist normal.«

»Ja, aber Arbeitslosigkeit tötet.«

»Ich habe immer gearbeitet«, sagte der ältere Kellner. »Geh zu deiner Versammlung. Es ist nicht nötig, daß du hierbleibst«.

»Du bist ein guter Kamerad«, sagte der große Kellner.

»Aber dir fehlt jede Ideologie.«

»*Mejor si me falta eso que el otro*«, sagte der ältere Kellner. »Besser mir fehlt's daran, als an Arbeit. Los, geh zu deiner Versammlung.«

Paco hatte nichts gesagt. Er verstand noch nichts von Politik, aber es überlief ihn immer heiß und kalt, wenn er den großen Kellner von der Notwendigkeit sprechen hörte, die Priester und die Guardia Civil totzuschlagen. Der große Kellner verkörperte für ihn die Revolution, und Revolution war auch romantisch. Er selbst wollte gern ein guter Katholik sein *und* ein Revolutionär, eine feste Anstellung wie diese hier haben und gleichzeitig ein Stierkämpfer sein.

»Geh zu deiner Versammlung, Ignacio«, sagte er. »Ich übernehm deine Arbeit.«

»Wir beide«, sagte der ältere Kellner.

»Ist nicht mal für einen genug«, meinte Paco. »Geh zur Versammlung.«

»*Pues me voy*«, sagte der große Kellner. »Und vielen Dank.«

Inzwischen hatte sich Pacos Schwester oben geschickt wie ein Ringkämpfer, der sich aus einem Griff löst, der Umarmung des Matadors entzogen und sagte jetzt ärgerlich: »So sind die ausgehungerten Leute. Ein bankrotter Stierkämpfer. Mit Ihrer Tonnenladung von Angst. Wenn Sie soviel davon haben, verwenden Sie's doch in der Arena.«

»Du redest wie eine Hure.«

»Eine Hure ist auch eine Frau, aber ich bin keine Hure.«

»Du wirst schon eine werden.«

»Nicht durch Sie.«

»Laß mich zufrieden«, sagte der Matador, der jetzt, da er abgelehnt und zurückgewiesen war, die nackte Feigheit wiederkehren fühlte.

»Sie zufriedenlassen? Was hat Sie denn nicht zufriedengelassen?« sagte die Schwester. »Wollen Sie nicht, daß ich Ihr Bett zurechtmache? Dafür werde ich bezahlt.«

»Laß mich zufrieden«, sagte der Matador; sein breites gutaussehendes Gesicht verzerrte sich zu einer Grimasse, als wenn er weinen wollte. »Du Hure. Du dreckige kleine Hure.«

»Matador«, sagte sie und machte die Tür zu. »Mein Matador.«

Drinnen saß der Matador auf dem Bett. Sein Gesicht zeigte immer noch die Grimasse, die in der Arena zu einem starren

Lächeln wurde, und den Leuten in den ersten Sitzreihen, die wußten, was los war, Angst machte. »Und das«, sagte er laut. »Und das mir. Und das mir.«

Er konnte sich daran erinnern, als er in Form gewesen war, und das war erst drei Jahre her. Er konnte sich an das Gewicht der schweren, goldbrokatenen Kampfjacke auf seinen Schultern erinnern, an jenen heißen Mainachmittag, als seine Stimme in der Arena noch die gleiche gewesen war wie im Café, und wie er die Klinge mit gesenkter Spitze entlang visiert hatte auf die staubbedeckte Stelle oben zwischen den Schultern in dem kurzhaarigen, schwarzen Muskelhöcker über den ausladenden, ins Holz stoßenden, zerspellten Hörnern, die sich senkten, als er zum Töten hineinstieß, und wie der Degen so leicht wie in einen Klumpen harter Butter eindrang, und wie er mit der Handfläche den Degenknauf weiterstieß, den linken Arm tief abgewinkelt, die linke Schulter vor, das Gewicht auf dem linken Bein, und dann war sein Gewicht nicht auf seinem Bein. Sein Gewicht war auf seinem Unterleib, und als der Stier den Kopf hob, war das Horn in ihm nicht zu sehen, und er schwang zweimal auf dem Horn herum, bevor sie ihn herunterzerrten. Deshalb konnte er jetzt, wenn er zum Töten hineinging – und es war selten –, die Hörner nicht ansehen, und was wußte so eine Hure schon, was er durchzumachen hatte, bevor er kämpfte? Und was hatten die schon durchgemacht, die über ihn lachten? Es waren alles Huren, und sie wußten, was sie damit rausschlagen konnten.

Unten im Speisezimmer saß der Picador und sah die Priester an. Wenn Frauen im Zimmer waren, starrte er die an. Wenn keine Frauen da waren, pflegte er mit Vergnügen einen Fremden, *un inglés*, anzustarren, aber in Ermangelung von Frauen oder Fremden starrte er mit Vergnügen und Unverfrorenheit die beiden Priester an. Während er hinstarrte stand der Auktionator mit dem Muttermal auf, faltete seine Serviette zusammen, ging hinaus und ließ mehr als die Hälfte von dem Wein in der letzten Flasche, die er bestellt hatte. Wenn er seine Rechnungen in der *Luarca* bezahlt hätte, würde er die Flasche ausgetrunken haben.

Die beiden Priester erwiderten den Blick des Picadors nicht. Einer von ihnen sagte gerade: »Es ist zehn Tage her, seit ich hier bin und darauf warte, mit ihm zu sprechen, und den ganzen Tag über sitze ich im Vorzimmer, und er will mich nicht empfangen.«

»Was läßt sich da machen?«

»Nichts. Was kann man tun? Man kann nicht gegen die Obrigkeit an.«

»Jetzt bin ich zwei Wochen hier und – nichts. Ich warte, und man will mich nicht empfangen.«

»Wir sind aus dem verlorengegebenen Land. Wenn das Geld zu Ende ist, können wir nach Hause fahren.«

»In das verlorengegebene Land. Was kümmert sich Madrid um Galicia? Wir sind eine arme Provinz.«

»Man kann die Handlungsweise von unserem Bruder Basilio verstehen.«

»Trotzdem hab ich kein rechtes Vertrauen zu der Redlichkeit von Basilio Alvarez.«

»In Madrid lernt man vieles verstehen. Madrid tötet Spanien.«

»Wenn sie einen wenigstens empfangen und es einem abschlagen würden.«

»Nein, man soll vom Warten zermürbt und zerbrochen werden.«

»Nun, wir werden sehen. Ich kann ebensogut warten wie ein anderer.«

In diesem Augenblick erhob sich der Picador, ging zum Tisch der Priester hinüber und stand grauhaarig mit seinem Habichtsgesicht da und starrte sie an und lächelte.

»Ein Torero«, sagte der eine Priester zum andern.

»Und ein guter«, sagte der Picador und ging aus dem Speisezimmer in seiner grauen Jacke, schlanktaillig, krummbeinig, mit den engen Breeches über seinen hochhackigen Viehtreiberstiefeln, die auf dem Fußboden klapperten, wie er so ganz gelassen hinausstolzierte und vor sich hin lächelte. Er lebte in einer kleinen, engen Berufswelt von persönlicher Leistungsfähigkeit, nächtlichen Alkoholsiegen und Unverschämtheit. Nun steckte er sich eine Zigarre an, setzte sich im Gang draußen den Hut verwegen auf und ging ins Café.

Die Priester gingen eilig, gleich nach dem Picador, als sie plötzlich merkten, daß sie die letzten im Speisezimmer waren, und nun war niemand mehr im Zimmer außer Paco und dem ältlichen Kellner. Sie räumten die Tische ab und trugen die Flaschen in die Küche.

In der Küche war der Junge, der das Geschirr wusch. Er war drei Jahre älter als Paco und war sehr zynisch und verbittert.

»Hier, nimm«, sagte der ältere Kellner und goß ein Glas Valdepeñas ein und reichte es ihm.

»Warum nicht?« Der Junge nahm das Glas.

»*Tu, Paco*?«, fragte der ältliche Kellner.

»Ja, danke«, sagte Paco. Alle drei tranken.

»Ich gehe jetzt«, sagte der ältliche Kellner.

»Gute Nacht«, sagten sie zu ihm.

Er ging hinaus, und sie waren allein. Paco nahm eine Serviette, die einer der Priester benutzt hatte; er stellte sich gerade hin, mit den Absätzen fest am Boden, senkte die Serviette, folgte der Bewegung mit dem Kopf und schwenkte die Arme wie für eine langsam vorbeifegende *veronica*. Er wandte sich um, setzte den rechten Fuß ein wenig vor, machte den zweiten Ausfall, gewann dem Stier seiner Phantasie ein wenig Boden ab und machte einen dritten Ausfall, langsam, tadellos abgepaßt und anmutig, dann raffte er die Serviette zusammen und drehte sich in den Hüften in einer *media-veronica* vom Stier fort.

Der Geschirrwäscher, der Enrique hieß, beobachtete ihn kritisch und höhnisch.

»Wie ist der Stier?« sagte er.

»Sehr tapfer«, sagte Paco. »Sieh mal.«

Er stand schlank und aufrecht da und machte noch vier tadellose Ausfälle, geschmeidig, elegant und graziös.

»Und der Stier?« fragte Enrique, der in seiner Schürze gegen den Ausguß lehnte und sein Weinglas hielt.

»Hat noch allerlei Reserven«, sagte Paco.

»Du machst mich kotzen«, sagte Enrique.

»Wieso?«

»Sieh mal.«

Enrique nahm die Schürze ab und forderte den Stier seiner Phantasie heraus, meißelte vier vollkommene, zigeunerhaft schmachtende *veronicas* und endete mit einer *revolera*, bei der die Schürze in einem steifen Bogen an der Nase des Stiers vorbeischwang, als er sich von ihm löste.

»Sieh dir das an«, sagte er. »Und ich spül Geschirr.«

«Warum?«

»Angst«, sagte Enrique. »*Miedo*. Dieselbe Angst, die du in einer Arena vor dem Stier haben würdest«.

»Nein«, sagte Paco. »Ich würde keine Angst haben«.

»*Leche!*« sagte Enrique. Jeder hat Angst. Aber ein Torero kann seine Angst beherrschen, so daß er den Stier bearbeiten kann. Ich hab mal bei einem Amateurkampf mitgemacht, und ich hatte solche Angst, daß ich nichts wie gerannt bin. Alle fanden das sehr komisch. Solche Angst würdest du auch haben. Wenn's nicht wegen der Angst wäre, würde jeder Schuhputzer in Spanien Stierkämpfer sein. Du, ein Junge vom Land, würdest dich noch mehr fürchten als ich.«

»Nein«, sagte Paco.

Er hatte es zu oft in seiner Phantasie gemacht. Zu oft hatte er die Hörner gesehen, das feuchte Maul des Stiers gesehen, das Ohr zucken und dann den Kopf sich senken und den Angriff, die Hufe stampfen, und der hitzige Stier raste an ihm vorbei, während er die *capa* schwang, während er wieder die *capa* schwang, dann wieder und wieder, um zum Schluß mit seiner großen *media-veronica* den Stier um sich herumzuschrauben und schwingend davonzugehen, hängengebliebene Stierhaare in der Goldstickerei seiner Jacke von den nahen Ausfällen, und der Stier würde hypnotisiert dastehen und die Menge Beifall jubeln. Nein, er würde keine Angst haben. Andere ja. Er nicht. Er wußte, er würde keine Angst haben. Selbst wenn er's je mit der Angst bekam, er wußte, daß er es auf jeden Fall schaffen konnte. Er traute sich's zu. »Ich würde keine Angst haben«, sagte er.

»*Leche*«, sagte Enrique wieder. Dann sagte er: »Und wenn wir's versuchen?«

»Wie?«

»Sieh mal«, sagte Enrique. »Du denkst an den Stier, aber du denkst nicht an die Hörner. Der Stier hat solche Kraft, daß die Hörner wie ein Messer schlitzen; sie stechen wie ein Bajonett, und sie töten wie eine Keule. Sieh mal!« Er zog eine Schublade auf und nahm zwei Tranchiermesser heraus. »Ich werde die an die Beine von einem Stuhl binden. Dann werde ich für dich den Stier spielen, indem ich mir den Stuhl vor den Kopf halte. Die Messer sind die Hörner. Wenn du dann solche Ausfälle machst, dann bedeuten sie was.«

»Borg mir deine Schürze«, sagte Paco. »Wir wollen es im Speisezimmer machen.«

»Nein«, sagte Enrique plötzlich gar nicht bitter. »Tu's nicht, Paco!«

»Doch«, sagte Paco. «Ich habe keine Angst.«

»Du wirst sie schon noch kriegen, wenn du die Messer kommen siehst.«

»Wir werden ja sehen«, meinte Paco. »Gib mir die Schürze.«

Zur selben Zeit, als Enrique die zwei großschneidigen, rasierklingenscharfen Tranchiermesser mit zwei schmuddeligen Servietten zur Hälfte stramm umwickelte und an den Stuhlbeinen festband und einen Knoten machte, waren die beiden Zimmermädchen, Pacos Schwestern, auf dem Weg ins Kino, um Greta Garbo in *Anna Christie* zu sehen. Einer der beiden Priester saß in seinem Unterzeug da und las sein Brevier, und der andere hatte sein Nachthemd an und betete den Rosenkranz. Alle Stierkämpfer waren bis auf den einen, der krank war, wie allabendlich im Café *Fornos* erschienen, wo der große, dunkelhaarige Picador Billard spielte und der kleine, seriöse Matador mit dem älteren Banderillo und anderen seriösen Handwerkern an einem vollbesetzten Tisch vor seinem Milchkaffee saß.

Der dem Trunk ergebene, grauköpfige Picador saß vor einem Glas Casalas-Brandy und starrte mit Vergnügen zu einem Tisch hinüber, an dem der Matador, dem der Mut vergangen war, mit zwei sehr abgetakelt aussehenden Prostituierten und mit einem anderen Matador saß, der dem Degen entsagt hatte, um wieder Banderillo zu werden.

Der Auktionator stand an der Straßenecke und unterhielt sich mit Freunden. Der große Kellner war bei der Versammlung der Anarcho-Syndikalisten und wartete auf eine Gelegenheit, zu sprechen. Der ältliche Kellner saß auf der Terrasse des Café *Alvarez* und trank ein kleines Bier. Die Frau, der die *Luarca* gehörte, schlief bereits in ihrem Bett auf dem Rücken mit einem Polster zwischen den Beinen; dick, fett, ehrbar, sauber, gemütlich und sehr fromm, und niemals hatte sie aufgehört, täglich ihren nun schon zwanzig Jahre toten Mann zu vermissen und für ihn zu beten. In seinem Zimmer lag der Matador, der krank war, allein auf dem Bett mit dem Gesicht nach unten, ein

Taschentuch vor dem Mund. Jetzt zog Enrique in dem verlassenen Speisezimmer den letzten Knoten in den Servietten fest, die die Messer an die Stuhlbeine banden, und hob den Stuhl hoch. Er richtete die Beine mit den Messern vorwärts und hielt den Stuhl über seinen Kopf mit den beiden Messern direkt geradeaus weisend, eines zu jeder Seite des Kopfes.

»Es ist schwer«, sagte er. »Sieh mal, Paco. Es ist sehr gefährlich. Tu's nicht.« Er schwitzte.

Paco stand ihm gegenüber, hielt die Schürze ausgebreitet, hielt in jeder Hand eine Falte gerafft, Daumen nach oben, Zeigefinger nach unten, hielt sie ausgebreitet, um den Blick des Stiers auf sich zu ziehen.

»Greif geradezu an«, sagte er. »Mach kehrt wie ein Stier. Greif so oft an, wie du willst.«

»Woran willst du merken, wenn der Ausfall geschnitten werden muß?« fragte Enrique. »Es ist besser, du machst drei und dann eine *media*.«

»Schön«, sagte Paco. »Aber komm geradezu. Hu, Torito! Los, komm, kleiner Stier!«

Mit gesenktem Kopf rannte Enrique auf ihn los, und Paco schwenkte die Schürze genau vor der Messerklinge, als sie dicht an seinem Bauch vorbeikam, und wie sie so vorbeikam, war sie für ihn das wirkliche Horn, weiß-spitzig, schwarz, glatt, und als Enrique an ihm vorbeikam und kehrtmachte, um von neuem auf ihn loszurasen, war es die heiße, blutflankige Masse des Stiers, der vorbeistampfte, dann wie eine Katze kehrtmachte und von neuem kam, als er die *capa* langsam schwang. Dann drehte der Stier und kam von neuem, und während er die anrasende Spitze beobachtete, setzte er seinen linken Fuß fünf Zentimeter zu weit vor, und das Messer ging nicht vorbei, sondern war so leicht wie in einen Weinschlauch eingedrungen, und es flutete siedend heiß über und um die plötzliche innere Starre von Stahl, und Enrique schrie: »Ay! Ay! Laß es mich rausziehen! Laß es mich rausziehen.« Und Paco glitt vorwärts über den Stuhl, hielt die Schürzen-*capa* noch fest, während

Enrique am Stuhl zerrte und sich das Messer in ihm umdrehte, in ihm, in Paco.

Das Messer war jetzt raus, und er saß am Boden, in der immer größer werdenden, warmen Lache.

»Halt die Serviette drauf! Halt sie fest!« sagte Enrique. »Halt sie fest drauf . Ich lauf und hol den Doktor. Du mußt die Blutung anhalten.«

»Man müßte einen Gummibecher haben«, sagte Paco.

Er hatte gesehen, wie man einen in der Arena benutzt hatte.

»Ich bin ganz gerade auf dich zugekommen«, sagte Enrique weinend. »Ich wollte dir ja nur die Gefahr zeigen.«

»Mach dir keine Gedanken«, sagte Paco; seine Stimme klang wie von weit her. »Aber hol den Doktor.«

In der Arena hoben sie einen auf und trugen einen weg und rannten mit einem zum Operationszimmer. Wenn die Schenkelarterie ausblutete, bevor man dort ankam, wurde der Priester gerufen.

»Sage einem der Priester Bescheid«, sagte Paco und hielt die Serviette fest gegen den Unterleib. Er konnte nicht fassen, daß ihm dies passiert war.

Und Enrique rannte die Carrera San Jerónimo hinunter zur Unfallstation, die die ganze Nacht über offen war, und Paco war allein, saß zuerst aufrecht, dann sackte er vornüber, dann sank er auf dem Boden zusammen, bis es vorbei war, und er fühlte, wie das Leben aus ihm entwich, wie schmutziges Wasser aus einer Badewanne ausläuft, wenn der Stöpsel herausgezogen ist. Er hatte Angst, und er fühlte sich schwach, und er versuchte ein Reuegebet herzusagen, und er erinnerte sich, wie es anfing, aber ehe er, so schnell er konnte, gesagt hatte.«O mein Gott, herzlich leid tut es mir, daß ich Dich gekränkt habe. Dich, der Du all meiner Liebe wert bist, und ich bin fest entschlossen …« fühlte er sich zu schwach, und er lag mit dem Gesicht auf dem Boden, und es war ganz rasch vorbei. Eine durchschnittene Schenkelarterie blutet schneller aus, als man sich vorstellen kann.

Als der Arzt von der Unfallstation, begleitet von einem Polizisten, der Enrique am Arm festhielt, die Treppe heraufkam, waren Pacos Schwestern noch im Kinopalast in der Gran Via und waren tief enttäuscht von dem Garbo-Film, der den großen Star in jammervoll armseliger Umgebung zeigte, während sie doch gewohnt waren, sie von großem Luxus und Glanz umgeben zu sehen. Dem Publikum mißfiel der Film gründlich, und man protestierte mit Pfeifen und Trampeln dagegen. Alle anderen Leute aus dem Hotel taten fast noch dasselbe, was sie getan hatten, als sich der Unglücksfall zutrug, bis auf die beiden Priester, die ihre Andacht verrichtet hatten und sich zum Schlafen anschickten, und den grauhaarigen Picador, der sein Glas an den Tisch der beiden abgetakelten Prostituierten hinübergenommen hatte. Ein bißchen später verließ er mit einer von ihnen das Café; es war die, für die der Matador, der die Courage verloren hatte, die Getränke bezahlt hatte.

Paco, der Junge, hatte nie etwas von alldem gewußt, auch nichts von dem, was all diese Leute am nächsten und an allen kommenden Tagen tun würden. Er hatte keine Vorstellung, weder wie sie wirklich lebten, noch wie sie enden würden. Es war ihm noch nicht einmal bewußt geworden, daß sie enden würden. Er starb, wie die spanische Redewendung lautet, voller Illusionen. Er hatte in seinem Leben keine Zeit gehabt, um auch nur eine von ihnen zu verlieren, noch um am Schluß ein Reuebekenntnis zu beenden.

Er hatte nicht einmal Zeit gehabt, um über den Garbo-Film enttäuscht zu sein, der eine Woche lang ganz Madrid enttäuschte.

Originaltitel: *The Capital of the World*
Ernest Hemingway, *Die Hauptstadt der Welt*
aus: *Ernest Hemingway, Die Stories. Gesammelte Erzählungen*

Aus dem Amerikanischen von Annemarie Horschitz-Horst

Arezki Mellal

wurde 1949 in Algier geboren, wo er heute lebt und arbeitet. Er ist als Grafiker, Szenarist für Graphic Novels und Verleger von Kunstbüchern in Erscheinung getreten. Anfang der 90er Jahre, zur Zeit des Bürgerkrieges in Algerien, entscheidet er, sich der Literatur zu widmen. Sein erster Roman *Maintenant ils peuvent venir* (2000) war der Auftakt zu zahlreichen Texten und Theaterstücken. Die hier vorgestellte Erzählung *Regarde la mer* erschien 2001 in der Literaturzeitschrift *La pensée de midi*.

Algier: Schaut aufs Meer

Zu dieser Dame, die mir in den Gärten des Hotels begegnet oder einfach über den Weg gelaufen war (eine chinesische Diplomatin?), hatte ich gesagt: »Sie können sich gar nicht verirren. Um zum Flughafen zu kommen, fahren Sie immer am Meer entlang.«

»Ach ja, das Meer! Man sieht es von überall. Von hier aus ist der Blick zauberhaft.«

»Das Mittelmeer, meine Dame.«

»Das Mittelmeer … da denkt man an Marseille, Neapel, Athen oder auch Beirut.«

»Sie denken nicht an Algier?«

»Überhaupt nicht, ich weiß nicht einmal warum.«

»Weil Algier nicht ans Meer denkt.«

»Aber Algier hat einen der wichtigsten Mittelmeerhäfen.«

»Das behaupten die Reiseführer und die Enzyklopädien.«

Ja, Madame, sehen Sie, unsere Wege haben sich gekreuzt, dabei ganz ohne Kreuzzug. Es gibt keinen Hafen, es gibt kein Meer.

»Wenn Sie gar nicht ans Meer denken, wozu haben Sie es dann, das Mittelmeer?«

»Damit wir uns nicht verirren.«

»Sie sagten mir, dass ich immer am Meer entlang fahren soll?«

»Ja, bis zum Flughafen, da können Sie sich nicht verirren. Fliegen Sie nach Asien?«

Sie lacht. Sie fliegt nach China, nicht nach Asien. Nach Asien, wenn man so will. Nein, sie wird sich schon nicht verfahren. Ja, sie ist Dolmetscherin in der Botschaft. Passiert es den Algeriern, dass sie sich verirren? Nein, Madame, sie richten sich nach dem Meer, und das Meer liegt in nördlicher Richtung. So legen sie die nördliche Richtung fest? Ja, den Norden (ich bestehe auf das Substantiv, ein Substantiv, das verändert einiges).

»Sie sprechen von Reiseführern, von Enzyklopädien, von Kreuzzügen, vom Norden und vom Hafen, und nichts davon existiert. Wie ist das zu verstehen?«

»Madame, Sie sind die Sprachexpertin.«

Als ich mich von ihr verabschiede, gestehe ich ihr schließlich, dass es die Fremden sind, die sich hier verirren, nicht die Algerier.

Ich war enttäuscht, ihr nicht noch mehr erklären zu können. Diesem Volk, das den Kompass erfunden hat, kann man einfach nichts erklären.

Ich schaue aufs Meer. Hier geht die Sonne im Westen unter, also linker Hand. Sie geht im Osten auf, also rechter Hand.

Das Meer ist weder links noch rechts. Es nimmt einen direkt von vorn ein. Um nach Algier hineinzufahren, dreht man ihm den Rücken zu.

Ich muss nach Hause. Eilig mache ich mich auf den Weg.

Mein Architektenfreund bekommt meinen Roman in die Hände. Der Titel macht ihn neugierig.

»*Maintenant ils peuvent venir* – Jetzt können sie kommen – Von wem sprichst du?«

»Von den Terroristen.«

Auf dem Buchrücken liest er weiter: »Vater, stimmt es, dass es Menschen gibt, die auf Inseln leben? – Natürlich, mein Sohn. – Was also ist es, das nicht existiert? – Die Inseln existieren nicht, mein Sohn.«

»Was soll das, wovon redest du?«

»Von Inseln, die nicht existieren.«

»Die es aber doch gibt.«

»Ja, in der Fantasie.«

»Bist du ein Verrückter?«

»Ihr seid die Verrückten.«

»Von wem redest du?«

»Bist du dir bewusst, dass du in einer Stadt wohnst, die ›die Inseln‹[1] heißt, und dass es dort keine Inseln gibt?«

»Dafür gibt es historische Gründe.«

»Bist du dir bewusst, dass diese historischen Gründe dazu geführt haben, dass diese Stadt ihren Phantomnamen auf ein ganzes Land bis zum Ende der Sahara ausgebreitet hat? Was kümmern die in der Sahara Lebenden diese Inseln, die es gar nicht gibt?«

»Das lässt sie vom Meer träumen. Sie alle träumen vom Meer.«

Ich fuhr fort: »*La mer n'existe pas aussi*«[2]. Er antwortete: »Muss ich dich darauf hinweisen, dass es hier nicht um Fiktion geht?« Ich fragte ihn, wie das zusammenpasst, die

1 Algier kommt von *d'El-Djezaïr*, was Inseln heißt oder Inselchen. Die Türken haben sie im 16. Jh. mit dem Festland verbunden.

2 Lied des Franzosen Art Mengo, (dt. ›Auch das Meer gibt es nicht‹).

Architektur und das Meer. Er antwortete, sehr schlecht. In Algier sind alle Häuser nach dem Meer ausgerichtet, sie bekommen sehr wenig Sonne. Aber die Algerier kommen nicht ohne die Sonne zurecht. Ohne viel Sonne. Die Häuser sind nach Norden ausgerichtet und die Einwohner recken den Hals Richtung Osten. Diejenigen, die Terrassen besitzen, haben Glück. Sie haben die Sonne und das Meer. Wie die Bewohner der Kasbah[3], die ihr ganzes Leben auf ihren Terrassen verbringen. Die Leute tun so, als seien sie glücklich und stolz auf ihre Hochhausbalkone, von denen aus sie aufs Meer schauen, und sie sehen zu, wie die Sonne hinter ihnen vorbeizieht. Wenn sie könnten, würden sie das Meer umbringen. Du siehst also, das Meer existiert durchaus.

Das heißt, auf diese Weise existiert es eben nicht.

Die Inseln waren dort, gegenüber.

Und das ist keine Fiktion.

Wir gingen uns betrinken, in La Pêcherie. Ganz nah bei Gott. Schon vor langer Zeit hatte ich verstanden, dass La Pêcherie ein ganz besonderer Ort war. Das durchscheinende Licht der Moscheemauern erleuchtete die Fassade des Restaurants. Es war eine kleine unterirdische Welt, die die billigen Lokale beherbergt, wo man sich an Wein und Fisch ergötzt. Diese Geschäfte sind ein bisschen wie Ableger der alten Moschee. Die Fischer sind alle gläubig und versoffen. Sie fühlen sich in dem großen Gebetsraum und den dunklen Hinterzimmern mit den Bierkisten zu Hause.

Die Fischer werden aufs Meer hinausfahren.

3 altes Stadtviertel in Algier

Du wirst in ganz Algier keinen vergleichbaren Ort finden.

Die Fischer werden zurückkommen.

Manchmal fahren sie bis nach Spanien.

»Weißt du, *ya kho*[4], es stimmt, dass wir unsere Königsgarnelen dort verscheuern, aber für Devisen, *ya kho*.«

In ihren Geschichten über Marseille, Malta und Alicante, hört man noch diese Mischsprache, Wörter aus Marseille, aus Malta oder Alicante.

In den befestigten Unterbauten des alten Algier klingen noch immer die Kanonen von Khair ad-Din Barbarossa, François I und Karl V.

Die Fischer sind zurückgekommen, hier also ist der einzige Ort in Algier, wo die Stadt dem Meer begegnet. Noch mehr Wein? Diese Doraden mit Knoblauch sind ein Gedicht. Die Tür der Moschee ist immer weit offen. Der dort, das ist der altehrwürdige Imam, er macht wirklich auf alt.

»Das ist unser kleines Geheimnis, leg uns *chaâbi*[5] auf, ich werd' dir was erzählen, *ya kho*, El-Djezaïr ist in Wirklichkeit hier.«

In diesen Unterbauten.

Das weiße Boot ist keine Legende. Die Algerier sahen es mit Schrecken kommen. Es kam regelmäßig, um Bettler und Aufständische aus Babor oder aus der Kabylei, aus Ouarsenis und Titteri aufzuladen. Mit dem Ziel Cayenne. Natürlich eine Reise ohne Rückkehr.

Dazu also dient das Meer: »Um in die Hölle zu kommen.«

Ist dieser Alte verrückt?

---

4 ›mein Bruder‹, in algerischer Umgangssprache

5 eine der bekanntesten Musikrichtungen in Algerien

Er fährt fort: »All unser Unglück kommt daher. Nicht ich sage das. Die Geschichte, mein Sohn, die Geschichte.«

Alle, die über das Meer ankommen, fahren auch übers Meer wieder fort. Römer, Vandalen, Türken, Franzosen. Sie alle kamen, um zu bleiben. Aber wir, ganz geduldig, haben sie ertragen, und dann nach und nach zurückgejagt. Sie haben nicht verstanden, dass man nicht übers Meer kommen darf. Wenn du von dort kommst, bleibst du auf ewig ein Fremder. Auf diese Weise wirst du niemals zu uns gehören.

Wir haben die Fremden erduldet. Sie sind aus der Levante gekommen, jenseits des Festlandes und, wofür immer das gut war, mit der Botschaft Gottes und mit dem Säbel. Heute sind wir diese Fremden. Das ist die Geschichte. Es gibt kein Meer. Woher kommen unsere Zaouias[6] und unsere Marabouts[7]? Von Fremden, von Eroberern, die übers Festland gekommen sind, diesmal aus dem fernen Westen, aus den sudanesischen Ländern. Zaouias und Marabouts, dieser Islam ist wirklich der unsere. Es gibt kein Meer.

Die Erde dreht sich von Ost nach West. Die Erde wird von grün zu rot, so wie die Geschichte. Das Meer geht Richtung Norden, dem Blauen entgegen und dem Weißen, der Kälte entgegen und der Unsicherheit, in Richtung der Gebiete, die von der Erde abgeschnitten sind.

Ich erzittere darüber, der verrückte Alte ruft mir die letzte Invasion in Erinnerung: Bärte, Kaftane und Kopftücher, die übers Festland kamen. Sie gehen nicht wieder. Das werden wir sein.

---

6 muslimisch-religiöses Gebäude

7 im Volksislam ein islamischer Heiliger, meist aus der Tradition des Sufismus

Das Meer, glücklich, vereint sich mit der Bucht. Algier, meine Prinzessin, taucht ihre Füße ins Wasser, nur ihre Füße, und schaut aufs Meer.

Schaut aufs Meer, es gibt keine Hölle.

Originaltitel: *Regarde la mer*

aus: *La pensée de midi*, 2001/1 N° 4, S.56-59
Aus dem Französischen von Anja Kootz

Tobias Sommer

wurde 1978 in Schleswig-Holstein geboren. Er veröffentlichte zahlreiche Erzählungen und Gedichte in Anthologien und Einzelpublikationen. Seine Lyrik und Prosa wurde mit Preisen und Stipendien ausgezeichnet. Die Berliner Literaturkritik bescheinigt seinen Texten »Schönheit, Tiefe und Eleganz«.

2011 erregte er Aufsehen mit seinem ersten Roman *Dritte Haut* (Septime Verlag), in dem der Autor seine Ausdauer unter Beweis stellt, seine Wortgewalt auch über einen langen, komplexen Text durchzuhalten.

2012 erscheint sein zweiter Roman *Edens Garten* – ebenfalls bei Septime.

Tobias Sommer

Hamburg: Ein Tag wie jeder

Ich kehre zusammen, was zusammen gehört. Und ich trage eine Uniform, damit jeder erkennt: Ich bin ein Angestellter meiner Stadt. Es ist meine Stadt. Ich sage das bewusst und ohne Selbstzweifel, es ist meine Stadt, wem sollte sie sonst gehören, wenn nicht mir? Ich bin es, der sich um ihre Seele kümmert. Ihre Seele, das Netz aus Straßen und Wegen, das sich durch meine Stadt zieht wie der Kreislauf pulsierender Blutbahnen in meinem Körper.

Ich fahre jeden Morgen um sechs Uhr mit meinem Fahrrad auf den Hinterhof des Verwaltungsgebäudes, denn dort steht ein silberner Kasten auf vier Rädern, mein Wagen. Er trägt wie meine Dienstkleidung die Farben der Stadt. Alle Werkzeuge, die ich für meine tägliche Arbeit benötige, sind an dem Wagen befestigt. Ein Besen, ein Handfeger, eine Zange, Schutzhandschuhe, eine Flasche mit Desinfektionsmittel. Auch heute ziehe ich den Wagen hinter mir her, aber heute ist in mir ein Gefühl, als hätte ich etwas vergessen, oder schlimmer: Als hätte ich etwas verloren.

Ich beginne meine erste Schicht, wie jeden Morgen, zwischen den historischen Rathausmauern und dem Bucerius Kunstforum. Ich fege den Dreck von den Stufen des ehemaligen Bankgebäudes; unterhalb der Treppe liegen drei Eintrittskarten: Frida Kahlo und die gebrochene Säule.

Die Ausstellung ist seit zwei Wochen beendet – habe ich in den letzten Tagen so ungründlich gearbeitet? Auf der Karte ist eine griechische Säule in einem aufgeschlitzten Frauenkörper abgebildet, auf der Rückseite Werbung für die nächste, nun bereits eröffnete Ausstellung.

Ich freue mich jedes Mal, wenn ein Kunstevent angekündigt wird. Ich stelle mir vor, ich würde eine Gruppe Touristen durch die Ausstellungsräume führen, mit meinen Fingerkuppen vorsichtig den Rahmen meiner Brille berühren, sachkundig die Geheimnisse der Bilder erläutern, dabei Sprechpausen einlegen und nachdenklich die Blicke durch die Räume schweifen lassen. Ich stelle mir vor, wie sie mich fasziniert ansehen, wie sie nicken, wie sie sich zu ihren Begleitungen umdrehen, den Kopf schütteln, von meinen Erläuterungen überrascht. Diese Bilder sehe ich zwischen Bierdosen, Glassplittern und verglühten Zigaretten.

Heute ist ein besonderer Tag, sage ich und beginne die erste Runde um den Rathausplatz, in einer Stunde muss diese Fläche aus roten und braunen Ziegelsteinen gereinigt sein.

Die Marktschreier sind pünktlich. Als Erster schiebt unser Fischhändler die Luke seines Lieferwagens auf, er breitet seine Ware auf den großen Holztischen aus. Ich betrachte aus dem Augenwinkel heraus das Rot der geöffneten Lachse, das wellenförmige Muster der Makrelen, die angriffslustigen Schnäbel der Hornhechte. Der Händler ruft etwas, vermutlich meinen Namen, ich strecke Zeige- und Mittelfinger in seine Richtung, als Zeichen einer unausgesprochenen Freundschaft zwischen uns. Die Radien meiner Runden werden kleiner, bis ich die Mitte erreicht habe.

Nachdem ich den Dreck zusammengefegt und in drei großen Tüten gesammelt habe, entsorge ich die Säcke in einer

Mülltonne, in unserer Mülltonne, die mit einem Vorhängeschloss gesichert ist und versteckt in einem unscheinbaren Durchgang zwischen dem Pressezentrum und einem Modegeschäft für Frauenunterwäsche auf mich wartet. Es gibt nur fünf Menschen, die einen Schlüssel für diesen Behälter haben. Hier, in diesem Gang vor den Mülltonnen, riecht es nicht nach Abfall oder Schimmel, es duftet nach Frauen, nach Zitronen und Blütenblättern. Ich kann durch ein Fenster in das Modegeschäft spähen und rote Strapse, Tangas und andere reizvolle Dinge sehen. Bevor der Duft intensiver wird, verschwinde ich mit der Gewissheit, diesen Laden nie zu betreten. Ich male mir aus, wie junge Verkäuferinnen – einige habe ich bereits gesehen, manchmal sitzen sie in ihrer Mittagspause im Café auf der anderen Straßenseite – mich beraten, mir die neusten Kollektionen präsentieren. Ein Päckchen, kaum größer als meine Faust, mit einer Schlaufe aus Seide, gehalten von einem goldenen Aufkleber, dem Emblem einer Traditionsfirma, würde ich wählen, meine Kreditkarte auf den Tisch legen und warten, bis die Verkäuferin mir einen Zettel reicht und vorsichtig um meine Unterschrift bittet. Ich würde distanziert lächeln und dennoch so höflich wie möglich sagen: Ein Geschenk für eine außergewöhnliche Person, Geld spielt keine Rolle.

Zwangsläufig entsteht in diesem Tagtraum die Frage, was in meinem Leben wirklich eine Rolle spielt – was, wenn nicht meine Stadt? Vielleicht komme ich heute der Lösung einen Schritt näher, aber möglicherweise entstehen andere Fragen in neuen Träumen.

Mein letztes Geschenk, das ich gegen meinen Willen bekam, war eine goldene Uhr; es war kein Gold, nicht einmal Blattgold, aber sie war hübsch, geschätzte 39,95€ bei eBay.

Der nächste Auftrag auf meinem Plan lautet: die Papierkörbe in der Mönckebergstraße leeren. Zur Weihnachtszeit leuchten links und rechts aus den Schaufenstern bunte Tannenbäume und rote Weihnachtsmänner, zwischen den Häusern und über der Straße hängen Lichterketten, strahlendes Weiß im Duft von Zimt und Rum.

Die meisten Geschäfte öffnen ihre Türen spät, lange nachdem ich meinen Dienst auf der Mönckebergstraße verrichtet habe. Durch einige Schaufenster sehe ich Licht, kleine Punkte aus den hinteren Räumen, wo Angestellte auf den Beginn ihres Arbeitstages warten, der Dampf von frisch gebrühtem Kaffee an den Wänden, die Hände um die wärmenden Becher gelegt, belanglose Gespräche fliegen aneinander vorbei. Es arbeiten viele Frauen in der Innenstadt, perfekt geschminkte und gestylte Schönheiten, die meisten kommen aus den Nachbarstädten und nur wenige aus unserer Stadt, diejenigen jedoch erkenne ich sofort. Ich höre es an ihrer Art zu sprechen, bemerke, wie sie sich bewegen und mich ansehen. Ich spüre es, die Frau, die ich gerade betrachte, wohnt in unserer Stadt. Sie schließt die Glastür ihres Tea-Shops auf, lächelt, ohne ein bestimmtes Gesicht zu fixieren, sie dreht sich nicht um, als ich an ihr vorbei gehe; sie wird zurückgrüßen, bin ich mir sicher und spreche ein leises »Hallo«, aber mein Wort wird vom Wind zerrieben. Ich sehe wenige Passanten, die an mir vorbei huschen, wie Schlafwandler beim Einkauf.

Meine letzte große Investition liegt weit in der Vergangenheit. Es war eine Fahrradkette, überlege ich, die Glieder meiner alten Kette waren immerzu rostig gewesen. Es wäre nur eine Frage der Zeit gewesen, Ketten werden nicht gesprengt, sie rosten einfach durch.

Ich kehre über den Gerhart-Hauptmann-Platz, auf dem früher, weit vor meiner Zeit, Pferde und Ziegen verkauft und getauscht wurden und heute Springbrunnen und Metallbänke und im Winter Punschbuden stehen. Er gehört nicht zu meinem Aufgabenbereich, aber ich fege den Weg vor dem Thalia-Theater, mein Kollege, der dafür zuständig ist, weiß das und freut sich über die Arbeitserleichterung, verstehen wird er mich nicht. Ich liebe den Müll vor dem Hamburger Staatstheater, Eintrittskarten, Korken von sündhaft teuren Piccolos, gelegentlich ein seidenes Taschentuch. Ich sammle die Rückstände eines Abends, den ich mir oft vorgestellt aber nie erlebt habe, ein Straßenfeger geht nicht ins Theater, und nur wenige Straßenfeger träumen davon. Heute, zum ersten Mal seit Jahren, nehme ich mir ein Programmheft und blättere darin, die Namen sagen mir nichts, aber sie klingen schön. Ich stecke das Heft in meine Manteltasche, mit dem guttuenden Gefühl, dass ich es bald brauchen könnte.

Ich schiebe meinen Wagen zur Kunsthalle. Auf den Plakatwänden über der Halle steht nur ein Wort. *Unscharf.* Die Ausstellung läuft seit einem Monat, ich habe oft die Besucher der Ausstellung belauscht, wenn sie sich auf den Bänken vor der Halle ausruhten oder ihre Tickets suchten. Der Künstler heißt Richter, habe ich so erfahren, sein Spätwerk, die Bilder, verschwommen und grau, sehen aus, meinte ein Gast, wie Kirchtürme bei Nebel, die Spitze sieht man nicht, aber man hört die Uhr ticken.

Mein Leben wird, je älter ich werde, immer unschärfer, dachte ich damals, und heute denke ich, mein Leben wird nicht unscharf, es wird schwarz-weiß.

Und dort hinten ist das Verlagsgebäude vom Spiegel, der Kreis schließt sich also, hat ein anderer Gast gesagt, ich habe ihn nicht verstanden, aber heute muss ich bei diesem Satz an meinen Chef denken. Jeder Kreis schließt sich, hat er gesagt, das ist dein Leben, das Kreisen über den Marktplatz. Ich glaube, er hat es nett gemeint.

Die Papierkörbe sind geleert, die Wege und Plätze vom Müll befreit, das reicht für heute, für einen 400-Euro-Job, beschließe ich und ziehe den Reißverschluss meines Overalls einige Zentimeter weit auf. Ich parke meinen Wagen heute vor den Tonnen, vor unseren Tonnen, und atme tief ein.

Mein Heimweg führt durch den Hauptbahnhof. Ich gehe in einer Routine über die Fliesen der Hallen, dass ich die Augen schließen könnte und trotzdem nie stolpern würde. Ich sehe Bettler, die ihren festen Sitzplatz haben und nehme eine Münze. Tief unten in meiner Hose hat sie geschlummert. Ich werfe sie nicht, sondern lege sie behutsam in einen weißen Suppenteller aus Plastik. Den Satz auf dem Pappschild davor lese ich nicht, ich kenne ihn auswendig. Der Mann schmunzelt und ich bin dankbar dafür. Im Fortgehen drücke ich meine Hand tiefer in die Tasche und freue mich über einen letzten Euro. Ich drehe ihn zwischen Daumen und Zeigefinger und lege ihn zwanzig Meter weiter auf einen Tresen. Die Bedienung ist älter als das gelb-grüne Mosaik in den Giebeln der Halle, aber das erzähle ich ihr nicht, sie würde mich nicht verstehen. Für mein Geld bekomme ich eine Bratwurst, einen Pappstreifen und ein müdes Augenzwinkern. Während ich meinen Hunger stille, berührt mich ein Oberarm. Ohne aufzusehen, begrüße ich den Mann hinter mir. »Ich möchte kein Geld, nur eine kleine Spende«, wiederholt er den Satz, den ich auswendig kann und ich bin froh, nicht allein zu sein in meiner Stadt. Ich erzähle ihm vom Farbenspiel, das früher schöner war, von den rötlichen Scheiben, durch die die Sonne auf die Schienen strahlte, ich spreche über das Licht, das jedes Jahr dunkler zu werden scheint, über die bekannten Gesichter dieser Stadt, über den Duft von Zitronen und von meinem dienstlichen Feldzug, ich spreche darüber wie jeden Tag ...

Ruhestand. An dieses Wort werde ich mich nie gewöhnen.

Michael Stavarič

1972 in Brno geboren, lebt als freier Schriftsteller und Übersetzer in Wien. 2006 sorgte er mit seinem fulminanten Romanerstling *stillborn* für Aufsehen weit über die österreichische Literaturszene hinaus. Es folgten zahlreiche Romane, Erzählungen, Essays und Kinderbücher, u.a. *Terminifera* (2007), *Die kleine Sensenfrau* (2010), *Brenntage* (2011) oder *Nadelstreif & Tintenzisch, Ein Bestiarium* (2011).

Sein Werk wurde mit diversen Preisen und Stipendien ausgezeichnet, zuletzt mit dem Adelbert-von-Chamisso-Preis.

Michael Stavarič

Prag: Gut Ding will Weile haben

In memoriam Jiří Gruša

*

Ich hatte schon immer ein Problem damit, mir Prag als realen Ort vorzustellen, der tatsächlich irgendwo an der Moldau existiert; Sie wissen schon, diese Stadt des Golems und der steinernen Brücken, der Dome und Tode, eingekesselt und an der Schwelle zum Nirgendwo, ein seelenloser Ort am Abgrund … alles ist und war seit jeher voller Geschichten und die eigene Geschichte verlor sich leicht darin wie ein Zuckerwürfel in einem viel zu heißen Kaffee. Ich erfuhr zudem, dass der Ort, von dem aus ich am liebsten auf die für mich stets magische und zu beschwörende Stadt geblickt habe, einst auch Dieben, Vagabunden und ähnlichen Gesellen Aussicht bot, als Henkershügel wohlgemerkt. Oder wie es der Prager so treffend zu benennen wusste: Einer dieser Wege hinauf zu jenem Hügel nennt sich tatsächlich »Zum Paradiesgarten«.

*

Ich weiß nicht, ob Sie sich schon jemals darüber Gedanken gemacht haben, doch es gibt tatsächlich männliche und weibliche Städte, in meiner Muttersprache wird das selbstverständlich unterschieden (was mich seit je her für das Tschechische einnimmt), und wäre Prag ein Mann, wie etwa Berlin oder Rom, wer weiß, möglicherweise hätte die Stadt ein ganz anderes Schicksal erfahren – und ich mit ihr; oder »ihm« in diesem Falle. Manchmal habe ich in meinen Gedanken damit gespielt, mir Prag männlich vorzustellen, da man so ein Genus doch zweifelsohne auch ändern kann, es klang falsch und verbittert, völlig fehl am Platz, sodass ich dieses Unterfangen aufgab. Prag war nun mal eine »die Prag«, und wie so viele Frauen stetig ungeduldig und unergründlich, vor allem für diejenigen, die sich in sie verschaut hatten.

*

Es heißt, die Schönheit hat die Stadt von den Italienern, die Erhabenheit von den Deutschen und die Juden brachten all die Geheimnisse hierher, ohne die alles Weitere undenkbar wäre. Man behauptet zudem gern, sie trage ihren Namen nach einer »Schwelle« – »*prah*«; so glaubt man etwa bis heute, dass hier eine der uralten Achsen der Welt verlaufe. Umso unerklärlicher, dass ich mich hier ein Leben lang »neben der Spur« wähnte, wo doch alles auf irgendetwas hinzudeuten scheint und man angeblich viel leichter seinen Weg, sein Ziel oder gar eine Vision vorfände. Böse Zungen behaupten natürlich, dass Prag nicht viel wert und nach einem »verdorrten« Platz benannt sei, und auch wenn mir persönlich keiner bekannt ist (und ich kenne diese Stadt wirklich gut), Durst hat man hier oft genug, mehr als anderswo, vielleicht eine der dankbarsten Erklärungen, warum so viel Bier getrunken wird. Eines meiner ersten Gedichte, das ich in dieser Stadt schrieb, lautet folglich:

Die Tschechen sind ein eigentümliches Volk.
Sie exportieren Dichter.
Bier und Eishockey.
Škoda. Schade auch!

*

Wie so oft scheint die Wahrheit älter zu sein, der Ort könnte ursprünglich »*braga*« geheißen haben, und irgendwelche Kelten meinten damit wohl den Plural von »*brag*«, die Sümpfe von einst in den Biegungen der Moldau. Undurchdringlich, unzugänglich, unnahbar; und ihre steinernen Löwen (aus dem böhmischen Wappen) werden bis heute – soweit die Geschichten – in der Nacht lebendig und ziehen Festwägen durch die Zeit. Vielleicht kann man auch deshalb in Prag leichter erahnen, wann eine Katastrophe naht, wo sich doch hier das Diesseits mit dem Jenseits kreuzt und die Menschen hellsichtiger und verlorener sind als anderswo. Die Dunkelheit Prags hat mich seit jeher begleitet:

Bei uns, im Tschechischen, gibt ein Wort das andere …
»Temno« ward die Finsternis, die unnahbar Verlorene.

Ich denke, dies klingt endgültig.
Schattiger als »Dunkelheit« ähnelt es dem Tod.
Dem Wort der Grenze. Mors ultima linea rerum.
Tem-no. »No«. Das Nichts.
Jenes Dunkle, eben »Heit«, es meint die Auferstehung.
Doch im Tschechischen lauert überall der Tod. Ein Femininum.
Als wäre der Verlust im Weiblichen allen Übels Lösung.
Ich hatte die Ehre, das Glück mit Füßen zu treten.
Darauf kann ich wirklich stolz sein.
Ich verließ das einzige Land.

Einer der großen Tschechen sagte mir einst:
Bei uns ist das so eine Sache;
zwar wissen wir, dass die Wahrheit siegt,
doch wissen wir nicht wann und welche …

Ich glaube, jenes viel beschworene
»In-der-Wahrheit-leben-Wollen«
gleicht einer Durchhalteparole.
Vielleicht wollen wir Tschechen uns um jeden Preis
dieses Stückchen Würde bewahren.
Um zu erkennen, dass es immer noch Hoffnung gibt.
Und wenn das Dunkle sich zu uns herabbeugt,
sterben wir beseelt beim Taubenfüttern.

Wir verlassen unser Land
und kehren bestenfalls zurück als Fremde.

Ich verließ dieses Land, weil sich meine Eltern dafür entschieden hatten, dem Kommunismus den Rücken zu kehren. Ich erinnere mich allerdings noch gut daran, dass es unter den Kommunisten einen allgegenwärtigen (aber keinesfalls hellsichtigen) Mann in Prag gab, den Präsidenten, ein, wie ich schon damals fand, selbstherrlicher Mann mit Brille, der mir einen strengen Blick zuwarf und mich zu ermahnen schien: Immer schön brav sein, junger Mann!

*

Erst der Lauf der Geschichte machte diesem einen Schreckgespenst meiner Kindheit ein Ende (da befanden wir uns allerdings längst außer Landes und hörten in den Nachrichten davon). Bleibt zu erwähnen, dass ich mit Herrn *Husák* (so hieß der Mann nämlich) immerzu ein anderes tschechisches Wort assoziierte: »*husa*«. Was so viel wie »Gans« bedeutet. Ein »*Husák*« war also – meiner Meinung nach – eine Art selbstverliebter Gänserich von Moskaus Gnaden, mit dem es, wie bei Gänsen nun mal üblich, kein allzu gutes Ende nehmen sollte. In Wien (wohin meine Eltern später geflüchtet waren) sollte ich übrigens höchst persönlich dem Bundespräsidenten begegnen, einem gewissen Herrn Kirchschläger, den ich damals – aufgrund einer akustischen Fehleinschätzung – falsch ansprach: Herr »Kirschjäger«. Ich habe mir tatsächlich lange Zeit vorgestellt, dass dies ein Mann sei, dem Kirschen ein besonderes Anliegen waren, und dass Österreich wohl reich an Kirschbäumen sein müsse, wenn sich sogar der Präsident so sehr mit ihnen identifizierte. Ich kam später nicht umhin, diesem Präsidenten ein Gedicht zu widmen:

Präsidenten neigen zu Zahnlücken.
Vertäuen sich wortbeflissen.
Brotrinden schaben sie lautlos ab.
Freien Geistern gehen sie zur Hand,
verstauen ihr Reisegepäck und lesen ihnen
die ungeraden Seiten der Göttlichen Komödie vor.
Mitunter auch die Leviten.

Trenderscheinungen weichen sie stets aus.
Besonnen. Kaum dass sie am Rotweinglas nippen.
Sie essen Kannibalen, gehen aber nicht durch Fremde.
Laternen genügen ihnen.
Manchmal tut es auch ein altes Ofenrohr.

In der Schule waren sie Einzelgänger.
Mochten Mädchen.
Lauthals rezitierten sie die Geschichten ihres Landes.
Ampeln sind ihnen suspekt.
Vor Geckos empfinden sie Scheu.
Aber auch Gottesanbeterinnen
und Betern begegnen sie zwiespältig.
Ameisenbären natürlich. Zeitungsenten. Unglücksraben.
Fast hätten sie vergessen
zeitgerecht ihre Schnürsenkel zu piercen.

Ihre Bücher werden gern gekauft. Gelesen weniger.
Sie kennen keine Angst. Cypress Hill. Waschautomatenstraßen.
Sogar mit Frustrationssublimierung können sie wenig anfangen.
Erkennen aber ein Paradies.
Und haben keine Angst vor Gespenstern.

*

Als ich als Kind zum ersten Mal vom Prager Frühling hörte (ich hatte nie verstanden, warum man in anderen Städten den Frühling einen »Prager« zu nennen hatte), kam mir folgende Geschichte zu Ohren: Der Tschechoslowakei war es – bei einer Eishockeyweltmeisterschaft in Schweden – tatsächlich gelungen, die schier übermächtige Sowjetunion in der ersten Runde zu besiegen, was im gesamten Land mit großer Genugtuung aufgenommen worden war. Und als die tschechoslowakische Mannschaft auch in der zweiten Begegnung triumphierte, gab es kein Halten mehr – die politische Bedeutung dieser sportlichen Sternstunde ließ die Menschen allesamt hoffen. Man konnte die Stimmung in den Straßen getrost mit einer Art Karneval vergleichen, doch nutzte die sowjetische Führung geschickt die Siegesfeiern für einen Blitzbesuch in Prag aus, das Regime verlangte nach einer schnellen »Normalisierung«.

*

»Sind wir denn etwa nicht normal gewesen?«, wollte ich einmal von meiner Mutter wissen und sie lächelte und strich mir über den damals noch lockigen Kopf, während der Vater ungeniert Grimassen schnitt. Die unmittelbare Folge dieser Ereignisse war jedenfalls, dass Alexander Dubček, die Symbolfigur des Prager Frühlings, vom Generalsekretär der kommunistischen Partei, Gustav Husák, abgelöst wurde. Und Herr Husák und ich … aber das wissen Sie schon.

*

Was weiß ich heute tatsächlich vom Prager Frühling, ohne historische Abhandlungen zu bemühen? Alexander Dubček wollte als liberaler Kommunist einen »Sozialismus mit menschlichem Antlitz« kreieren – basierend auf Presse- und Versammlungsfreiheit, tendenziell demokratischen Strukturen und einer Rücknahme der sogenannten »staatlichen Sorgfalt«. Aber die Staaten des Warschauer Paktes befürchteten, dass dieser »Virus« auf ihr Land übergreifen könnte und sie beschlossen dem, wie sie es titulierten, »contrarevolutionären Treiben« ein Ende zu setzen. Ungefähr eine halbe Million Soldaten marschierten in die Tschechoslowakei ein und die Bevölkerung leistete gewaltfreien Widerstand: Man verdrehte Hinweisschilder (um Besatzer in die Irre zu führen), stellte sich in Prag mutig vor die Panzer und appellierte an die Soldaten.

*

Havels spätere Deutung der Ereignisse lautete in etwa: »Es war der Versuch einer Rückkehr zu einer Normalität des gesellschaftlichen Lebens«, wobei er sich scharf gegen jedwede Ansicht wandte, dass es damals um die Reform des Sozialismus gegangen wäre, denn: »Der Sozialismus hat keine Form, deshalb kann man ihn auch nicht reformieren«. Als ich schließlich Jiří Gruša traf, gab es mit ihm endlich eine Person, die eine unmittelbarere Auseinandersetzung mit den Ereignissen erlaubte; er erinnerte mich in vielen Vorträgen und Statements an die Wichtigkeit der damals neuen

»medialen Vernetzung«. Die Bilder des Prager Frühlings waren »nachhaltig« und gingen um die Welt, es war nicht mehr möglich, völlig »unmenschlich« zu agieren. Selbst die Sowjetführung realisierte bald, dass man ein Land, das im Blickpunkt der Weltöffentlichkeit steht, nicht einfach dem Erdboden gleich machen kann.

*

Wann immer ich mit dem Prager Frühling konfrontiert werde, denke ich natürlich auch an den Selbstmord von Jan Palach, der sich öffentlich verbrannte, um an die Ideale der Reformbewegung zu erinnern. Die zunehmende Gleichgültigkeit und Resignation der Tschechen wurde so tatsächlich mit einem Schlag weggewischt; noch einmal bäumte sich das Land auf, lauschte den letzten Worten Palachs, die dieser aus dem Krankenhaus (wo er wenig später seinen schweren Verbrennungen erlag) an die Bevölkerung richtete: »Meine Tat hat ihren Sinn erfüllt.«

*

Wenn man bedenkt, wie sehr sich der Terrorismus von heute mit Worten wie »Widerstand«, »gerechte Sache«, »Opposition« und dergleichen schmückt, wie er sich selbst als »Weg aus der Unterdrückung« in Szene setzt, so kann man darüber nur den Kopf schütteln. Jan Palach, der einfache Prager Student, wusste jedoch, es braucht ein Zeichen, keinen Mord!

*

Doch lassen Sie mich zu jenem (den Tschechen so wichtigen) Eishockey zurückkehren, das auch mich prägen sollte – vielleicht noch mehr als die Aussicht vom Henkershügel. Meine Erinnerungen lassen sich vielleicht so ganz gut zusammenfassen: »KLM«. Oder auch: die »Green-Line«. Dahinter verbirgt sich die wohl beste Sturmreihe aller Zeiten – Wladimir Krutow, Igor Larionow und Sergej Makarow. Zusammen mit den Verteidigern Wjatscheslaw Fetissow und Alexei Kassatonow war diese Linie der sowjetischen Nationalmannschaft praktisch unbesiegbar. Diese sogenannte »Sbornaja« war von 1954 bis 1991 die beste Eishockeymannschaft der Welt, gewann Weltmeisterschaften und Olympische Spiele praktisch nach Belieben. Ich wusste insgeheim, dass es irgendwie falsch war sie zu mögen, doch behielt ich dieses kleine Geheimnis lange Jahre für mich. Einer meiner Freunde vermutete hinter den ihm unbekannten Worten »Krutow«, »Larionow« und »Makarow« übrigens sowjetische Schokoriegel.

*

Ich kann Ihnen versichern, natürlich gab es im Laufe der Jahre ähnlich begabte Eishockey-Spieler, die für mich allerdings klanglich nicht mit diesen dreien mithalten konnten. Ausnahmespieler wie »Gretzky«, also bitte, bei aller Liebe, aber der Name stolpert förmlich die Zunge entlang. Oder »Lemieux« – klingt irgendwie nach Mädchenparfüm; geschweige denn »Lindros« – wer denkt da nicht sofort an ein behäbiges, keinesfalls wendiges Tier? Bei »Makarow« lag doch die Gefährlichkeit eines Makohaics auf der Hand, geschmeidig und schnell. »Larionow«, klingt das denn nicht nach einem sibirischen Zauberer, einem furchteinflößenden Wesen, irgendwo angesiedelt zwischen Lars, dem Lorbeertragenden und Väterchen Frost? »Krutov« offenbart sich möglicherweise nur den Tschechisch-Kundigen: »*kruty*« – der Grausame. Vice versa etwas für die ausschließlich deutschsprachigen Leser – zwei hochdekorierte tschechische Eishockeycracks hören auf die Namen »Jagr« und »Schlegr« – *nomen est omen.*

*

Aber um die Jugendmythen sogleich zu demontieren: Herr Makarow arbeitet heute weiterhin in Moskau, als Finanzdirektor im Sportministerium. Herr Larionow wurde nach dem Ende seiner sportlichen Laufbahn profunder Weinhändler; und Herr Krutov trainierte weiter und weiter, bis er sich nach einem Schwächeanfall für immer zurückzog. Warum will ich eigentlich immer alles ganz genau wissen?

*

In meiner Kindheit war es üblich, dass man – ob man wollte oder nicht – ein »Pionier« zu werden hatte … Mitglied einer kommunistischen Jugendorganisation, gewissermaßen einer »Kaderschmiede« künftiger Politwichtigtuer. Im »niedersten Rang« bedeutete dies, dass man als »Fünkchen« anzuheuern hatte; und ja, auch ich war so ein »Fünkchen«, das augenscheinlich – im Sinne der Erfinder – nicht zünden sollte. Ich erwähne dies, weil mir später selbst in Österreich sofort nahe gelegt worden war (selbstverständlich unter ganz anderen Vorzeichen), den »Pfadfindern« beizutreten, was ich alsbald tat. Dort erfuhr ich dann, dass schon im neunzehnten Jahrhundert verschiedenste Leute solche und ähnliche Organisationen wie Pioniere und Pfadfinder gefördert hatten; angeblich ging es zunächst nur darum, größere Freiheiten im Umgang mit dem anderen Geschlecht einzufordern – man propagierte gemeinsame Wanderungen von Männern und Frauen, die sich dann alle etwas näher kennen lernten und in weiterer Folge diverse Vorurteile abbauen konnten. Und darum geht es doch schließlich im Leben – um Freiheiten und Vorurteile, bzw. deren Überwindung.

*

Ich musste ebenso zur Kenntnis nehmen, dass im Jahre 1877 irgendwer einen der ersten dieser Vereine begründete … er hieß »Wandervogel« und die Menschen hatten Zupfgeigen und Lagerfeuer und Zelte und Kochkessel und alle waren sie froh über die gesunde und saubere Freizeitgestaltung. Später gründete dann ein englischer General die echte Pfadfinderbewegung und die Kirche und Politik wandte der Jugend endlich mehr Aufmerksamkeit zu, weil Jugendarbeit immer größere (politische) Bedeutung gewann.

*

Eine ganze Weile hörte ich immer wieder, dass die Prager nach wie vor Kommunisten waren (auch nach dem Jahr 1989), sie sangen angeblich weiter ihre russischen Volkslieder und lernten marschieren und hatten Uniformen mit roten Halstüchern. Wohingegen wir, die »westlichen« Pfandfinder, blaue Halstücher trugen und über weitaus mehr Freiheiten und Möglichkeiten verfügten. Einmal erzählte mir einer meiner Gruppenführer sogar, dass die Prager nur deshalb Halsschmerzen hatten (ich hatte eine Zeit lang ständig Angina), weil ihre Tücher aus Moskau kamen und diese straff sitzen mussten, dass sie von minderer Qualität waren und die Sowjetrussentschechen nur von Abhärtung und Auslese sprachen und sogar wir hätten uns gefälligst Schmerzen zu verkneifen, denn diese seien etwas für Weicheier.

*

Gut Ding will Weile haben, wissen die Prager zu erzählen.
Ich glaub zwar nicht, dass sie sich dessen rühmen müssen,
doch es erleichtert das Leben ungemein.

Jeder von uns trägt zwei Musen mit sich.
Doch sie sind schwer zu ertragen.
Ihr Gewicht drückt uns zu Boden.
Sonst würden wir der Welt noch Flausen in den Kopf setzen.

Sie haben es schon richtig erfasst.
Die Prager träumen von einer anderen Welt.
Ihre Zeit ist mitunter still und friedlich.
Und ihre Dämmerung verneigt sich höflich,
wenn sie sie in ihre Arme schließt.

Marek Kochan

wurde 1969 geboren. Er ist Schriftsteller, Dramatiker, Dozent an der Universität Warschau. Er studierte Publizistik und Soziologie an der Universität Warschau und Drehbuchschreiben an der Staatlichen Hochschule für Film, Fernsehen und Theater in Łódź. 2011 promovierte er mit einer Monographie über Slogans in der Werbung und Politik. Er ist Autor des Erzählbandes *Ballada o dobrym dresiarzu* (dt. Die Ballade vom guten Proll) und des Romans *Plac zabaw* (dt. Spielplatz). Seine Prosawerke und Dramen werden in Polen und im Ausland herausgegeben und aufgeführt, für das Drama *Argo* erhielt er den Publikumspreis der Heidelberger Theatertage. 2011 gab Marek Kochan den Erzählband *Mówi Warszawa* (dt. Warschau erzählt) heraus, aus welchem die folgende Erzählung *Das Schwimmbad* stammt.

Warschau: Das Schwimmbad

Ringsherum senkrechte, hohe Wände, keine Fenster, ein großer Raum, er scheint jedoch zusammenlaufend, von allen Seiten bedrängend, umschließend. Helle Fliesen, Marmor, stellenweise scharfe Kanten, an denen man sich leicht verletzen kann, wenn man fällt, oder sich blaue Flecken holen kann, sagt Karol Selznik, 45 Jahre alt, Sohn von Krystyna und Gabriel. Irgendwo oben, unter der Decke, ein Sprungbrett, von dem manchmal jemand sprang. Er nicht, es war zu hoch, er hatte Angst.

Das Wasser roch nach Chlor, eigentlich stank es danach. Es war tief. Zwei, vielleicht drei Meter, er ist nie bis zum Grund getaucht. Die Stimmen der Menschen stiegen nach oben empor und verwoben sich zu einem eintönigen Rauschen, aber gleichzeitig fehlte die Zuordnung zu konkreten Personen, Gesichtern, es war eher eine verschwommene Menschenmasse, ringsherum anwesend wie das Wasser. Er betrank sich mit diesem Wasser, schluckte, stieß Chlor auf.

Das Schwimmbad im Kulturpalast ist das erste, an das er sich erinnern kann, zu diesem kehrt er relativ oft zurück. Gewöhnlich taucht das Schwimmbad am Ende seiner Albträume auf, in denen er vor jemandem oder etwas davonläuft. Zu Beginn verspürt er eine Erleichterung, verständlich, Wasser, aber danach stellt sich das Schwimmbad als noch größere Bedrängnis heraus, etwas in der Art einer riesigen Müllpresse, die Wände drücken von allen Seiten ein, kommen allmählich immer näher.

Er musste in diesem Schwimmbad in seiner frühen Kindheit gewesen sein, als er noch in der Innenstadt mit den Eltern, vielleicht nur mit dem Vater gewohnt hat. Und dann in der Grundschule, als er in den Palast zum Modellbauunterricht ging. In den Jugendtrakt. Einmal im Jahr musste er im Rahmen des Dienstes, des sogenannten Jugendordnungsdienstes, durch den ganzen Palast gehen und verschiedene, wahrscheinlich unnötige Tätigkeiten verrichten. Er hatte einen Ausweis, der ihm erlaubte überall reinzugehen, er ging damals den gesamten Palast rundherum ab. Man wusste nicht, wohin die Korridore führten, manchmal hinauf, manchmal hinunter, oder ins Innere dieses furchtbaren Gebäudes, das die Menschen verschlang wie ein mittelalterliches Monster. Hin und wieder trafen sie auf Fenster, eigentlich riesige Fenster. Er versuchte zu erraten, wo er war, auf welche Straße er hinuntersah. Irgendwann waren sie wieder im Jugendtrakt. Sie sind zu zweit, er und Jarek, ein Freund vom Modellbau, das gesamte Gebäude rundherum abgegangen. Sie hatten im Rahmen des Jugendordnungsdienstes an diesem Tag nach Dienst auch freien Eintritt ins Schwimmbad. Seine Sachen, Badehose, Badelatschen und so weiter, hatte er in seinem Rucksack zusammengepackt. Wahrscheinlich konnte er schon damals recht gut schwimmen. Das Schwimmbecken war tief, es waren viele Menschen da, viele ältere Jungs, oder eher junge Männer, die sie manchmal ins tiefere Wasser drängten, ihnen nicht erlaubten, zur Metallleiter mit dem Geländer hinzuschwimmen, sie eigentlich fast ertrinken ließen. Es gab dort sicher irgendwelche Bademeister, es musste welche gegeben haben, aber niemand reagierte. Vielleicht hatte er deshalb das Schwimmbad in so schlechter Erinnerung.

Das war zu der Zeit, als man sich seinen Schniedel ansah, herzeigte. In der Umkleidekabine, unter der Dusche. Jarek hatte einen kleinen Schniedel, so wie sein kleiner Finger, sogar er war erstaunt.

Sie bemühen sich beide, zumindest bis jetzt, das Hauptthema zu vermeiden, den Kontakt erst aufzubauen. Sie irren umher, begeben sich auf Nebenstränge. Selznik, der zuletzt HR-Direktor in einem großen Produktionsunternehmen war, das insgesamt sieben Fabriken im Land besaß, in der Baubranche, spürt den Blick des anderen auf ihm, des Psychologen, des Sachverständigen, von der Polizei bestellt, oder auch vom Gericht, oder vielleicht von irgendeinem Spitzel, der versucht an ihn ranzukommen, aus ihm gewisse Aussagen herauszulocken, die sich als bedeutsam herausstellen würden, ihn zu durchschauen.

Selznik wiederholt von Zeit zu Zeit sein Mantra: »Ich möchte mit meiner Tochter, Natalia, wegfahren, im September, eine Woche nach Lanzarote, ich habe reserviert, ich habe die Tickets gekauft.« Der Psychologe hört aufmerksam zu, unterbricht nicht, so, als ob er die Worte für bare Münze nehmen würde. Oft nippt er am Wasser, auf seiner Nase kann man kleine Schweißperlen erkennen, durchsichtige Inseln. Schade, dass es in diesem Saal keine Fenster gibt. Vielleicht aber auch besser, draußen herrscht sengende Hitze, es ist Mitte Juli, der Asphalt schmilzt, die Luft ist wie Dampf aus einem Kessel. Auf der anderen Seite, hinter dem venezianischen Spiegel sitzen wahrscheinlich auch ein paar Menschen, sie sehen ihn an, nehmen ihn vielleicht auf. Ihnen muss auch heiß sein.

Selznik würde sich gerne abkühlen, ins Wasser abtauchen. Gesund werden durch das Wasser. Das Schwimmbad im Palast sah er dann in irgendeinem Film, vielleicht ein Gangsterfilm oder eine Komödie, aber er konnte nicht sagen, ob es dasselbe war, es sah ähnlich aus.

Das nächste Schwimmbad in seinem Leben: auf der Zajączka Straße, im Komplex der Berufsschulen. Dort, wo das Elektronik-Kino war. Er ging dort mit der Schule hin, vielleicht in der zweiten Klasse Grundschule. Er wohnte damals schon im Stadtteil Żoliborz. Dort erwarben sie ihr erstes Schwimmabzeichen. Man musste die gesamte Beckenlänge durchschwimmen wie ein Pfeil, nur mit Beinbewegungen oder am Rücken, oder auch beides. Etliche ertranken fast. Der Bademeister, ihr Schwimmlehrer reichte ihnen dann einen langen Stock, an dem man sich anhalten und sich herausziehen konnte. Oder er reichte diesen nicht, weil er wollte, dass das Kind selbst zurechtkam, *es endlich lernte*, den kritischen Punkt überschritt, *damit es eigenständig zu schwimmen begann.* Solche Methoden hatte er, erklärte er auf der Elternversammlung. Angeblich bewahrheiteten sie sich, sagte die Erzieherin, so auf den Aufruhr der Eltern der 2 A antwortend und ihn dämpfend. Einer seiner Kameraden, Słodkowski, hatte Angst vor dem Ertrinken. Zu Beginn des Unterrichts gab es eine Besprechung, in einer Reihe musste man aufgestellt sein, der Reihe nach abzählen, dann auf das gegebene Zeichen alle ins Wasser. Słodkowski hatte Angst, er wollte nicht ins tiefe Wasser geworfen werden, das musste gleich zu Beginn gewesen sein, der zweite oder dritte Besuch im Schwimmbad, Słodkowski lief um das Schwimmbecken herum, brüllend, der Bademeister verfolgte ihn, er konnte ihn nicht einholen. Der gejagte Słodkowski rannte in panischer Angst fast drei Mal um das Schwimmbecken, bevor er gefangen und ins Wasser geschmissen wurde. Die ganze Klasse beobachtete das, wie ein Windhundrennen. Oder wie das Abschlachten eines Ferkels.

Im Geschäft neben dem Ausgang des Schwimmbads konnte man zitronengelbe Groschenbonbons kaufen, hart, zum Zerbeißen und in Folie eingepackte Pakete mit benutzten Briefmarken aus fremden Ländern, aus Bulgarien, Rumänien und anderen Ländern des Blocks. Die Briefmarken hatten Stempel, niemand dachte darüber nach, wie sie dort hingekommen waren, wer sie von den Umschlägen runtergerissen und in Folie verpackt hatte. Das Schwimmbad auf der Zajączka Straße assoziiert er, Karol, mit Exotik, mit fremden, nicht verständlichen Worten. Irgendwo hat er vielleicht noch diese Briefmarken, in alten Papieren aus der Kindheit, im Keller.

Dann Inflancka Straße. Mitte oder vielleicht auch Ende der Grundschule. Sommer. Sommer in der Stadt. Das Schwimmbad unter einer Gummikuppel, stickig. Seichtes Schwimmbecken, verwahrlost. Ein langer Tunnel, durch welchen man von der Umkleidekabine zum Schwimmbadzelt ging. Rauer Belag, keine Fliesen, sondern irgendein Beton, Kies. Damals konnte er schon brustschwimmen. Und ein bisschen kraulen. Im seichteren Teil des Schwimmbads gab es am Boden Schwellen mit spitzen Kanten. Man konnte mit der Ferse hängen bleiben, sich schmerzhaft stoßen, sich verletzen. Einmal verletzte er seine große Zehe schmerzlich, das Blut floss. Es sah aus wie Nebel, wie Rauch, er sah von oben durch das Wasser auf die blutende Zehe. Danach verlief sich das Blut im Schwimmbad, alle Schwimmenden dort nahmen die Kommunion an, verbrüderten sich mit ihm.

Draußen gab es Terrassen zum Sonnen. Die älteren Jungs zogen den Mädchen die Bikiniunterteile aus, schnürten die Bändchen der Oberteile auf. Er beobachtete das viele Male. Im Wasser, manchmal passierte es auch auf der Sonnenterrasse. Die Mädchen schrien. Man wusste nicht, ob es ihnen gefiel oder nicht. Vielleicht eher nicht. Er dachte darüber nach, ob sie absichtlich mit Unterteilen, die Maschen hatten, kamen, Bändchen auf der Seite, an der Hüfte. Bikinioberteile, die am Rücken zusammengebunden waren. Die ein schnelles Aufschnüren ermöglichten. Vielleicht hatten sie keine anderen Badeanzüge. Es ist ja bekannt, wie es damals ausgesehen hat, was man damals in den Geschäften kaufen konnte, es waren die 70er-Jahre.

Eine brach einmal in Tränen aus, sie hatten ihr das Unterteil runtergezogen und weggenommen, warfen dieses Unterteil untereinander hin und her, zuerst jagte sie von einem zum anderen, versuchte es wiederzuerlangen und verdeckte dabei mit der Hand ihre Scham, danach rannte sie durch das Schwimmbad mit nacktem Hintern weg, weinend. Bevor sie bei der Umkleidekabine ankam, hatten sie bereits alle gesehen, entblößt. Ihm wollten sie auch einmal die Badehose runterziehen, aber er verteidigte sich, rannte weg, seine Freunde halfen ihm, sie kamen danach immer in einer Gruppe.

Sie waren sicherlich auch ab und zu in anderen Schwimmbädern, im Spójnia oder im Warszawianka Sportzentrum. Aber an das erinnerte er sich nicht mehr, sagt er. Er kommt aus dem Norden, aus Żoliborz, dieses Viertel hat ihn eingesaugt, in die anderen Stadtteile begibt er sich, wenn er muss, wenn er eine Sache zu erledigen hat, wenn er sich mit jemandem treffen will. Wenn es nicht notwendig ist, dann möchte er lieber bei sich bleiben, alles so nah wie möglich von Zuhause erledigen.

In den 80er-Jahren ging er in das Militärschwimmbad im Stadtteil Bemowo. Jemand hatte ihm über Bekanntschaften eine Saisonkarte besorgt. Er fuhr dorthin mit einem Mädchen, das damals im Begriff war, sich in eine Frau zu verwandeln. Durch den nassen Badeanzug konnte er ihren Busen betrachten, den sie in anderen Situationen nicht herzeigte. Die dunklen Kreise ihrer Brüste schienen durch, kamen durch den dünnen Stoff zum Vorschein. Es gab dort wenig Menschen. Für gewöhnlich hatten sie eine ganze Bahn nur für sich zu zweit. Zuerst begegneten sie einander in der Mitte, danach woanders, das Mädchen schwamm besser als er, erheblich schneller als er, besser in Anbetracht der Technik. Früher trainierte sie schwimmen, sie nahm sogar an irgendwelchen Wettbewerben teil. Sie hatte lange Haare, sie nahm einen Föhn mit, borgte ihn her. Sie trockneten die Haare abwechselnd.

Dann, als er zu studieren begann, trennten sich ihre Wege, er hatte recht viele Lehrveranstaltungen. Er kam mit einem älteren Mädchen zusammen, das keine Schwimmbäder mochte. Sie hatte schlechte Erinnerungen, sie war eine von denen, denen man das Unterteil runtergezogen hatte. Vielleicht in der Inflancka Straße. Irgendetwas hatte sie einmal erwähnt, aber nicht viel. Es war ein schwieriges Thema für sie. Er fragte nicht weiter nach.

Während seiner Studienzeit kehrte er auf die Inflancka zurück. Die Universität hatte dort eine Veranstaltung organisiert, die man als freies Sportwahlfach anrechnen lassen konnte. Die Schwimmlehrerin war eine zierliche Brünette mit der Figur einer Balletttänzerin. Leider erinnerte er sich nicht mehr an ihren Nachnamen, nur an den Vornamen, Magda. Sie hatte ein nicht allzu schönes Gesicht mit einer Kartoffelnase und den Körper einer Jugendlichen. Sie musste damals um die vierzig gewesen sein, aber im Vergleich sahen die Kolleginnen aus dem Jahrgang schlecht aus, sie war besser als alle anderen. Sie hatte immer schwarze, glänzende Leggings an, die ihren Hintern und den perfekten flachen Bauch zeigten. Man erzählte sich, dass sie einsam war, keine Kinder hatte. Sie brachte ihnen die Technik bei, zeigte, wie die Füße arbeiten müssen beim Brustschwimmen. Die Gruppe war schon im Wasser und sah zu, mit den Köpfen aus dem Wasser ragend, wie sie, auf einem Fuß stehend, den zweiten zur Seite und nach hinten streckend, im Stand mit dem bloßen Fuß zeigte, wie man das Wasser von sich wegdrückt. Wieder und wieder. Wie eine Balletttänzerin bei der Stange. Es ist nicht ausgeschlossen, dass sie früher eine Tänzerin war. Sie verfolgten mit den Augen die Konturen ihrer Waden, ihrer Schenkel, als sie mit ihrem Fuß hinten still stand, in dem wendigen Moment, als das Wasser zur Seite geschoben wurde und sie die Bewegung nach hinten beginnen sollte, ließen sie ihren Blick dort ruhen, wo sich ihre perfekt geraden und perfekt geformten Beine verbanden.

Einige Studenten baten sie nach der Veranstaltung, noch einen Moment länger zu bleiben. Sie verabredeten sich zu individuellen Stunden nachmittags und abends, um die Technik zu perfektionieren. Sie hatte ein kleines Zimmer im hinteren Bereich des Gebäudes bei den Umkleidekabinen. An der Wand war ein Kelim mit grünen Disteln. Ein Farn am Fensterbrett. An heißen Tagen öffnete man die Lüftungsklappe. Einmal war das Wasser in der Inflancka besonders schwer, dickflüssig. Und nicht besonders durchsichtig. Man schwamm wie – banal aber treffend – in einer Suppe, in Fruchtgelee. Haarbüschel klebten sich an den Körper wie Seetang. Nach fünfzehn Minuten bat die Trainerin sie, aus dem Wasser zu gehen. Sie erzählte ihnen von einer Störung der Filter, die falsch gewartet worden waren und nun in die entgegengesetzte Richtung arbeiteten, die die Verunreinigungen der letzten Woche wieder ins Wasser zurückließen. Sie hatte die Anweisung erhalten, nichts zu sagen. Die Veranstaltungen sollten normal stattfinden bis zum Abend. Das war die offizielle Anordnung. »Aber«, sagte sie, »ich kann nicht mehr zusehen, wie sich die Herrschaften quälen. Ich sage die Veranstaltung auf meine Verantwortung ab. Sie bitte ich, dass Sie noch eine Weile dableiben.« Sie zeigte mit dem Finger auf einen von uns, vielleicht auch auf mich, sagt er, ich erinnere mich jetzt nicht mehr. Das könnte vielleicht das Jahr, sagen wir mal, siebenundachtzig gewesen sein.

Dann, etwa zehn Jahre später, wurde das erste und bis dato einzige ordentliche Schwimmbad in Żoliborz gebaut, auf der Potocka Straße. Von diesem Zeitpunkt an ging er nirgendwo anders hin, außer irgendwo in Hotels außerhalb von Warschau oder im Ausland. Oder in Aquaparks im Gebirge.

Er wohnte damals nicht weit entfernt, auf der Gdańska Straße, in einem gelben Haus. Ins Schwimmbad ging man zu Fuß. Er schwamm so viele Bahnen, wie er Jahre alt war, eine halbe Stunde, danach planschte er für gewöhnlich, machte Wassermassagen. Er mochte es auf das Gewölbe zu sehen, auf die sich wellenden Oberflächen des Holzes. Es war wie in Finnland, wie in einer Kirche. Durch die Fenster unter der Decke drang die Sonne ein, spiegelte sich auf der Oberfläche des Wassers wider, von der gläsernen Wand, es leuchtete von allen Seiten. Am Nachmittag, wenn er für gewöhnlich kam, gab es wenige Menschen. Er schwamm alleine auf einer Bahn, manchmal mit ein oder zwei Personen. Im Schwimmbad dachte er darüber nach, was im Laufe des Tages passiert war, ging alles noch einmal durch, dachte sich Lösungen aus. Er flocht Verganges und Zukünftiges in einen Zopf, wenn man das so ausdrücken kann.

Wenn es in seiner Geschichte einen Wendepunkt gab, dann vielleicht damals, auf der Potocka. In dem neuen und sauberen Schwimmbad, in das er nachmittags kam, zu Fuß. Sie bekamen eine Tochter. Alles sollte gut werden. Er würde jetzt zu diesem Moment zurückkehren wollen, sich an ihn erinnern, ihn einrahmen und aufhängen, wie ein Bild.

Danach begann alles irgendwie kaputt zu werden, sagt er. Żoliborz war komplett blockiert, sie bauten die U-Bahn, die Słowacki Straße verwandelte sich in eine Ausgrabung. Seine Eltern gingen in Pension und tauschten die Wohnung in der Innenstadt gegen ein Haus in den Bergen. Sie fuhren weg. Sie sahen sich zwei Mal im Jahr, zur Ferienzeit und zu den

Feiertagen. Er zog um hinter den Wilson Platz, mit der zweiten Ehefrau und dem Schwiegervater, in ihr Elternhaus. Natalia blieb bei der ersten Frau, in der alten Wohnung auf der Gdańska. Die zweite Frau konnte nicht schwanger werden. Er würde hier nicht zu sehr in private Details gehen, sagt er, das sei vermutlich nicht notwendig. Der Psychologe nickt.

Zur Tochter hatte er es nah, einmal die Woche holte er sie vom Kindergarten ab, er brachte sie zum Bastelunterricht zum Fort Sokolnicki. Seit sie zur Schule ging, versuchte er mit ihr wegzufahren, aber es gelang oft nicht. Gerade dann, wenn sie einen Urlaub geplant hatten, kam ihm irgendetwas Dringendes dazwischen. Die neue Arbeit verlangte viel mehr von ihm ab als alle anderen zuvor, er musste sich beweisen, alle ringsherum warteten auf einen Fehler von ihm, sie wollten seinen Platz einnehmen. Sie sägten an seinem Stuhl.

Die zweite Frau war eifersüchtig wegen der Zeit, die dem Kind gewidmet wurde. Anfangs lud sie die Kleine noch zum Tee ein, aber Natalia mochte sie nicht und ließ sie das offen spüren. Einmal sagte sie zu ihr: »Du bist eine miese Schlampe.« Wahrscheinlich hatte sie die Worte bei ihrer Mutter aufgeschnappt. Schlussendlich hörten sie auf zu experimentieren und trafen sich außerhalb des Hauses. Sie gingen ins Kino, ins Theater, auf ein Eis, auf eine Pizza. Sie redeten. Natalia mochte das Schwimmbad nicht, außerdem konnte man dort nicht reden. Es war zu laut.

Auf die Potocka fuhr er allein. Einige Male nach dem Umzug versuchte er es zu Fuß, indem er oben herum ging, neben dem Bezirksamt, auf der Cieszkowski Straße, dann die oberen Ebenen, beim alten Lelewel nach unten, auf die Potocka, aber es nahm soviel Zeit in Anspruch, dass er darauf verzichtete. Nach dem Schwimmbad war er müde, er wollte nicht so einen weiten Weg gehen. Er begann mit dem Auto zu fahren, direkt von der Arbeit. Er war immer später dort, eigentlich am Abend. Sogar dann, wenn die Tage länger waren, gelang es ihm selten dort zu sein, wenn die Sonne schien. Er schwamm unter Neonlicht. Immer länger, über einen Kilometer, weil er immer die Regel befolgte: ein Lebensjahr – eine Länge.

Das Schwimmbad schien zu verfallen, zu zerbröckeln. Immer öfter sah man abgesplitterte Fliesen, Wasserhähne in den Duschen, die außer Betrieb waren. Ein verstopftes Pissoir voller Urin. Nach dem Schwimmbad juckte seine Haut, er musste eine zweite Dusche nehmen, zu Hause. Im Viertel sagte man sich, dass im Wasser Bakterien seien. Einmal hat man es sogar zugesperrt wegen einer Kontrolle, die, wie er in der Zeitung las, einige Regelwidrigkeiten aufgezeigt hatte.

Aber er wollte nirgendwo anders hinfahren. Er war von hier, das war sein Schwimmbad. Er hatte keine Zeit, sich durch die Staus durchzuschlagen. Nach, sagen wir, Bemowo wäre es eine Dreiviertelstunde in eine Richtung. Obwohl dort angeblich ein gutes Schwimmbad war, auf halbem Weg zum alten Flughafen, lobte ein Bekannter. Er aber dachte, dass das zu weit sei. Er fuhr genug herum jeden Tag, von der Arbeit und in die Arbeit, in den Stadtteil Mokotów und zurück. Auf die Inflancka wollte er nicht.

Die U-Bahn, auf die alle warteten, wurde schlussendlich in Betrieb genommen, aber das war der Anfang und nicht das Ende der Probleme. Der Wilson Platz war die Endstation. Irgendjemandem war das Geld für eine unterirdische Parkgarage zu schade, die angeblich schon ausgegraben war, aber es war dann nicht genug da für deren Errichtung. Die angrenzenden Gassen verwandelten sich folglich in Parkplätze. Die Autos waren überall, die Menschen ließen sie stehen, egal wo, und rannten zur U-Bahn. Irgendwelche aus den nördlichen Ortschaften, aus Łomianki vielleicht, oder aus den Stadtteilen Praga, Wola. Der Einfall der Barbaren, der Fremden. Sogar bei ihnen auf der Feliński Straße, ein Stück am Ende vom Platz. Viele Male versperrten sie ihm die Zufahrt, sodass er mit seinem Auto nicht fahren konnte, er musste sich ein Taxi rufen. Es halfen keine Schilder, Aufschriften. Er rief die Stadtpolizei, sie schrieben Strafzettel, doch am nächsten Tag parkte an derselben Stelle jemand anders. Auf der Polizeiwache kannten sie seinen Namen, sie seufzten wenn er anrief, sie gaben ihm zu verstehen, was sie dachten, sie glaubten dort sicher, er sei ein streitsüchtiger Mensch. Manchmal schrie er. Sie mussten herkommen und sie kamen her, aber sie verspäteten sich, oft konnte er nicht mehr auf sie warten, er musste ja zu einer bestimmten Uhrzeit in der Arbeit sein.

Auf die Potocka begannen immer mehr Menschen zu kommen, man wusste nicht woher. Die Geschäftsführung begann Gruppen aufzunehmen, irgendwelche Menschen von Firmen, mit Saisonkarten. Sie zeigten Vorteilskarten her, schrieben sich in Listen ein, die neben den Kassen auflagen. Manchmal waren alle Bahnen besetzt, für die Normalos, für die Bewohner dieses Viertels, für solche wie ihn, gab es keinen freien Platz. Es passierte ihm, dass er unverrichteter Dinge wegging. Die Anzeige über der Umkleidekabine zeigte an, wie viele Menschen da waren, im Schwimmbad und in der Sauna. Es kam vor, dass hundert Personen, ja sogar über hundert da waren. Dann hatte die Schlange zur Kassa einige

Meter. Es gab keine freien Kästchen. Eine halbe Stunde stehen.

Zwischen ihnen begann es immer schlechter zu werden. Aufgrund der häufigen Termine in Kliniken zur Behandlung von Unfruchtbarkeit war die Liste ihrer Gesprächsthemen sehr eingeschränkt. Er blieb länger in der Arbeit, um ihr Gerede nicht ertragen zu müssen, von dort ging er direkt ins Schwimmbad, um in einer besseren Verfassung nach Hause zu kommen. Danach nahm er einen Drink und ging schlafen.

Zum Glück wurden nach einiger Zeit weitere Stationen gebaut, die Menschen stiegen in Młociny zu, in Żoliborz lockerte es sich.

Er war drei Mal die Woche im Schwimmbad. Er schwamm fünfundvierzig Minuten hin und zurück. Ins seichtere Becken, wo die Massagen und Jacuzzi waren, ging er nicht. Es war dort voll. Die Alten hatten Aerobic, die Kinder spritzten mit ihren Bällen, die tätowierten Kerle befummelten ihre im Solarium durchgebratenen Freundinnen. Er ging in den tiefen Teil des Beckens, schwamm, ging heraus. Er bemühte sich, dem, was um ihn herum geschah, keine Beachtung zu schenken.

Zwei oder drei Jahre nach der Inbetriebnahme der U-Bahn starb ihr Nachbar, Herr Jasiński. Er musste schon gut über achtzig gewesen sein. Jeden Vormittag zog er seinen Anzug an mit dem am Ordensband angesteckten Miniaturorden. Einen Hut, einen Mantel, wenn es kalt war, einen Schirm, als Stock. So brach er auf zum Spaziergang – Rundgang durch das Viertel. Jedes Mal eine etwas andere Route. Angeblich kam er bis zur Zitadelle oder zum Komedia-Theater.

Oder zu den Sady, der grünen Wohnsiedlung. Jeden Tag ein einstündiger Spaziergang. Trippeln, Schritt für Schritt, zwischen diesen das Klopfen der metallenen Spitze des Regenschirms.

Sie unterhielten sich manchmal, Jasiński starrte ihn mit seinen roten, tränenden Augen an, versuchte seine Worte durch die Bewegung seiner Lippen zu entschlüsseln. Eigentlich waren das zwei Monologe, weil Jasiński nicht viel hörte, trotz des Hörgeräts, das aus seinem Ohr herausragte, mit welchem er sich zum Gesprächspartner wandte. Angeblich hatte er das seit dem Krieg, unmittelbar neben seinem Kopf war eine Granate explodiert. Der Vater von Agnieszka, seiner zweiten Frau, war mit ihm befreundet, genauso wie sein Vater zuvor. Manchmal spielten sie Dame miteinander. Im Laufe der Zeit verlor der Altersunterschied an Bedeutung. Beide waren Witwer.

Jasińskis Kinder wohnten im Ausland. Die andere Hälfte des Zwillingshauses war schnell verkauft, angeblich für gutes Geld. Die Renovierung dauerte zwei Jahre. Davon ein Jahr voller Lärm, hämmern, Wände durchbrechen. Man wusste nicht, wer so ein Projekt bewilligt hatte. Es musste durch Schmiergeld passiert sein. Sie rissen alles bis auf die nackten Mauern ab und dann begannen sie innen die Wände zu verschieben und von außen dazuzukleben, dazuzubauen. Das Haus wuchs in die Höhe und in die Breite. Der Zwilling verlor seine Proportionen. Eigentlich hörte er auf ein Zwilling zu sein. Die eine Hälfte groß, die andere klein. Als ob jemand eine Kokosnuss mit einer Walnuss zusammengeklebt hätte. Zu dem noch eine pastellfarbene Fassade, in der ganzen Straße einzigartig. Die Dachziegel hatten eine andere Farbe.

Verzierte, geschmiedete Balustraden. Eine hohe Mauer. Alles anders als ringsherum. Anscheinend wollte der neue Besitzer der Umgebung zeigen, dass er sie nicht bemerkte. Es gab nur ihn, sein Haus und ringsherum nichts. Als ob er es in ein Feld gebaut hätte.

Er zeigte, dass er Geld hatte, schnell verdientes, daran bestand kein Zweifel. In der Renovierungszeit, als man schon erahnen konnte, was auf sie zukommt, schlug Selznik vor, dass sie ihre Hälfte verkaufen und zwei getrennte Wohnungen kaufen sollten, aber der Schwiegervater schloss so eine Lösung aus. Seine Großeltern hatten dieses Haus erbaut, als sein Vater noch ein Baby war, einige Jahre vor dem Krieg. Ihre Gräber waren nicht unweit, in der Kostki Kirche. Er selbst wohnte seit seiner Geburt hier und wollte bis zu seinem Tod hier wohnen. Wenn es notwendig wäre, würde er das Haus verkaufen, aber es gab keinen Grund. Es fehlte ihnen ja nicht an Platz. Agnieszka war ein Einzelkind, man musste das Haus nicht teilen. Er wohnte oben und sie unten. Sie waren sich nicht im Weg, sagte er.

Das war die Wahrheit. Manchmal sahen sie sich über einige Tage nicht. Der Alte war am Dach oben, schaukelte in seinem Schaukelstuhl, las, rauchte Pfeife. Selten kam er runter in die Küche um zu essen, meist zu anderen Zeiten als sie. Als Pensionist hatte er eine Teilzeitanstellung am Institut, aber das beschränkte sich auf einen Ausgang in der Woche, darüber hinaus bewegte er sich kaum in die Stadt.

Agnieszka war auch nicht für den Umzug. Sie ging geladen herum, weil sie ihren zweiten In-vitro-Versuch hatten und da, hinter der Wand, eine Renovierung.

Die anderen zogen im Frühling ein, nach Ostern. Sie luden

sich selbst zum Tee ein, brachten Pralinen mit. Wollten sie sich anfreunden oder was? Sie hatten drei laute Kinder. Der Junge lernte Skateboard fahren auf den Granitwürfeln der Zufahrt, übte Sprünge, bei denen das Brett mit einem lauten Knall zu Boden fiel. Eines der Mädchen spielte Klavier und das andere Geige. Das Gras, ein Rollrasen, mähten sie alle paar Tage, für gewöhnlich samstags. Sonntags grillten sie hinten im Garten, der von ihrem Garten nur durch einen niedrigen Zaun getrennt war. Der Rauch stieg hoch. Sie schlossen die Fenster im Osten, aber das half nichts. Der Geruch des bratenden Fleisches umschlang das ganze Haus, rutschte in jede Spalte, auch von vorne, von der Straße. Der Fernseher, den die anderen in der Mitte, unter dem gestreiften Schirm aufstellten war an.

Sie erklärten sich, dass der Nachbar die ganze Woche hart arbeitete und sich am Wochenende entspannen, sich abreagieren musste. Manchmal schossen sie einen der bunten Bälle, der auf ihrem Grundstück landete, der die Blumen zerdrückte, zurück. Wenn zum Grillen bei den Nachbarn mehrere Leute kamen, setzten sie sich ins Auto und fuhren ins Grüne, in den Nationalpark Kampinos, oder in den botanischen Garten Powsin.

Schwimmbäder, ja, Schwimmbäder, er sollte über Schwimmbäder reden. Natürlich. Am Vortag des Vorfalls war er auch im Schwimmbad. Das war ein Jahr nachdem die neuen Nachbarn eingezogen waren. Tag des Kindes. Er hatte für sich und Natalia Flugtickets nach Lanzarote gekauft, für den Herbst. Er wollte um jeden Preis dort hinfahren, komme, was wolle.

An diesem Tag baute der Nachbar ein Trampolin im Garten auf. Zur Kinderparty kam ein gutes Dutzend Kinder. Es war sehr fröhlich! Ballons, laute Musik. Und das Trampolin. Die Kinder sprangen ununterbrochen, die einen, die anderen, dann wieder die gleichen.

Agnieszka lag im Bett, weil es der dritte In-vitro-Versuch war, sie hatten es ihr befohlen, angeblich hatte es vorher nicht geklappt, weil sie sich zu viel bewegt hatte. Es kam ihnen so vor, als ob von dem Trampolin das ganze Haus erzittern würde, die Schreie und das Quietschen der hüpfenden Kinder kamen durch die Wände. Das Trampolin knarrte wie ein altes Bett auf Sprungfedern.

Er ging zu ihrer Haustür, klingelte, fragte, ob sie nicht aufhören könnten zu springen, dass das kein Zirkus sei, kein öffentlicher Spielplatz, dass es sehr laut sei. Möglicherweise war er unfreundlich, möglicherweise. »Man muss den Kindern die Möglichkeit geben sich auszuhüpfen«, antwortete der Nachbar, »deshalb sind sie Kinder.« Er wiederholte das einige Male, es war leicht sich diesen Satz zu merken. Die Stadtpolizei wird nicht wegen eines Kinderballs kommen, sagte der Schwiegervater. Der Tag des Kindes ist nur einmal im Jahr, untertags gibt es Schulen, Kindergärten, bald sind Ferien, beruhigte er. Agnieszka setzte sich Kopfhörer auf die Ohren, sie zog die Vorhänge im Schlafzimmer zu, weil die Köpfe der hüpfenden Kinder genau auf der Höhe des Fensterbretts auftauchten, so als ob sie gleich ins Innere des Zimmers fliegen würden, wie Bälle.

Er ging ins Schwimmbad, um das von sich abzuwaschen. Er wartete eine halbe Stunde in der Schlange. Die Zahl der Menschen auf der Anzeigetafel war irreal. Dann stand er eine Weile vor dem Wasserquadrat voller Menschen. Kopf an Kopf. Alle Bahnen waren voll, in jeder schwammen oder badeten zehn, vielleicht noch mehr Personen. Es schien so, als ob auf der dritten ein bisschen weniger Köpfe waren. Als er unter Wasser schwamm, trat ihn jemand in den Rücken. Sicher unabsichtlich. Er versuchte dem keine Beachtung zu schenken, sich nicht umzudrehen. Ein paar Mal kam er bei Halbwüchsigen vorbei, die quer schwammen. Er tauchte unter, wich ihnen nach unten aus. In der Hälfte der Bahn klammerte sich irgendeine Frau an der Schnur mit den Plastikkugeln fest und ruhte sich aus, genau auf seinem Weg. Gegenüber versuchte jemand im Delphinstil zu schwimmen, spritzte fürchterlich. Was denkt so einer, überlegte er, wenn er in der Mitte der Bahn schwimmt, auf dem Weg ein paar Dutzend Menschen anspritzend. Ich, ich, ich!

Er versuchte mit dem Wasser eins zu werden. Er tauchte unter und tauchte auf, aber irgendwie passierte es, dass genau dann, wenn er auftauchte und die Lippen öffnete um Luft zu holen, jemand mit dem Fuß oder der Hand spritzte, gegen das Wasser schlug. Alle paar Minuten musste er Wasser schlucken, verkutzte sich, zerstörte den Rhythmus.

Wie konnte es sein, dass er bisher nicht bemerkt hatte, was sich verändert hatte? Wann? Durch die zehn Jahre, durch die U-Bahn? Eines Tages wird man nicht mehr ins Schwimmbad reingehen können, es wird ein Mensch neben dem anderen stehen, wie auf einem chinesischen Strand. Er hielt am Anfang der Bahn an, versuchte seine Fassung wiederzuerlangen, den Atem auszugleichen.

Er begann den Schwimmenden zuzusehen. Sie schlugen ins Wasser mit Wut, so als ob dieses schuldig wäre. Als ob es verantwortlich wäre für ihre Niederlagen, für den Stress, dafür, dass sie nicht dort geboren worden sind, wo sie sollten, dass sie das mit einer mühevollen Arbeit nachholen müssen. Wollten sie es bestrafen, sich an ihm auslassen? Sie schlugen mit den Beinen, Fontänen aufwallend, wie Dampfschiffe. Dazu kam noch ihr Stil. Diese konvulsiven Auswürfe der Hände nach hinten und dann das Spritzen des Wassers um sich herum. Gesten sowjetischer Soldaten, die ausholen, um eine Granate zu werfen, aus der Mitte des Rückens hervor, in einem weiten Bogen. Alle rundherum nassspritzend. *Urra, geradeaus, Wasser, mir nach, dawaj!*

Um das ging es doch nicht, er wollte sie belehren, die Hand soll das Wasser zu sich schieben, es unter sich wegstoßen, unter Wasser und dann beim Körper zurückkehren und sanft nach vorne schieben. Jedoch nicht ringsherum spritzen. Wir säen ja kein Getreide, Gesellen!

Wer hatte ihnen das beigebracht, glauben sie, dass das Kraulen ist, dieser erbärmliche, hölzerne Stil, dieser verzweifelte. Er versuchte Mitgefühl mit ihnen zu haben, versuchte sich ihre schwere Arbeit vorzustellen, immerhin *managte er doch Human Resources*, er stellte solche Menschen ein, oder auch nicht, er sah Hunderte ähnliche in Vorstellungsgesprächen, in Anzügen, Handelsvertreter, die *Menagerie* der niederen Sprosse, mit einem kleinen Gehalt und einer großen Abhängigkeit von den Prämien der Resultate, Angeschlagene, nach einem ganzen Tag voller Telefonate oder Besprechungen, aus denen nicht viel entstand, die von denen, die eine Sprosse über ihnen stehen, gering geschätzt wurden, solchen wie er selbst einer war. Ebenfalls jemanden über sich habend. Er verstand sie: Im Wasser wollten sie den Tag von sich abwaschen, das ins Wasser Schlagen aus ganzer Kraft war eine Art des Abreagierens. Deshalb achteten sie auf nichts ringsherum, sie schwammen gerade vor sich, wie Torpedos, gleichgültig, ob sie zusammenstießen oder nicht. Ob er sich wirklich so viel von ihnen unterschied?

Und doch hielt er sich für jemand anders. Er war ein Mensch von hier, aus diesem Viertel, es kam ihm so vor, als ob er mehr Anrecht hätte auf diesen Ort. Er spritzte nicht herum. Er bewegte sich leise, mit gleichmäßigen, präzisen Bewegungen, anderen unten oder seitlich ausweichend. Der Großteil schwamm anders. Er war eine seltene, aussterbende Art.

Ein paar Mal, als er sah, dass jemand direkt auf ihn zukam, auf einen frontalen Zusammenstoß, begann er sinnlos im Wasser herumzuschlagen, so wie die anderen, die Händler, die Kerle mit den breiten Nacken. Dann bemerkten sie ihn, wechselten die Bahn, gingen ihm aus dem Weg. Aber es war seine Niederlage, er änderte seinen Stil, passte sich an, er wurde den anderen ähnlich. Er wollte das nicht. Aber hier, um die anderen Spritzenden von sich abzuschrecken, musste man selbst spritzen, sich versteifen. Das war notwendig. Damit er überdauern konnte, musste er sich verändern. Verrohen.

Er ging aus dem Wasser. Nahm eine Dusche. Zog sich an. Trocknete seine Haare. Er verstand. Es gab hier keinen Platz mehr für ihn. Das war nicht mehr sein, sondern *ihr* Schwimmbad. Dieser *Delphine*, dieser Ich-ich-ichs!

Sie werden irgendwann lernen zu schwimmen, aber wann wird das sein? Wenn sie es lernen, kommen die Nächsten, dann die Nächsten und Übernächsten.

Er wollte sein Viertel mit einer chinesischen Mauer eingrenzen, einem Verhau, einem Elektrozaun, vor den Fremden schließen, ihnen den Eintritt verbieten, sie nicht hineinlassen. Aber er wusste, dass das nicht möglich war.

Er erinnerte sich, was er vor ein paar Wochen zu den frisch rekrutierten Angestellten aus der Controlling-Abteilung gesagt hatte, die in die Zentrale aus ganz Polen gekommen waren.

»Ich begrüße euch«, sagte er. »Warschau ist eine offene Stadt. Hier sieht euch keiner in eure Geburtsurkunde. Es gibt keine Extrapunkte für die Herkunft, keine positiven oder negativen. Hier sagt man: Zeig, was du kannst. Und: Es wird nicht leicht. Man muss sich anpassen. Es kommen viele, aber es bleiben nur die Besten, die Fleißigsten und die, welche die geschicktesten Unternehmer sind. Jene, die die besten Ideen haben. Die Stärksten. Nur solche schlagen hier Wurzeln. Der Rest scheidet aus, kehrt zurück nach Hause. So ist das hier. So war es schon immer. Heute begrüßt euch Warschau, gibt euch eine Chance. Morgen kann euch die Stadt wieder verabschieden. Hier hängt alles von euch ab.«

Wie würde die Rede lauten, die er an diejenigen richten würde, die hier geboren wurden, an sich selbst? »Für niemanden gibt es einen ermäßigten Tarif«, würde er sagen. Man muss die Zähne zusammenbeißen und nach den Regeln spielen, um die Position und das Territorium kämpfen. Oder schweigen, sich abgrenzen, abisolieren. Sich in sich selbst einschließen, in einer Nische, im Straßenkomplex, in der Gruppe von Freunden oder der Familie. Eventuell wegfahren.

Er scheint zu verstehen, im Einklang zu sein. Er beschließt ins Kino zu gehen, sich zu betäuben mit irgendeiner Schießerei, selbst einer amerikanischen. Beim Wilson Platz gibt es keine Parkmöglichkeit, überall Autos oder Poller. Er fährt vors Haus, geht zu Fuß ins Kino, nach der Vorstellung kommt er gleich nach Hause, isst Abendbrot und macht sich an die Arbeit. Das Trampolin ist nun zum Glück leer. Die Kinder sind schlafen gegangen.

Es ist der zweite Juni, morgens, er fährt zur Arbeit. Um zwölf hat er eine Präsentation. Er wird einen detaillierten Plan für Entlassungen in zwei der sieben Fabriken des Konzerns vorstellen. Er schmeißt raus, damit er nicht rausgeschmissen wird. Bevor sie ihn rausschmeißen. Er macht, was sie ihm befehlen. Dadurch überdauert er. Er hat mehr Entlassungen geplant, als notwendig. Er ließ seine Wut raus, auf seine Weise. Er verschoss einige Magazine. Einen ganzen Munitionsgurt. Doch das nur am Rande. Er fährt zum Wilson Platz, dann die Krasiński Straße zur sogenannten Weichselautobahn. Über die Zajączka und Krajewski Straße würde er länger brauchen, dort staut es sich.

Er hat noch einen wiederkehrenden Traum, der mit Wasser verbunden ist. Er schwimmt allein in einem leeren See, durch die Mitte. Das andere Ufer weit entfernt, er sieht zwei grüne Striche, einen helleren vom Schilfrohr und einen anderen, dunkleren, vom Wald. Über diesen weiter oben, der Himmel. Die Oberfläche des Wassers ist glatt, durch nichts getrübt. Er möchte so lang wie möglich vor sich hinschwimmen, nicht mehr zurückkehren. Die Sonne geht auf der anderen Seite des Ufers unter, scheint ihm direkt in die Augen.

Vielleicht sollte er ausziehen, sich in den Masuren niederlassen, ein Haus am Wasser kaufen, bemerkt er. Nein, er ist von hier, das ist seine Stadt, er wird hier trotz allem wohnen.

Die Weichselautobahn bei der Danziger Brücke, in Richtung Zentrum. Unter der Brücke, gleich am Ende der Zitadelle, beginnt eine neue Spur, für Rechtsabbieger, auf welcher man schneller zur staatlichen Wertpapierdruckerei abfahren kann. Viele fahren diese Spur, schnell, bis zum Schluss, um dann im letzten Augenblick, unmittelbar vor der Ampel plötzlich auf die Spur zu wechseln, auf der man weiter geradeaus fährt. Sie sind gerissen, sie wollen schneller sein, sollen die Vollidioten im Stau stehen. Was gehen sie Vollidioten an. Sie haben es eilig, sie müssen. Ich, ich, ich! Sie kämpfen ums Dasein, wenn sie zu spät kommen, werden sie rausgeschmissen und dann müssen sie zu sich zurückkehren, als Verlierer.

Er lässt sie nicht rein, er erzieht, wie viele andere, vor der Abfahrt auf die Sanguszki Straße, fährt er Stoßstange an Stoßstange, blockiert den Einlass. Aber sie finden immer irgendein Opfer, oder jemanden der ihnen ähnlich ist, der sie reinlässt. Oder jemanden der nicht in den Spiegel sieht, der sie für anständige Abfahrende hält, von der Zakroczymska, von der Wenedów Straße.

Tausende Male erträgt er das, er fährt normal, er möchte in Eintracht mit seinen Prinzipien, mit sich selbst sein. Das ist das eine Mal zu viel, tausendundeins.

Er sieht ein großes schwarzes Auto, mit einem fremden Kennzeichen, das ihm reinfahren will, es fährt auf, schon auf der Sperrlinie. Versucht es mehrere Male, drängt sich ein. Er lässt ihn nicht rein. »Wo, du Bauer!« Das Gesicht des anderen verzerrt vor Wut. Jemand, der seinem neuen Nachbarn sehr ähnlich sieht. Der Abrasierte droht ihm mit der Faust. Dann beschleunigt er und kurz vor der Ampel, auf der schraffierten Fläche, fährt er auf die Spur, vor die Haube eines kleinen Autos, eines Autos, das nachgegeben hat, das erschrocken ist. Er fährt noch durch am Ende der orangen Ampel, er schafft es. Für die vorschriftmäßig Fahrenden: rot. Stopp.

Irgendetwas explodiert in ihm. Irgendein schwarzer Vorhang fällt ihm auf den Kopf. Er fährt nach rechts ab, auf die Abbiegespur, die gerade leer ist. Er dreht um. Fährt gegen den Strom, gast an, mit der Hand auf der Hupe, geradewegs an den Ort, wo unter der Brücke die nächsten Schlitzohre rausfahren. An die Spitze. Er macht endlich Ordnung. Erschießt sie, eliminiert sie. Er hält den Andrang der Autos und der Menschen in die Stadt auf. Er stellt eine Barriere auf. Zumindest dringen sie nicht von Norden ein.

Dreiunddreißig Mal schneller als sonst spielte sich damals der Film über den leeren See ab. Er schwimmt allein, durch die Mitte. Das andere Ufer ist weit weg. Nur die Sonne scheint nicht, sie scheint hinter seinem Rücken hervor, von rechts. Er möchte so lang wie möglich vor sich hinschwimmen, nicht zurückkehren, auf der anderen Seite bleiben. Vielleicht sollte er sich in den Masuren niederlassen?

Das dauert Sekunden, Bruchteile von Sekunden. Die Autos fahren zu den Seiten ab, größtenteils nach rechts, auf den Fahrradweg. Irgendeines fährt gegen einen Mast. Ein anderes flieht nach links, einer will ihn hineinlassen, er bremst nicht rechtzeitig, sie stoßen zusammen, es beginnt eine Karambolage, weitere Autos fahren aufeinander auf, irgendwo weit entfernt, von hinten, vor der Brücke will ein weißer Lieferwagen abrupt abbiegen, fällt um, von der Ladefläche fallen Orangen, rollen in Richtung Altstadt, er wird sie gleich sehen.

Er stößt mit niemandem zusammen. Das Meer teilt sich. Er bremst direkt vor der Brücke, nach der Abfahrt Wenedów, er stellt das Auto quer, wie eine Barrikade. Niemand sonst wird über diese Spur hinauffahren.

Er steigt aus, betrachtet sein Werk. Er droht mit seiner Faust in Richtung Norden, von wo gerade noch breite Ströme von Autos hineingeflossen sind. Jetzt ist dort ein gigantischer Stau, Warnblinkanlagen blinken. Alarmanlagen heulen, Hupen. Katastrophe. Wenn er einen riesigen Besen hätte, würde er alle Autos in den Fluss kehren, damit sie mit dem Strom ins Meer fließen könnten, damit sie die Weichsel fortnehmen könnte.

Das kann er nicht machen. Aber zumindest soviel, dass sie nicht mehr hineinfahren. *No pasaran*! Zurück. Nach Hause. Zu viele seid ihr hier. Ihr findet hier keinen Platz. Es gibt keine freien Schlüssel für die Kästchen. Das Eintrittslimit ist überschritten. Raus. Verpisst euch, haut aus dem Schwimmbad ab!

Der Polizeipsychologe greift ihm auf seinen Arm, hält ihn fest. »Schon gut, schon gut. Beruhigen Sie sich, Herr Selznik. Vermutlich reicht es für heute.«

Im Streifenwagen ist er ruhig, er zeigt seine Dokumente, beantwortet die Fragen. Er sieht aus dem vergitterten Fenster, wie sie die beschädigten Autos auf die Seite schieben und die Menschenmasse, die er versucht hatte aufzuhalten, erneut beginnt in die Stadt hineinzuströmen.

Originaltitel: Marek Kochen, *Basen*
aus: *Mówi Warszawa,* Muzeum Powstania Warszawskiego,
Intytut Stefana Starzyńskiego, Wydawnictwo Trio, 2011

Aus dem Polnischen von Ewelina Suchorzebska

Richard K. Breuer

wurde 1968 in Wien geboren und lebt auch dort. Eine wirtschaftlich geprägte Schulausbildung entführte ihn für den Zeitraum eines Jahrzehnts in kleine und große Bankhäuser. Danach wollten die gesammelten Erfahrungen in einer Softwareschmiede kreativ umgesetzt werden. Im April 2002 begann er mit der Arbeit an seinem ersten Roman *Azadeh*. Bald kam es zur unweigerlichen Konfrontation zwischen Pflicht erfüllendem Broterwerb und musischer Kreativbetätigung. Das mehrere Monate dauernde, zähe Ringen des Autors wurde zur Antriebsfeder des Romans, der ein offenes Ende finden sollte. Im Leben fiel die Entscheidung für das Schreiben.

In seinem eigenen Verlag erschienen von ihm bislang die Romane *Rotkäppchen 2069*, *Schwarzkopf* sowie die ersten beiden Bände seiner Romanreihe ... *Vorabend der französischen Revolution*: *Die Liebesnacht des Dichters Tiret* und *Brouillé*.

www.1668.cc

Richard K. Breuer

Paris: Der Dichter und das Mädchen

Ich kramte in meiner Hosentasche – zuerst rechts, dann links – holte den zerknüllten Zettel hervor und strich ihn ein wenig glatt, um die Adresse besser lesen zu können. Die Handschrift machte mir Mühe, trotzdem entzifferte ich *Rue Mouffetard. Mouffe* wie die Anrainer gerne sagen. Hier, wo die schmale Straße in den Platz, die *Place de la Contrescarpe*, führte – und vielleicht noch immer führt – stand ich verloren herum. Ich drehte mich im Lichte der Abenddämmerung im Kreis. Verfallene Häuser. Dunkle Trottoire. Dreck. Musik aus einem Café. Gelächter. Geschrei. Eine heruntergekommene Gegend. Wieder stellte ich mir die Frage, was ich hier suchte. Vielleicht hoffte ich jene berauschende Farbmischung einzufangen, die von einem ganz bestimmten Ort zu einer ganz bestimmten Zeit aufgetragen wird. Ich suchte den Moment, den ich durch Sätze und Worte einzufangen gedachte. Aber wie immer ich es auch anstellte, ich konnte den Moment nicht in einen Text zwingen. Ja, es war mir nicht möglich. Unmöglich, sozusagen. Aber gerade diese Unmöglichkeit ist es, die eine hoffnungsfrohe Melancholie im Künstler gebiert, der dann nichts anderes als den Anfang einer Geschichte großzieht. Diese Geschichte könnte von einem Schriftsteller handeln, der sich verraten und verkauft fühlt und der nur noch den einen Wunsch in sich trägt, sich an all jenen zu rächen, die ihn verraten und verkauft haben. Ich blickte suchend zu den Tischen, die vor dem Café standen. Ein junger Kerl, der an einem der Tische saß, füllte sein Glas mit Rotwein aus einer Karaffe. »Schreibe den wahrsten Satz den du kennst«, sagte er mit auslandender Geste, setze das Glas an seine Lippen und leerte es in einem Zuge. Ich sah sie vor mir. Alle waren sie da. Alle sind sie hier. Die Künstler und Versager, die Bohemiens und Hochstapler. Ich fragte einen älteren Herren, der mir entgegen kam, woran man einen Bohemien erkennen könne. Der ältere Herr blieb stehen, sah mich verwundert an, dann antwortete er mit einem Ton der Ernsthaftigkeit, den man vom Klang der Ironie nicht zu unterscheiden vermag, dass der Bohemien nur eine Hauptaufgabe kenne und dass diese jene sei, keine zu haben. Der ältere Herr lüftete seinen Hut und ging davon. Mir fiel Flaubert ein, der meinte, man solle an nichts anderes glauben, als an die Kunst. Aber füllte die unbestechliche Kunst denn jemals einen leeren Magen? Wer wollte nicht wie Gott in Frankreich leben, hier, in dieser Stadt? Die Künstler, die Bohemiens, sie alle tranken und aßen und rauchten und feierten und sangen und hurten. Ja, wenn es sich wo leben ließe, dann hier, in den heruntergekommenen *Quartiers* mit ihren schäbigen Mietwohnungen. Wenn das Geld knapp wurde, dann wechselte man die Wohnung. Freilich, ohne die Mietrückstände zu bezahlen. So einfach war das. Aber einfach war es nie.

»Monsieur«, wurde ich aus meinen Überlegungen geholt.

Eine hochgewachsene, überaus schlanke junge Frau stand vor mir und lächelte sanft. Ich grüßte. Höflich. Nervös. Mit einer leibhaftigen Muse hatte ich es noch nie zu tun gehabt. Alle suchten sie. Wenige fanden sie.

»Setzen wir uns doch«, sah sie zu einem unbesetzten Tisch vor dem Café. »Und dann, dann würde ich mir wünschen, dass Sie mir die Geschichte erzählen.«

»Welche Geschichte?«, fragte ich.

»Jene von einem Schriftsteller und einem Mädchen«, antwortete sie und fügte noch mit gespielter Strenge hinzu: »In jeder guten Geschichte, *Monsieur*, geht es um einen Mann und eine Frau. Aber es ist nicht die Liebe, die sie verbindet, es ist der Wunsch nach Liebe, der unerfüllt bleibt.«

Wir setzten uns an den freien Tisch. Neben uns der junge Kerl, der sich noch immer die Haare raufte und über einen Satz fluchte, der mit einem Stierkämpfer zu tun hatte. Ich wandte mich der jungen Frau zu, die gerade ihr Halstuch in Ordnung brachte. Ihr Gehabe, ihre Art zu sprechen, ihre langsamen, stilvollen Bewegungen, all das deutete darauf hin, dass sie nicht in meine Welt gehörte. Aber was machte es schon aus? Das ist das Besondere an dieser Stadt: Du schaffst dir dein eigenes kleines *Quartier*, irgendwo zwischen Vergangenheit und Gegenwart pendelnd, zwischen Traum und Wirklichkeit schwebend. In keiner anderen Stadt würde man dir in einer Sackgasse einen Zettel zustecken, der dich an einen Ort führt, der dich mit Magie gefangen nimmt und dir eine Inspiration förmlich aufzwingt. Kann es für einen Poeten jemals etwas Schöneres geben, als sich in einer vollendeten Inspiration zu verlieren? *Attention, Monsieur!* Wenn der Zauber seine Wirkung verliert – und jeder Zauber verliert seine Wirkung –, dann merkst du, dass es dein Zettel, deine Handschrift ist und du, irgendwann, irgendwo, die Adresse notieren musstest. Warum? Das fällt dir nicht mehr ein, so sehr du auch darüber nachdenkst. *C'est la magie.*

Die junge Frau, die mir gegenüber Platz genommen hatte, stützte ihr Gesicht in die Hände und wartete. Ich rückte mit dem Stuhl näher zum Tisch, räusperte mich und begann jene dunkle Geschichte zu erzählen, die mir die Inspiration in einer Sackgasse zwischen der *Rue de l'Aude* und der *Rue Sainte-Yves* schenkte. Über einen Schriftsteller und ein Mädchen.

* * * * * * *

Der Schriftsteller stellt den umgeworfenen Stuhl auf und putzt ihn ein wenig ab.

»Ich möchte Sie bitten, Platz zu nehmen.«

Das Mädchen zögert für einen Moment. Dann hebt sie ihren langen Rock ein Stück, steigt über die zerbrochenen Fensterscheiben und die umgeworfenen Regale, über all die zerrissenen und zerfledderten Bücher, Broschüren und Briefe eines Barnave, Condorcet, Desmoulins, Danton, Marat, Robespierre, Mercier, Mirabeau, Rivarol, Bretonne, Brissot, einer Roland, Duplessis, setzt sich auf den Stuhl und senkt ihren Blick, während der Schriftsteller mehrere Stricke aus seiner Tasche holt.

»Ihre Hände, wenn ich bitten darf!«

Wieder zögert sie. Wieder nur kurz. Dann verschränkt sie ihre Hände hinter der Stuhllehne.

»Es ist mir unangenehm, *Mademoiselle*, fürwahr, das ist es. Aber was kann ein ehrbarer Dichter anderes tun, wenn die Sache in Gefahr gerät?«

Der Schriftsteller verknotet den Strick, der ihre Hände bindet. Dann macht er ihre Taille am Stuhl fest.

»Nennen Sie mir die Namen all jener Verräter, die mich im Kampf verlassen haben und, ich schwöre bei allem, was mir heilig ist, Sie sind frei.«

Er kniet nieder, hebt ihren Rock vom Boden und wickelt den Strick um ihre Füße.

»*Monsieur* … ich kann Ihnen die Namen nicht nennen. Es tut mir leid. Möchten Sie mit mir nun anstellen, was Sie für richtig halten, aber Sie werden mich nicht umstimmen können. Niemals!«

Der Schriftsteller zieht die Stricke fester und verknotet sie.

»Ich verlange weder etwas Unmögliches noch etwas Unehrenhaftes! Diese Verräter haben meine Sache mit Füßen getreten. Ich habe ihnen mein Angebot unterbreitet, aber kein Wort erreichte mich. Keine Ablehnung. Keine Zustimmung. Es ist fürwahr das Schlimmste, was einem widerfahren kann, die Ungewissheit in einer wichtigen Angelegenheit. Immer diese Hoffnung, dass mich die Antwort erreichen und sich alles zum Guten fügen wird. Oft wollte ich es glauben. Aber wie lange? Wie lange? Sagen Sie mir, *Mademoiselle*, wie lange hätte ich noch zuwarten müssen?«

Das Mädchen hebt ihren Kopf und sieht schweigend in die Augen des Schriftstellers.

»Nun?«

Jenes Schriftstellers, der zu aller Anfang ein Leben voller Hoffnungen, voller Möglichkeiten lebte, der sich, so gut es ging, den gesellschaftlichen Verpflichtungen und Zwängen widersetzte. Er lebte für seine Vision, für seine Kunst. Und die Vision, die Kunst lebte für ihn. Das war sein Ehrgeiz. Und darin liegt die Wurzel all dieses tollwütigen Hasses begraben: Wer seine Kunst verspottet, der verspottet auch ihn.

Wer seine Kunst missachtet, der missachtet auch ihn. Wer seine Kunst belächelt, der belächelt auch ihn. Viele dieser gekränkten und geknickten Seelen haben sich von der Welt zurückgezogen, haben ihre Illusionen aufgegeben, sie vergessen und leben in seltsamer Bescheidenheit. Andere sind an Kummer und Gram zugrunde gegangen, nur beseelt im Glauben, dass es eine Zukunft gibt, in der die Gerechtigkeit obsiegt und man an ihrem Grab ihre gedruckten Gedanken und gelebten Ideen beklatschen und bejubeln wird. Eine geringe Zahl wiederum hat durch die fehlende Anerkennung den nötigen Antrieb bekommen, der es ihnen möglich machte, mit mehr Ausdauer und Kraft aus dem Schatten der Mittelmäßigkeit hervorzutreten und ihre Projektemacherei voranzutreiben. Bleiben noch jene wenigen übrig, deren Seele sich über die Zeit verdunkelte, weil sie jede Kränkung, jede Schmach mit Hass parierten. Der einstmals hoffnungsfrohe und lebensbejahende Künstler und Visionär ist nur noch ein einsamer Gefangener seines blindwütigen Ehrgeizes.

»*Mademoiselle* … glauben Sie, dass ich Ihnen nicht wehtun könnte? Gar, weil ich mich Dichter nenne, dessen Hand, so scheint es, nur eine Feder zu führen versteht, die liebliche Verse aufs Papier zeichnet? Möchten Sie sich nicht täuschen.«

Der Schriftsteller holt aus seiner Rocktasche ein Rasiermesser, klappt es auf und beginnt mit der scharfen Klinge langsam das Kleid, von der Taille abwärts, zu zerschneiden. Die Oberschenkel des Mädchens, nur noch durch Strümpfe geschützt, kommen zum Vorschein. Er löst den hellen Stoff, legt das Messer zur Seite, kniet vor ihr hin und bettet seinen Kopf, seitlich geneigt, in ihren Schoß. Dann führt er seine Hand bedächtig über ihren linken Schenkel. Seine dunklen

Fingerkuppen beginnen die seltsamsten Tänze auf ihrer Haut zu vollführen, verfolgt von seinen unruhigen Augen. Ein wohliger Schauer durchströmt seinen, vielleicht auch ihren Körper. Lange kann er sich nicht lösen. Schließlich, als eine Träne auf seine Wange fällt, lässt er ab und erhebt sich wieder. Er nimmt das Rasiermesser vom Boden und geht an die Rückseite des Stuhls.

»Möchten Sie noch etwas sagen, *Mademoiselle*?«, setzt er die Klinge des Messers an ihren Hals.

Er schließt die Augen und atmet den Duft ihrer Haare. Ein Windstoß fährt in das Zimmer, wirbelt Staub und Papierfetzen hoch und schlägt ein Buch auf.

»Ich bete, dass Ihnen Ihre Leser vergeben werden«, flüstert sie.

Er öffnet die Augen während das Messer die Schlagader des Mädchens langsam durchschneidet.

Aus dem tiefen Schnitt läuft das Blut hinab.

Auf die Schenkel.

Zur Seite.

Und färbt das weiße Kleid rot.

Betty Kolodzy

geboren 1963 in Wolfenbüttel, wuchs in München auf. Später zog es sie über Stationen in Marseille, London und Granada nach Berlin. Inzwischen lebt die gelernte Fremdsprachenkorrespondentin und Kommunikationswirtin als freie Autorin in Bremen. Ihre *Istanbul Walking* Erzählungen (2010) wurden 2011 im Theater Bremen in der Reihe *Tanz Extra* inszeniert. Im gleichen Jahr folgte ihr Romandebüt *Ali, der Tinnitus und ich*.
2012 erscheint ihr neuer Roman *Reinverlegt!*

www.bettykolodzy.de

Berlin: Marina

1

Marina wohnte in der Einflugschneise. Eigentlich wohnten alle in der Einflugschneise damals, so war mein Gefühl. Nur sie noch näher dran.

Ihr Haus stand in der Thomasstraße, vom U-Bahnhof »Leinestraße« nicht allzu weit entfernt. Trat man aus dem Schacht heraus, spürte man Neukölln: dicht, dumpf und grau. Auch die Gesichter der Menschen waren grau, irgendwie sahen hier alle abgespannt aus, das lag wohl an der Hermannstraße, am ewigen Verkehr. Oder an den Fliegern, die alle fünfzehn Minuten über den Köpfen der Passanten in den Landeanflug gingen: Sie kamen überm Friedhof runter, kreuzten den Hermannstraßenstau und setzten auf der anderen Seite auf.

Jede Landung war ein Eingriff in unser Leben. Was auch immer man vorher tat oder im Begriff war zu tun, wurde in diesem Moment bedeutungslos. Jeder hielt inne, herausgerissen aus seinem Alltag, und konzentrierte sich auf dieses Geräusch. Ich frage mich heute, ob es eher dröhnend war oder pfeifend, vielleicht sogar krachend – auf jeden Fall kam es immer unerwartet. Dafür mit voller Wucht. Die Passanten auf dem Weg zu »Rudis Reste Rampe« hoben ebenso den Kopf, wie man plötzlich selber in der Wohnung zusammenfuhr. Die flogen so dicht über den Hinterhof, dass ich mich beim Anblick der ausgefahrenen Räder wunderte, mit welcher Präzision es dem Piloten gelang, das Hausdach nicht zu streifen. Irgendwann stürzte dann eine Boeing auf ein Amsterdamer Wohngebäude. Das hinterließ einen gewaltigen Eindruck, zumindest bei mir.

Der U-Bahnhof »Leinestraße« war die Endstation der Linie 8. Weiter unten, am Hermannplatz, wirkte alles luftiger. Dort herrschte geregelte Geschäftigkeit. Vielleicht lag es an dem riesigen Kaufhaus, in das viele strömten, vielleicht wirkte es auch so, weil man den Hermannplatz schnell wieder verlassen konnte. Mit Bussen in alle Himmelsrichtungen. Oder unterirdisch. Man konnte sich sogar aus der U-Bahn direkt in den Kaufrausch stürzen, über eine Spezialtreppe von den Gleisen der U 7.

»Leinestraße« war anders. Endhaltestellen haben ihre eigenen Gesetze. Einmal waren die Pfeiler des U-Bahnhofes plakatiert, man suchte einen Mann, der im Untergrund mit einem Baustellenrohr auf Passanten losgegangen war. Nach ein paar Tagen waren die Plakate verschwunden.

2

Ich traf Marina, als ich mal wieder nach Berlin gezogen war. Ich kam aus dem U-Bahn-Vakuum und wollte nach Hause, da erkannte ich sie auf dem Bahnsteig wieder. Wir hatten uns zehn Jahre nicht gesehen.

Sie trug ihre Haare offen, wie damals, und sah mich überrascht an. »Wat machst du'n hier?«

Sie hatte immer noch den gleichen Gesichtsausdruck, ernst und konzentriert. Nur ihr Erstaunen äußerte sich in einem minimalen Mienenspiel, bei dem sich die Augen für einen kurzen Moment verengten. Sie war schon immer anders gewesen als wir. Zurückhaltend. Geerdet. Ich sagte ihr, dass ich wieder da sei, wieder in dieser Stadt. Manchmal brauche es seine Zeit und man könne das Leben neu beginnen, auch in solch einer Stadt, auch nach solchen Erlebnissen.

Es ist warm im U-Bahn-Schacht, als sie mir in einem Nebensatz erzählt, sie sei HIV-positiv. Schon seit langer Zeit und ohne Symptome. Sie mache sich keine Gedanken, sie trage nur dieses Wissen mit sich herum.

Die U-Bahn fährt ab, von der einen Endhaltestelle zur nächsten: Leinestraße – Paracelsusbad.

Die Liebe ihres Lebens, erzählt Marina weiter, ein Typ, der ihr auf der Straße begegnet sei. Als er sie ansprach, erkannte sie dieses Zeichen in seinen Augen. Es leuchtete und sie wusste, dass er für sie bestimmt war. Der Typ zog auch gleich bei ihr ein, Marina tat alles für ihn, bis sie dann diesen Anruf bekam. Eine weinende Frau, die verzweifelt nach ihrem Mann forschte. Und die ihr sagte, er habe Aids. Als Marina sich testen ließ, tauchte der Typ unter.

3

Die Begegnung mit Marina gab der Vergangenheit neuen Raum: Schöneberg 1982, U-Bahnhof »Kleistpark«. Im *Anderen Ufer* war David Bowie bis vor wenigen Jahren ein und ausgegangen. Meine Wohnung lag schräg gegenüber, Hauptstraße, zweites Hinterhaus. Manchmal flogen die Fetzen beim Durchqueren des ersten Hofes. Da bewarfen sich türkische Nachbarinnen mit Blumentöpfen, ihre Schimpftiraden hallten von den Mauern wider. Im zweiten Hinterhof herrschte Stille, dort wohnten diejenigen, deren Vorhänge geschlossen blieben. Da wurden Löffel heiß gemacht und Spritzen aufgezogen und Tag und Nacht vertauscht.

Die Außentoilette teilte ich mit Krishan. In seiner Wohnung lebten im Schnitt acht Siamkatzen, je nachdem, wie schnell er Käufer fand. Er legte allergrößten Wert auf gutes Aussehen, hatte ein markantes Gesicht und war die tonangebende Diva, während sein Freund sabbernd durch die Gegend kroch. Hatte Markus kein Geld für einen Druck, warf er Barbiturate ein, sein Arzt verschrieb ihm alles, was er sich nicht anderweitig beschaffen konnte.

Für den Stoff waren die Pakistanis zuständig. Man traf sich zu bestimmten Zeiten unweit des Kaiser-Wilhelm-Platzes, dort wechselten Päckchen und Geld die Besitzer, und manchmal gab es auch etwas ohne Gegenleistung, besonders anfangs.

Wir lebten auf einer Insel berauschter Glückseligkeit. Nach einer durchtanzten Nacht im *Linientreu* saß man in der U-Bahn zwischen Leuten, die zur Arbeit fuhren, die Schlagzeilen von *B.Z.* und *BILD* vor Augen. Es war ein anderes Schöneberg damals, mit halb verborgenen Schmuddelecken – und ging man in der Morgendämmerung die Potse entlang, an den wartenden Huren vorbei, erschien einem dieser Lebensrhythmus völlig normal.

4

Marina befand sich im Dunstkreis dieser Community. Sie war in Robert verliebt, den Schwulen, der als Pfleger im

Krankenhaus arbeitete. Der perfekte Ort für Dröhnungen, ein verstohlener Griff in den richtigen Schrank und schon waren die nächsten Stunden gerettet. Außerdem hatte er immer ein paar Freier an der Hand, die ihm seine Sternchenpupillen finanzierten. Er konnte so toll mit dem Po wackeln. Ansonsten plünderte er Marinas Ersparnisse.

Manchmal spielten sich in ihrer Wohnung bizarre Szenen ab, dann schrie er sie an, warum sie ihm kein Geld gebe, dann riss er Tassen, Teller und Gläser aus Küchenschränken oder warf einen Stuhl aus dem Fenster.

Marina mit ihrer Engelsgeduld. Sie arbeitete im gleichen Krankenhaus wie er, ich habe sie nicht einmal ausrasten sehen. Sie legte Tarot-Karten, beschäftigte sich mit der Zukunft. Welch eine Rolle spielt da noch die Gegenwart?

Wenn ich an ihre Wohnung im Wedding denke, fällt mir dieser eisige Winter ein. Die Geisterbahnhöfe im Osten schienen noch kälter zu sein, die U-Bahn fuhr noch langsamer an den grauen Hütern der Unterwelt vorbei. Man hatte immer ein seltsames Gefühl, wenn man durch die lichtlosen Tunnel fuhr, hatte Angst, plötzlich verschluckt zu werden. Oder weggesperrt.

Dasselbe am Grenzübergang: Sie sahen dich an und warteten auf eine falsche Bewegung. Auf dein Lächeln. Dann würden sie dich mitnehmen, so fühlte es sich an.

In jenem Winter lagen die Temperaturen bei minus 20 Grad. Eigentlich hatten wir vor, tanzen zu gehen, doch ich fror so sehr. Ich sagte den anderen, ich käme nicht mit und setzte mich an Marinas Kachelofen.

»Vajiss nicht, den Sicherheitshebel umzudrehn!« sagte sie beim Rausgehen.

Ich muss ziemlich schnell eingeschlafen sein in der wohligen Wärme, während draußen der Ostwind die Luft zerschnitt. Als ich aufwachte, schüttelten sie mich immer noch. Marina riss die Fenster auf und holte nasse Waschlappen für mein Gesicht. Sie hatte ihr Portemonnaie vergessen. Das rettete mir das Leben.

5

Auch ihre Neuköllner Wohnung wurde noch mit Kohle beheizt. Besuchte ich sie von der Hermannstraße kommend, lief ich an der Friedhofsmauer entlang. Zumindest im Sommer. Die Thomasstraße war eher eine Mauernstraße mit Bäumen, jedoch menschenleer, soweit ich mich erinnere. Am schlimmsten war es im Winter, und es kommt mir so vor, als hätte ich Marina hauptsächlich im Winter gesehen. Meist ging ich dann rechts an den Häusern entlang, die Lampen warfen ihren gelblichen Schein in den Nebel. Vereinzelt begegneten mir Männer, echte Berliner mit stierem Blick, die sich kaum aufrecht halten konnten. Irgendwann erreichte ich Haus Nummer 7 und stieg in den vierten Stock.

Marina öffnete die Tür. Wie immer waren ihre langen Haare nass, wie jedes Mal trug sie Schlabberkleidung und hielt eine Tasse Kaffee in der Hand. »Komm rin!«

Der Frühling wärmte durch die geöffnete Balkontür. Marina häufte ein paar Löffel Espresso in die Caffettiera, ich setzte mich auf einen Stuhl. Heute bilde ich mir ein, dass ich ihren

Balkon niemals betreten habe, weil mir Balkone so fremd waren. Egal, wie oft man umzog in Berlin, man landete doch immer wieder im Hinterhaus. Wie ich in der Jonasstraße. Fünfzig Bewerber waren zum Besichtigungstermin gekommen, mir gab man den Zuschlag: Küche, Berliner Zimmer, Bad. Dazu die Einflugschneise, eine Bäckerei, die morgens um halb vier ihren Ofen anwarf und die Substituierten mit drei Kindern über mir.

Marina reichte mir den Espresso. »Ick sach dir«.

Sie wischte eine Haarsträhne aus dem Gesicht, sie sah müde aus. Sie erzählte mir von ihrem Ärger mit dem Neuen, dem sie am Ende auch noch Geld geliehen hatte – auf einmal war er auf und davon.

»War doch sowieso ein Idiot!« sagte ich.

Er hörte Techno, trommelte mit den Fingern auf den Tisch oder kaute an seinen Nägeln rum. Er wartete nur auf den Ersten Mai, wollte mitmachen, aufmischen, was erleben. Ein seltsamer Typ, als wäre er auf Crack.

6

Eines Tages lief mir Markus über den Weg. Nicht wie damals, zugedröhnt, sabbernd, kriechend. Er trug das coole Fahrradkurier-Outfit, sah ziemlich durchtrainiert aus.

»Hallo!«

»Hi.« Er schob seine Sonnenbrille vor die Augen.

»Lange nicht gesehen.«

Er klappte die Tasche zu, sah mich kurz an. »Ist wirklich lange her.« Ein Blick auf die Uhr.

»Wie gehts dir?«

»Viel zu tun. Als Fahrradkurier bleibt wenig Zeit.« Er wohne jetzt in Friedenau. Ruhiges Umfeld, bürgerlich, aber sehr angenehm.

Was Krishan und Robert so machten, wollte ich wissen.

Seine Augen hinter dunklen Gläsern. Er habe mit all dem abgeschlossen, das sei ein Teil seines Lebens, den er aus dem Gedächtnis getilgt habe. Eine Phase: unbedeutend, längst vergangen, abgehakt. Er sagte noch, dass Robert sich umgebracht habe damals und Krishan wieder nach Hamburg gegangen sei.

Ob man sich mal treffen wolle, fragte ich, auf einen Kaffee.

Er habe keine Zeit. An den Wochenenden sei er meist mit dem Rad unterwegs, Beelitz, Buckow ... Dann öffnete er das Schloss und schwang sich auf den Sattel. Er drehte sich zu mir um und versuchte ein Lächeln. »War nett, dich mal wieder zu sehen.«

Es war drückend heiß an jenem Tag. Die Busse quälten sich langsam über die Hermannstraße, die Flieger dröhnten noch lauter über das Tempelhofer Rollfeld, nur in den U-Bahnhöfen ließ sich die Hitze einigermaßen ertragen.

Marina hatte Karten gelegt. Sie nahm eine auf.

»Kiek ma«, sagte sie.

Sie hielt den Tod in ihrer Hand. Vor einiger Zeit waren die ersten Symptome ausgebrochen. Nach acht Jahren, wo man nicht mehr damit gerechnet hatte, wo man doch begonnen hatte, sich das Leben irgendwie einzurichten.

»Du weißt doch, dass der Tod für Neuanfang steht«, versuchte ich sie zu beruhigen. »Etwas Altes aufgeben, Platz für

Neues schaffen.« Und dann noch einen drauf: »Wahrscheinlich bedeutet es, dass es mit dieser unerträglichen Hitze bald vorbei ist!«

Sie sah mich seltsam an. Ich erzählte ihr nichts von Robert.

7

Ab Herbst war Marina krankgeschrieben. Sie nutzte die Zeit, um ihre Wohnung umzukrempeln, fuhr ständig zu Karstadt, kaufte Stoffe, um Vorhänge daraus zu nähen, bestellte sich ein anderes Bett – und war auf der Suche nach neuer Garderobe.

Sie hatte stark abgenommen, auch enge Kleidungsstücke schlotterten nun an ihrem Körper. Sie schaute mit riesigen Augen in die Welt, konzentriert und ernst.

Die Zeit spielte gegen sie. Man schob sie in die Röhre, versorgte sie mit allem, was die Medizin damals hergab, bis sie immer mehr verschwand. Eines Tages zeigte sie mir ihre dürren Beine und sagte, sie habe keine Lust mehr, wie ein Zombie weiterzuleben.

Schließlich landete sie in Schöneberg. In der Aids-Abteilung des AVK als einzige Frau. Im Treppenhaus rauchten gutaussehende Männer und alberten herum, solange es noch ging. Auf den Zimmern wurde leiser gestorben, liebevoll umsorgt.

Marinas Enzephalitis schritt weiter voran, sie sprach von immer unverständlicheren Dingen. So behauptete sie einmal, die Herrscher eines fremden Planeten hätten eine

Blutprobe entnommen, um zu sehen, ob sie sich für das Leben außerhalb der Erde überhaupt eigne.

Man entließ sie mit einem Portkatheter, sie könne nun die Tagesklinik besuchen.

Sie freute sich auf ihre Wohnung, den eigenen Lebensrhythmus, die Freiheit.

Ich hatte ihre Eltern auf die Idee gebracht, einen Radiator zu besorgen, damit sie nicht zu frieren brauchte. Denn selbst wenn ihr jemand die Kohlen in den vierten Stock geliefert hätte – es dauerte doch immer seine Zeit, bis sich die Räume erwärmten. Und schon ein paar Minuten Kälte könnten in diesem Zustand ihr Leben aufs Spiel setzen, dachte ich.

Als ich sie dann kurz nach ihrer Entlassung zu Hause besuchte, schrie sie mich an. Was mir denn einfiele, mich derart in ihr Leben einzumischen und über sie zu bestimmen. Ich versuchte, ihr zu erklären, dass es nur aus Angst um sie geschah. Sie schimpfte weiter, bis ich wortlos ihre Wohnung verließ. Draußen tanzten die Schneeflocken.

8

Ich hatte einige Zeit nichts von Marina gehört, es schien, als schmollten wir beide. Eines Nachts träumte ich von ihr: Sie stand auf dem Balkongeländer, die Arme weit ausgebreitet. Sie drehte sich kurz um, als ich hereinkam. Ihr Gesicht strahlte Ruhe aus, sie verzog den Mund zu einem Lächeln. Mein Körper erstarrte. Beine wie aus Blei. Marina drehte den Kopf wieder zurück, brachte sich in Position – und sprang.

Ich wachte schweißgebadet auf. Ein Flugzeug schien ins Haus zu krachen. Ich versuchte, meine Gedanken zu ordnen.

Am Abend klingelte dann das Telefon. Marinas Mutter. Sie wolle mir mitteilen, dass Marina gestorben sei.

Sie hatte sich ein Reinigungsmittel in den Port gejagt. Sie fanden sie und holten den Notarzt. Im Krankenhaus verweigerte Marina die Bluttransfusion. Sie waren die ganze Nacht bei ihr, erst am Morgen schlief sie schließlich ein.

9

Nach langer Zeit war ich mal wieder in Neukölln. Es hatte sich vieles verändert seit damals: Die neuen Endstationen der U 8 hießen »Hermannstraße« und »Wittenau«. Der Flugverkehr war eingestellt, und die Menschen sahen nicht mehr so abgespannt aus.

Aber vielleicht bildete ich mir das alles auch nur ein, denn ich konnte nicht lange bleiben. Kurz vor der Thomasstraße drehte ich um und ging in den U-Bahnhof zurück.

Ines Sommer

wurde 1973 in Luckenwalde in der ehemaligen DDR geboren und lebte dort bis zum Alter von 19 Jahren. Nach einem kurzen Aufenthalt in Darmstadt verließ sie Deutschland und lebt seither als freie Schriftstellerin in Wien.

2009 erschien ihr Debütroman *Luckenwalde. Von der Freiheit in Bananen zu rechnen*, 2011 ihr aktueller Roman *Geh weg von meiner Muschi.* Gemeinsam mit Ursula Albrecht veröffentlichte Ines Sommer 2012 deren Erinnerungen unter dem Titel *Und plötzlich musste ich mich erinnern.*

Die folgende Erzählung soll der durch eine Mauer geteilten Stadt insofern Rechnung tragen, als dass hier über die Jahre des Kalten Krieges *zwei* Städte in *der Stadt* vorhanden waren. Ines Sommer bereichert den vorliegenden Band somit um einen *PERSPEKTIVENWECHSEL* der besonderen Art.

www.sommerteam.at

Berlin: Du bist eine große Stadt.

Ein Wald aus tausend Bäumen gibt seinen Blick frei. Der Himmel hängt hoch. Grau habe ich diesen ersten Blick auf die Stadt in Erinnerung. Obwohl ich zu allen Zeiten in die Stadt fuhr. Eine der großen Massenverteilstätten, die jeder passiert, der vom Süden mit dem Zug in die Stadt kommt. Kühle Melancholie. Berlin-Schönefeld: das erste Versprechen an die Besucher, die Reisenden, die Bewohner. Und der letzte Bahnhof an den Südresten der Stadt, wenn man sie wieder verlässt.

Dieser Bahnhof wird mit dem Flughafen verschmelzen und untergehen im Rummel um Berlin-Brandenburg-International. Der Flughafen bekommt dann endlich die Bedeutung, die er immer schon haben wollte.

Und schon bald erinnert sich niemand mehr an das kleine Vorstadtdörfchen, das mir meine kleine Welt etwas weniger klein machte. Das mich mit seinem Namen über Jahre hinweg begleitete. Der Bahnhof wird Zubringer zur meistbesuchten Stadt. Mir hat Berlin-Schönefeld die Welt bedeutet.

Eine Großstadt-Romanze, die schon 1980 vergraut war, bevor die Sentimentalität Berlin-Schönefeld mit Heimatgefühlen belegte. Der Bahnhof Berlin-Schönefeld verband mich mit der großen Stadt und mit der Welt drumherum. Dort war ich bald Insider, Wissende, Berlinerin, Reisende, die Weltenbummlerin. Ich versprach mir selbst den Globetrotter, welterfahren, interessiert. Fast kitschig fühlte ich mich bald vertraut in dem Gemisch aus Gängen und Wartehallen, anderen Reisenden. Weil es irgendwie auch mein Bahnhof geworden war. Fast monatlich, wenn nicht öfter, verschwand ich in der Menge der Ankommenden und Abfahrenden. Der reisende Querschnitt einer Gesellschaft, die nur ein bisschen mehr als 100.000 Quadratkilometer ausmachte. Ich war verbunden mit Mecklenburg, Thüringen und Bezirk Magdeburg. Und ich bin nicht mal auf die Idee gekommen, dass da irgendetwas komisch daran sein könnte. Warum sollten die Fahrgäste auf dem Berliner Bahnhof auch aus Hannover kommen, oder vielleicht von noch weiter weg? Wien? Völlig abwegig. Dieser Bahnhof verband mich mit dem was und wen ich sehen wollte. Luckenwalde, Berlin-Schönefeld, der Rest der Welt, wo halt Züge hinfahren. So war die Reihenfolge.

Zwischen meinem 11. und 17. Lebensjahr, also Mitte bis Ende der 80er wurden die Erlebnisse auf dem Bahnhof Berlin-Schönefeld zu einem Abriss meiner ganz persönlichen Zeitgeschichte. Von dort aus lernte ich Berlin kennen.

Berlin selbst stellte ich mir als eine große Stadt vor, ungeordnet, unüberschaubar. Das perfide Leben der Kleinstadt war mir vertraut. Aber Berlin? Eine Stadt, die sich ihren Bevormundungen entzieht. Eine große Stadt, die sich in ihren Hinterhöfen der Spruchbänder entledigt.

Das Ostberlin der Privaten brauchte kein Statusstreben. Das Berlin des Straßenalltags pfiff auf das Gütesiegel: »global«. Improvisierte Infrastrukturen, Studenten, junge Leute. Rudi Dutschke als Sticker an der Jacke. Das Berlin, das ich mir vorstellte, war nicht verordnet. Die Freiheiten der Anonymität kamen dazu. Berlin galt für mich damals schon als angesagt. Jenseits der Zuzugsschiene, jenseits der Bonzen-Wohnungen, jenseits der Partei-Aufmärsche. Was ich auch immer mitdachte und immer noch mitdenke. Doch das waren nur die obligatorischen Unannehmlichkeiten, die man in Kauf nahm, um in Berlin zu leben.

Berlin hatte sich die Wirkung bewahrt, die nur Geschichte zu geben vermag. Wenn eine Stadt es irgendwann geschafft hat alt zu sein und jung zu bleiben. Gründerstolz, Zerstörung und Wiederaufbau. Neuanfang. Durchatmen. Und gleichzeitig zugeben zu müssen, dass die Entscheidung zum Krieg nicht im Himmel getroffen wird. Die Scham, die Urheberin geworden zu sein. Jedes Bombenloch in der Häuserfront ein Mahnmal. Und das Versprechen, alles wieder gut machen zu wollen. Mit dem Lernerfolg, keiner Gleichmacherei anheim zu fallen. Sobald wie möglich wollte ich nach Berlin ziehen. Mit Zuzugsschein oder ohne. Berlin würde mich aufnehmen.

Berlin verhieß mir die große Freiheit. Jeder einzelne musste sich im Großstadtdschungel selbst seinen Platz erkämpfen. Ohne Papas Beziehungen zur Partei aber auch ohne Überwachung. In dem Berlin, dem ich mich anschließen würde, war eine gesellschaftliche Hackordnung viel schwieriger durchzuziehen. Weil die Großstadtmenge auch Schutz vor gedanklichen Übergriffen verspricht. Nicht überall galten die Kräfte der Partei. So dachte ich vom Leben der Menschen, die ich am Bahnhof traf und die ich für Berliner hielt. Hier würde man sich doch in Kneipen treffen und diskutieren und wie zu Luthers Zeiten die Welt neu erfinden. Die Existenz ausloten. Ein Leben in unerschrockenem Gedankenaustausch. Ich hoffte von Berlin, dass dort niemand zu etwas gezwungen wurde.

Die ersten Erinnerungen an Berlin sind kindlicher Natur. Mein Blick streifte über die Felder der Neuruppiner Seenplatte. Die Zeit tat mir keinen Gefallen und verging langsam. Bis mir die letzten Bäume die Stadt freilegten. Ein Stadtbild ersetzt die Landschaft. Endbahnhof erreicht: Berlin-Schönefeld.

Meine Eltern lauerten mir zu Testzwecken auf dem Bahnhof Berlin-Schönefeld auf. Ich war Mitte der 80er das erste Mal allein mit dem Zug unterwegs und sie wollten mich nach einer Bahnhofsprüfung grundsätzlich allein reisen lassen.

Ich war auf alle Extrafragen vorbereitet. Wo ist die Anzeigetafel? Kannte mich bereits aus in der großen Stadt. Wie liest man einen Fahrplan? Eine Lebensprüfung, die mir das Reisen ermöglichen würde. Ich war stolz auf mich. Wir stiegen gemeinsam in den richtigen Zug und fuhren durch die ebene Landschaft. Damit war es besiegelt. Ich durfte allein reisen. Erstmal die einfachen Strecken, zu meinen älteren Geschwistern, bald auch durch die ganze DDR. Meine ganze Jugend benutzte ich diesen Südzipfel der Stadt als Kreuzung zu anderen Abenteuern.

Jahre später. Das Licht fiel langsam, als im November 1988 in der Stadt die Lichter angingen. Ein November in seiner ganzen grauen Palette. Ich hatte einige Geldstücke in der Tasche und wollte mir einen Tee leisten. Meine Restwartezeit und die Kälte trieben mich in die Bahnhofs-Gaststätte. Ein minder gelungener Prunkbau, der jeglichen Prunkes entbehrte. Unsere ästhetischen Vorstellungen hatten unterschiedliche Eltern. Eine falsche Ehrfurcht überfiel mich trotzdem. Unsicher, ob mein Benehmen mich als Landei denunzierte. Ich wollte mich normal benehmen und verbat mir ruckartige Bewegungen. Ich kam mir in diesem Restaurant auf dem Bahnhof nie schön genug angezogen vor – oder immer unpassend. Einschüchtern ließ ich mich dennoch.

Der neue Bahnhofskomplex
mit seiner einladenden HO-Gaststätte
heißt Sie herzlich willkommen in Berlin,
der Hauptstadt der DDR.
Alles für das Wohl des Volkes

Schön. Spruchbänder – mir hätte eh etwas gefehlt. Geliebt habe ich diese Bahnhofsgaststätte trotzdem. Weil es Luxus war, und weil die Werbung funktioniert hatte.

Die Hauptstadt der DDR wollte sich hier präsentieren, wollte zeigen, was andere über Berlin glauben sollten. Selbst wenn es ein Trugbild war. Modern, groß, stark. Dabei ist nicht mal das gelungen, Geschmacklosigkeit gehörte zum Standard. Und Hauptsache klobig, einem kollektiven Größenwahn entsprungen. Die Repräsentationsbauten zeugten von der untauglichen Kargheit, die uns als sozialistischer Realismus verkauft wurde, einer mangelgeborenen Bescheidenheit. Nicht zum Vorteil der Gebäude.

Ein Potjomkinsches Dorf, das uns Provinzlern die Welt erklärte. Hier auf diesem Bahnhof wurde den Reisenden von den Errungenschaften einer guten Planwirtschaft erzählt.

Dabei verrannte man sich in eine inhumane Scheußlichkeit. Ich bemühte mich zu verstehen, dass Berlin an der Nahtstelle zum Imperialismus natürlich gute Propaganda leisten musste.

Ich suchte mir einen Platz an der Wand. Dort wollte ich mich weniger einsam fühlen, beim Warten, bis mein Zug kommt. Hier oben fehlten die Geräusche des Bahnhofs. Kein Rattern der Züge, kein lautes Einfahren, nicht mal die Ansagen des Bahnhofs wurden hier her übertragen. Man sollte in peinlicher Ruhe seine Erholung finden. Ein Dutzend Gäste saßen verstreut in diesem übergroßen Restaurant. Die meisten tranken Bier und lasen Zeitung. Wirkten aber trotzdem verloren. Es half nicht, mein Trekking-Rucksack passte genauso wenig in diese Umgebung wie ich. Aber ich sah nirgendwo ein Schild: »Nur für ordentliche Reisende« und wollte bedient werden. Aber das dauerte ja bekanntlich, wie schon in unzähligen anderen Geschichten beschrieben.

Für mich war es normal, auf alles Mögliche zu warten. Schließlich mussten wir uns erst um den Aufbau des Sozialismus kümmern, und die Freundschaft zur Internationalen Arbeiterbewegung. Das braucht seine Zeit. Also Warten. Das galt für Berlin genauso wie für den Rest der Republik. Obwohl sich Ende der 80er schon niemand mehr für die Internationale Arbeiterbewegung interessierte, hielt sich dieses Argument für schlechten Service im ganzen Land. Die Kellnerin bemerkte mich schließlich und ich konnte meinen Tee bestellen.

Und doch gab es Unterschiede. Eine Stadt, die der westlichen Welt viel näher war als sonst was. Erst heute wundere ich mich darüber, dass ich Berlin immer so gesehen habe.

Als Beweisstück. In Berlin wurde der Sozialismus in seiner versorgungsreichsten Form gespielt. Während wir auf dem Land bereits Witze erzählten: »Was ist wenn der Sozialismus in die Wüste kommt? 10 Jahre nichts und dann wird der Sand knapp.«

So wie die Berliner wollten wir alle leben. Frische Semmeln und Anoraks für alle. Das Ausstellungsstück: Berlin, als Hauptstadt der DDR, sollte als Flaggschiff der Welterneuerung bewundert werden. Und es ist gelungen. Ostberlin war für mich ein politisches Statement. Ein Auftrag für uns, an den Siegeszug zu glauben. Berlin war nicht einfach nur Stadt, sondern Teil eines großen Planes: Hauptstadt. Wie es an jedem Straßenschild stand. Jede kleine Umgebungskarte musste Platz für den ganzen Satz finden: Berlin – Hauptstadt der DDR. Wir sollten stolz sein.

Medial nicht mal blöd oder ungeschickt begleitet. Das offizielle Berlin präsentierte sich mit seinen jungen Alleen, mit glücklichen Menschen, die in toll ausgestatteten Läden einkaufen gingen. Meist mit Kinderwagen, wegen des eklatanten Arbeitskräftemangels und weil der Begriff »Vorsorge« nur im Westfernsehn gebraucht wurde. Unter dem Schirm der Partei braucht es keine eigene Zukunftsplanung. Die Berichte von winkenden Jugendorganisationen und singenden Bauarbeitern beeindruckten selbst mich. Mein Vater war auch Maurer und ich wusste, dass er einen fröhlichen Arbeitsplatz hatte.

In Berlin gab es öfters Bananen, öfters Kacheln. Nach Berlin schaute die Welt. Und wenn man besonders schöne Vorhänge im Osten haben wollte, war man gut beraten, eine

Tante in Berlin zu haben, die mit der Stoff-Verkäuferin befreundet war. Dann würde die Wohnung bald wie im Quelle-Katalog aussehen.

Diese Bahnhofs-Gaststätte hatte nichts vom Quelle-Katalog. Hier schien sich jemand mit der facettenreichen Produktpalette der DDR gespielt zu haben. Plaste-Plüsch der 80er in ostdeutscher Ausprägung. Diese Modephase mutete selbst im Westfernsehen schon komisch an. Dort gab es wenigstens Farben. Aber das ostdeutsche Braun ist eine Unfarbe. Es vermengt geschmackliche Verirrungen mit Desinteresse etwas schön zu machen. War diese absichtliche Missachtung systemimmanent? Ich hoffte auf ästhetisches Unvermögen. Dort in diesem Restaurant, das schlechter eingerichtet nicht hätte sein können.

Draußen gingen die Lichter an. Wie jeden Abend deckte die Dämmerung die Stadt zu. Die milchigen Farben der letzten Sonnenstrahlen taten der Restaurant-Atmosphäre auch gut. Meine Unsicherheit hatte sich gelegt, ich hörte auf zu schimpfen.

Klassenausflug / Fernsehturm

Ein Ausflug mit der Klasse sollte mich an die bedeutenden Stellen unserer Hauptstadt bringen. Das war eines der wenigen Male, dass ich den Bahnhof Schönefeld in Richtung Alexanderplatz verließ. Die S-Bahn sollte die 20 aufgeweckten jungen Leute bis zum Fernsehturm, Palast der Republik, Pentagon-Museum bringen. Der Fernsehturm war das erste Ziel unserer Besichtigungstour. Wahrzeichen der DDR. An der Weltuhr, mit der sich der Alexanderplatz zum Nabel der Welt aufspielte, war eine Stunde später Treffpunkt.

Wir sollten FDJ-Hemden tragen, zumindest für den Fernsehturm kurz überziehen. FDJ-Gruppen wurden beim Einlass zum Fernsehturm bevorzugt behandelt – als Werbemaßnahme für die Westler zum Herzeigen, wie gerne wir unsere Blauhemden trugen. »Real-Time-Advertising« würde man heute dazu sagen. Was weiß ich. Wir zogen unsere zerknitterten Hemden aus der Tasche und trafen uns an der Weltuhr. Blauhemden also. Wenn eine Show absurde Formen bekommt, ist es Zeit aufzuwachen. Wir hätten uns mehr darüber wundern müssen.

Eine Manifestation eines latenten Geistesschwunds im Arbeiter- und Bauernstaat. Absurdität greift Raum. Keiner aus meiner Klasse wollte sich mit DDR-Insignien zeigen und auf »stolz« tun. Ich war mir selbst peinlich.

Wer nicht in einem Staat gelebt hat, der solche und andere Dinge von einem verlangt, kann es sich leisten, mit dem Begriff Selbstbestimmung sentimental oder pathetisch umzugehen. Blauhemd anziehen oder nicht. Selbstbestimmung war da nicht mal vorgesehen. Die Partei bildete Meinung, sonst niemand. Das ist doch Schikane oder ein Zeichen von Neid und Dummheit. Aber niemand hat das Recht ein Idiot zu sein, und keine Politik hat das Recht, den Einzelnen als solchen zu behandeln. Angezogen wurde, was vorgeschrieben war. Ich protestierte nicht, weil Protest nicht vorgesehen war.

Der Trick mit den Blauhemden funktionierte und wir waren in kurzer Zeit auf über 100 Metern, während die Normalos in Bunt sicher noch Stunden unten warten würden.

Ich hatte mir Berlin groß vorgestellt, aber so groß? Es gab keinen Kern, kein Innen und kein Außen. Haus an Haus, Grünfläche an Grünfläche, und doch ging die Stadt weiter. Bis die Erdkrümmung dem Auge eine Grenze setzt. Und bis zur Mauer.

Auch Berlin teilte man als Sitz aller vier Besatzungsmächte auf. Das wusste ich aus dem Geschichtsunterricht. Dabei verhandelten die Russen besonders gut und bekamen das größere Stück vom Kuchen. Ein Vierteljahr nach Kriegsende schrieb man die deutsche Teilung unwiderruflich fest: im Potsdamer Abkommen. Ich wusste auch, dass die Guten auf unserer Seite der Mauer leben und die Bösen auf der anderen Seite. Soweit die Geschichte. Für mich war das so. Aber ich kannte nichts anderes, hatte bisher keine Vergleichsmöglichkeiten und weder Anlass noch Gelegenheit irgendetwas in Zweifel zu ziehen. Kinder verkraften Weltgeschichte relativ leicht und stellen keine Fragen. Aber 1984 war ich kein Kind mehr und die alten Versatzstücke bröselten. Von dort oben schaute ich aber nur auf die Mauer, die euphemistisch »antifaschistischer« Schutzwall genannt wurde, wahlweise auch »imperialistischer«. Dieses Gebilde hatte mir eine Schonfrist verschafft, in der ich wie in einer geschützten Werkstätte groß werden konnte. Die Käseglocke: Sozialismus. Unhinterfragt hingenommen.

Der Deutungsnotstand lag hier ausgebreitet vor meinen Augen. Sie war da. Sie war immer da – die Mauer. Sie tat weh. Sie tat mir weh. Womit ich nicht gerechnet hatte, war der Unwille, mich diesem Diktat unterzuordnen. Jeder Mensch will frei sein. Jeder Mensch hat einen inneren Wächter in sich, der danach schreit nichts vorgeschrieben zu bekommen. Eine gesunde Instanz. Wenn der sich meldet, beginnt der Gewissenskonflikt. Jede kleine Entscheidung wird zum Überlebenskampf. Alltagsfragen bauschen sich zu Grundsatzentscheidungen auf. Ich schämte mich. Ich schämte mich für diesen Menschenschlag, der so etwas in die Landschaft und das Leben eines ganzen Volkes setzte. Eine tiefe Abneigung angesichts der klaren Teilung, die sich durch die Stadt zog. Wird eine Stadt schizophren? Mit einer solchen Narbe?

Ich habe nicht nach der anderen Seite der Mauer geschrien; nein, ich hatte damals genug zu tun und zu erleben. Die DDR war groß genug für mich. Aber es macht eben doch einen Unterschied, von einer Mauer umgeben zu sein oder eben nicht von einer Mauer umgeben zu sein. Ich schaute auf den 20 Meter breiten Streifen, ohne Grashalm, ohne Leben, damit kein Fußabdruck im Sand zum Zeugen werden konnte. Dieses tönerne Band wälzte sich durch die Stadt und grenzte Lebensbereiche mit Beton von einem zum anderen ab. Eine Illusion, als läge einfach nur Wald dahinter. Privatbesitz, den man nicht betreten darf. Und überhaupt, russische Armeegebiete waren auch abgesperrt. So ist die Welt. Naturgegeben. So auf der normalen Seite. Manchmal übernahm sogar die Spree diese Aufgaben. Fast romantisch. Grenze. Vom Gipfel des Fernsehturms lag die Spree friedlich in ihrem Flussbett und war nur wenige Zentimeter breit. Und in der Mitte dieses gemeinsam strömenden Wassers war die Staatsgrenze. Das Normalste auf der Welt. Mitten im Wasser, so hieß es, so habe ich's gelernt. Die andere Uferseite war das Land der Anderen, dazwischen Niemandsland. Danach betrachtete ich Wasser ganz anders. Darüber sollte man sich nicht so viele Gedanken machen: Ostwasser, Westwasser. Unsinn! Als wenn die Natur eine Demarkationslinie verhübschen könnte.

Ein Betriebsunfall? Eine politische Utopie, die sich in ihren Spruchbändern selbst verherrlichen ließ? Ich schämte mich für das blaue Hemd, das ich trug und für diese Mauer, die ich vor mir so ausgebreitet sehen musste. Obwohl ich mir nicht mal ein Leben ohne Mauer vorstellen konnte.

Es ist diese Mauer im Kopf, mit der wir aufgewachsen sind, die uns mit ihren Aussagen ein Monopol auf die Wahrheit vorgaukelte. Eine Mauer, die zu unterschiedlichen Erfahrungen zwang, und damit zu einem ganz unterschiedlich gelebten Leben. Eine ganze Generation wurde in eine Sozialisation gepresst, die zum Gehorchen zwang und damit zur Unfähigkeit vergatterte. Üben zu können bestimmte Ansprüche zu relativieren und zu mäßigen, wie es einem erwachsenen Menschen eigen ist. Wir kämpfen immer noch um die neu zu erlernende Selbstbestimmung, die andere mit ihrer rechten Gesinnung mit Füßen treten.

... und der Westzug fährt durch

Ich war in Oranienburg mit ein paar Freunden verabredet. Für mich hieß das, in Berlin-Schönefeld die S-Bahn nehmen und durch die Stadt fahren. Am Ostkreuz umsteigen und in Richtung Nordosten die Reise fortsetzen. S-Bahn fahren in Berlin blieb für mich etwas Besonders, fast wie ein Abenteuer. Ich fuhr sozusagen mit einem regionalen Verkehrsmittel in die Stadt, auf der anderen Seite zwar wieder raus, aber ich war meinem Großstadtgefühl näher. Ich wartete auf Inspiration.

Es dauerte lange, bis ich bemerkte, dass ich im falschen Zug saß. Das Gefühl ein Landei zu sein beißt immer. Lieber doch jemanden fragen, als in einer Stadt wie Berlin bis zum anderen Ende zu fahren. Und überhaupt, vielleicht fährt diese S-Bahn ja nicht im Kreis. Was weiß man? Also aussteigen und fragen und schlimmstenfalls zum Ausgangspunkt zurück.

Der Zufall stellte mich auf einem Bahnsteig ab, an dem jeder zweite Zug mit: »Vorsicht, Zug fährt durch« ohne Halten weitergeleitet wurde. Eingebremst in der Erwartung des eigenen Zuges. Meine Gedanken stocherten in aufgebrachter Verwirrung herum. Erst beim dritten oder vierten Mal bemerkte ich die Regelmäßigkeit. Langsam klingelte es. Das sind die Züge aus dem Westen. Verstörend irgendwie. Nicht, weil er nicht im Fahrplan eingetragen war, oder zu den Schnellzügen gehörte, sondern, weil dieser Zug in diesem Stadtteil nie halten würde. Damit begann das Observieren. Wie im Zoo betrachtete ich diese kurze Sequenz, aus der wir uns Erkenntnisse erhofften. Wollte erhaschen, was ich mir vom Westen vorstellte. Alle schauten wir uns an, ob wir im Anderen unsere Zuschreibungen erkennen konnten. Der Wessi, der Ossi, in seiner Prototypausführung. So kam ich mir vor, als ich kapiert hatte, dass das die West-Züge waren, die hier nur für einige Stationen durch den Osten fuhren. Die anderen, denen man schon von außen ansah, dass sie aus dem Westen kamen.

Dort auf dem Bahnhof mischten sich die Stimmungen, die mir bis dahin völlig fremd waren. Mit jedem Zug, den ich durchgeleitet auf diesem Bahnsteig erlebte, fühlte ich mich einsamer. Eine kalte Einsamkeit, weil der Feind fehlte. Wen sollte ich anklagen, dafür, dass diese Züge hier nicht hielten?

Dabei ging es nicht darum, dass ich diese S-Bahnen benutzt hätte. Ich musste eh in eine andere Richtung. Allein, dass es so etwas gibt? Die einen sitzen auf dem Bahnsteig und die anderen im Zug. Austausch ist unmöglich. Die Völkerfreundschaft hatte als Argumentationskette ausgedient.

Festgelegt und entschieden für alle. Das war es vor allem, was ich der DDR vorwarf: dass sie mir für den Rest meines Lebens Arrest auferlegte. Einem Menschen vorzuschreiben, mit welchen Menschen er sich trifft? Dass sie mir verwehrte, meiner Neugier, meinem Fernweh, meiner Sehnsucht zu folgen. Und allein dieser Wunsch galt als Staatsverrat und konnte, wenn ich Pech hatte, das Leben kosten. Warum hauten wir nicht alle ab? Nicht weil wir weg wollten, sondern weil man Menschen nicht einsperrt. Auf einmal fühlte ich mich fremd in meiner Hauptstadt.

Nur in der Nacht: In der Nacht war Berlin eine gemeinsame Stadt. Lichter wurden auf beiden Seiten angezündet. Eine Metropole entstand, die Gelassenheit ausstrahlte, trotz Teilung, trotz Mauer, ein freches Aufbegehren gegen Bevormundung im Dunklen. Diese unglamouröse Seite hat sich Berlin bewahrt, sich jede Nacht selbstvergessend im Lichtermeer zu verbinden.

Gen Osten.

Wir schrieben das Jahr 1989, Anfang Dezember. Solche Zeiten sind längst in den Geschichtsbüchern aufgenommen.

Inzwischen schwärmten Wessis auf dem Bahnhof herum. Viele sahen aus wie Politiker, die auch nicht freiwillig kamen, oder wenn, dann aus Sensationslust. »Ich war gleich 89 im Osten«. In ein paar Jahren würden manche besonders gefinkelten Angeber von den »Mai-Verkäufen« sprechen, die sozusagen den Ausverkauf schon im Mai 89 beschlossen hatten. So was wird ja gern zurück datiert.

Wir stehen auf dem Berlin-Schönerfelder Bahnsteig und warten auf unseren Zug in Richtung Osten. Wenige stehen im Moment auf diesem Bahnsteig, eigentlich eh nur wir. Meine letzte Klassenfahrt mit den Leuten, mit denen ich damals fast 10 Jahre das Wissen der Nation inhaliert hatte, inklusive Mauerfall und Coca-Cola für alle. Die Grenzen in Richtung Westen waren offen, doch wir blieben bei dem Entschluss, zu den Russen zu fahren. Als hätten die letzten Wochen des Mauerfalls nicht stattgefunden. Die flüchtigen Momente der ganzen Wendungen, Verhandlungen, Beschlüsse. Die Ereignisse dieser Monate im Herbst 89 überschlugen sich. Dort auf dem Berliner Bahnhof spotteten wir noch, ob wir die Schilder: Berlin, Hauptstadt der DDR klauen sollten, weil die in einer Woche sicher weg sein würden. Wir klauten nichts, verabschiedeten uns gebührend mit einigen Flaschen Bier und bestiegen unseren Zug in Richtung Gorbatschow.

Die Gegensätze scheinen entweder schon im Geschichtsbuch zu stehen oder von der gefräßigen Zukunft verschlungen zu werden, die nur noch mit immer neuen Veränderungen befriedigt werden kann. Veränderungen kündigten sich stündlich an. Zeitunglesen war auf einmal wieder Pflicht. Das langweilige theatralische »als ob« hatte ausgedient. Neue Ideen waren noch nicht ausgereift. Verwirrung gab es ausreichend. Nur Gorbatschow folgte man damals bei seinem einsamen Abenteuer. Allein seine Courage, eine Politik für möglich zu halten, die sich emanzipatorisch an den erwachsenen Bürger und damit an eine gesunde Gesellschaft wandte, machte ihn zum Helden bevor das laue Lüftchen seiner Ideen in Berlin ankam.

Ich fahre durch die geöffnete Stadt

Weihnachten 1989 wollte ich das erste Mal die Strecke weiter bis nach Hannover fahren. Ich hatte Glück, mein Onkel wohnte dort. Bis Berlin-Schönefeld, dann umsteigen in Richtung Magdeburg. Soweit alles bekannt. Meine handgeschriebene Fahrkarte trug ich wie eine Trophäe vor mich her. Werde ich einen Unterschied erkennen? Sieht man der winterlichen Natur die Gesellschaftsform an?

In Wirklichkeit begannen die Neuerungen dieser Reise nicht in Magdeburg, sondern bereits in Berlin. Genau genommen als ich das erste Mal an der Mauer entlang nach links in eine fremde Stadt einbog. Das erste Mal, ist das erste Mal, ist das erste Mal. Der frühere Interzonenzug zwischen Berlin-Zoo und Hannover war mein Reisemittel. Jahrelang habe ich mir gewünscht, in diesen Zug steigen zu können. »Ab jetzt fährt man vom Westen ab.« Eine eifersüchtige und rührende Loyalität zu Berlin-Schönefeld befiel mich. Und mischte sich mit meinem Hass, meinem Zorn, meinen Ängsten und mehrten damit das Verlangen, ein anderes Leben zu führen.

Es war nicht der Abfahrtsbahnhof, dessen ich entledigt war. Nein. Die abgenommene Entscheidungsfähigkeit nahm mir das Recht und die Pflicht mein eigenes Leben zu meistern. Bis ich mir versagte, mit einem Blick auf die Welt mein Verhalten zu bestimmen. Bis es normal war, dass alles vorgegeben war. Vernünftiges Abwägen und gesunder Hausverstand waren schon vor meiner Zeit abgeschafft. Der idiotische Geist ist leichter zu führen. Falls meine Mitbürgerinnen und Mitbürger, die Nazilieder grölen und »Ausländer raus« schreien, eine Erinnerung brauchen. Dabei wäre die wirkliche Absage ans System, sich um seine eigene Bildung zu kümmern.

Inzwischen habe ich die Welt gesehen, meist von Tegel aus. Habe mehr als 20 Jahre Westen hinter mir. Nicht alles ist gut geworden. Das Seichte in dieser Gesellschaft, die ausgebreitete Dummheit und Oberflächlichkeit ärgern mich. Die Parolen der menschenentleerten Geschäftswelt sind mir suspekt. Karrierewahn und Konsumsucht werden unterschwellig eingefordert. Ich kann mich entscheiden, nicht mitzumachen. Oder wenigstens meinen Zweifel anmelden. Nicht jeder hat Lust auf eine Ellenbogen-Mentalität. Ich kann meine Meinung kundtun, ohne Lebensangst zu spüren. Ich habe heute die Freiheit zu entscheiden.

1989 auf dem Bahnsteig Berlin-Zoo war ich noch so ergriffen von dem Neuen, was mich erwartete. Jugendlich, mit gutem Willen, Tatkraft und Hoffnung wollte ich mein Leben gestalten. Ich sehnte mich nach der Souveränität des Geistes, Interessen herauszubilden und diesen nachzugehen. Das Recht nämlich auf persönliche Erkundungen und gedankliche Abenteuer, das Ausprobieren von Möglichkeiten und Lebenswegen. Das über sich Hinauswachsen, als Grundrecht und als eines der fünf Merkmale des Lebens.

Berlin ist wieder eine Stadt.

Leopold Federmair

wurde in Oberösterreich geboren und studierte in Salzburg. Er lebt nach Aufenthalten in Paris, Catania, Wien, Mexiko-Stadt, Buenos Aires, Nagoya und Osaka heute in Hiroshima. Er ist Autor und Übersetzer. Er übersetzte u. a. Werke von Michel Houellebecq, Ricardo Piglia oder François Emmanuel. Als Autor veröffentlichte Leopold Federmair zuletzt den Essayband *Buenos Aires, Wort und Fleisch*, den Roman *Erinnerung an das, was wir nicht waren* und den unklassifizierbaren *Scherbenhügel.*

Leopold Federmair

Buenos Aires: Der Schwindel der Ebene

Blättert man in dem reich bebilderten Band *El Buenos Aires de Borges* von Carlos Alberto Zito, stellt man fest, dass eine Gegend der Stadt völlig fehlt: der Hafen. Dabei ist Buenos Aires eine Hafenstadt, der Fluss auf dieser Höhe ungeheuer breit, das uruguayische Ufer außer Sichtweite, die Nähe des Meeres spürbar – manche behaupten, man könne es riechen. Dennoch kommt der gewöhnliche Stadtbewohner mit dem Hafen kaum in Berührung, allenfalls bei der Schiffsanlegestelle am Ende der Avenida Córdoba, nachdem sie, wie die anderen Straßen auch, ein paar Meter zum Flussspiegel hin abgefallen ist.

Zwischen dem Bahnhof Retiro, von dem aus man an die Atlantikküste und nach Patagonien reist, und der Absperrung zum Hafengebiet erstreckt sich die Villa 31, eines der ältesten Elendsviertel von Buenos Aires, ein Wildwuchs von zum Teil drei- und vierstöckigen Hütten. Weiter draußen sieht man die Greifarme der Kräne und Containergebirge, Laster rumpeln über breite holprige Straßen, aber auf die Idee, bis zum Flussufer vorzudringen, kommt hier niemand. Auf seinen Spaziergängen vor fast hundert Jahren suchte Jorge Luis Borges die Stadtränder auf, die Übergänge zur unermesslichen Pampa, wo er sich dem »Schwindel der Ebene« hingab, wie Drieu La Rochelle, bei den argentinischen Dichtern zu Besuch, die Empfindung bezeichnete.

Seit der Krise 2001/02 und dem darauffolgenden Wirtschaftsaufschwung hat sich am Fluss einiges geändert. Man besucht heute nicht nur die Reserva Ecológica mit ihren Büschen und Tümpeln und Vögeln und schwulen Paaren, die die Schleichpfade kennen, sondern auch Puerto Madero, also die Zone hinter den Docks, den letzten Fortsätzen des Flusses. Hier hat man die alten Silos und Lagerhäuser demoliert, einiges davon sogar erhalten oder in postmoderner Manier in neue Bauprojekte eingebunden und im Zeitraum von wenigen Jahren ein Wohngebiet mit vierzig Etagen hohen Türmen, neuen Parks und schicken Restaurants aus dem einst staubigen Boden gestampft.

Die neu angelegten Straßen sind hier ausschließlich nach Frauen benannt, die meisten von ihnen lateinamerikanischer Herkunft. Eine neue Straßenbahn führt von der Schiffsanlegestelle ein paar Stationen bis zur Avenida Independencia, also gewissermaßen ins Nichts, kaum jemand kommt auf die Idee, damit zu fahren. Die Straßenbahn weckt beim aufmerksamen Spaziergänger Fragen nach dem Warum, nach den Hintergründen dieses gewaltigen Neubauprogramms, und fragt man Bekannte oder Taxifahrer danach, kommt immer dieselbe bündige Antwort: Geldwäsche. Sicher ist, dass im neuen Puerto Madero nur Reiche wohnen. Dennoch spaziere ich hier gern herum, sitze in den Cafés vor den Wasserbecken des Docks, besuche das Museum mit der Kunstsammlung einer der reichsten Personen des Landes, Amalita Fortabat, darin das Herzstück, ein 1982 von Andy Warhol angefertigtes Porträt der Sammlerin, das sie eher als gediegene nordamerikanische Dame mit verwehtem Marilyn-Monroe-Appeal erscheinen lässt.

Schon in der Nähe des Retiro-Bahnhofs, wo nicht viel Platz ist für Neubauten, steht das Hotel de Inmigrantes, heute ein Museum, das die Geschichte der Einwanderung dokumentiert, damals die Anlaufstelle für die Scharen von mittellosen Europäern auf der Suche nach dem Glück in der Neuen Welt, die meisten von ihnen Süditaliener, die bald die Alltagskultur der Stadt zu prägen begannen, aber auch Osteuropäer, Juden, Basken, Galicier ... Zu Beginn des 20. Jahrhunderts wuchs Buenos Aires im Eiltempo, 1914 waren etwa sechzig Prozent der Porteños Ausländer. Viele wohnten eine Zeitlang im Hotel de Inmigrantes (wo auch die Einwanderungsbehörden untergebracht waren), ehe sie in die Provinz weiterwanderten oder in der Stadt ansässig wurden, etwa im nahe gelegenen Stadtteil La Boca, an der Mündung des Riachuelo, eines faulig riechenden, schwärzlichen Flüsschens. La Boca mit seinen für Buenos Aires nicht unbedingt typischen, farbig bemalten Wellblechhäusern (von denen die allermeisten verwittert und ungemütlich sind, nur zwei Straßenzüge werden für Touristen instand gehalten) ist für Borges ein eher abstoßender Ort, den er erwähnt, wenn er seinem antiitalienischen Ressentiment freien Lauf lässt. In seinen reifen Jahren hat Borges diese Einstellung ironisiert, ohne sich entschieden von ihr zu lösen. Er selbst sah sich als Nachkomme der spanischen Gründungsväter und war stolz auf den englischen Zweig seiner Familie.

Geht man vom Hafengebiet wieder stadteinwärts, durchquert man zunächst den Bajo, der in einigen Erzählungen von Borges vorkommt. Wegen seiner Hafennähe früher ein Ort von Spelunken und Bordellen, hat der Bajo heute sein Gesicht verloren. Er ist nur noch die Senke, wo es plötzlich nach unten geht, bevor die eigentliche Stadt zu Ende ist. Vor Jahrhunderten reichte das zuweilen »löwenfarbene« (Gombrowicz), öfter bräunliche Wasser des Río de la Plata bis hierher. Zehn oder fünfzehn Kilometer weiter nördlich, bei den Barrancas von Belgrano, ist noch etwas von dieser präurbanen Zeit spürbar, wenn man, den Rücken zur Hochhausfront gewandt, vor den abschüssigen Wiesen steht und zwischen den ausladenden Ästen der Ombu-Bäume den hier schon fernen Flussstreifen ahnt, den man tatsächlich erst von den oberen Stockwerken der Häuser aus sehen kann.

Unwillkürlich habe ich hier die Nord-Süd-Achse der Stadt beschrieben. Die Geografie legt dieses Verfahren nahe. Durch den Fluss ist Buenos Aires nach Osten hin streng begrenzt, die Erweiterung findet heute vor allem in westlicher Richtung statt. Dort erstreckt sich das übel beleumdete Gran Buenos Aires, Stammgebiet des volkstümlichen Peronismus, heute zuweilen Schauplatz von Erzählungen jüngerer Autoren und von Songs der lokalen Rockmusik. Zu Borges' Zeiten sahen die Stadtränder noch etwas anders aus, mit einstöckigen Häusern und Ladenschenken und Pferdekarren. Der Dichter konnte die geliebten Sonnenuntergänge in aller Ruhe genießen.

Und das Zentrum? Borges mied es, aber im Alter nahm er dort Wohnung, zwangsläufig, da er sich nach seiner Erblindung nicht mehr in alter Freiheit fortbewegen konnte und das Vermögen der Familie geschrumpft war. Mit seiner Mutter bewohnte er eine kleine Wohnung am Ende der Calle Maipú, im »Microcentro« der Banken und Büros und viel zu engen Straßen, durch die rücksichtslose Busse rattern – die einstigen Straßenbahnen, in denen Borges sich fortbewegte,

Dantes *Divina Commedia* auf dem Weg zu seiner Arbeitsstelle in einer kleinen Stadtteilbibliothek lesend, sind längst aus dem Straßenbild verschwunden, nur da und dort erinnern überflüssige, halb im Asphalt versunkene Schienen an die Vergangenheit.

Trotz allem gibt es sie noch, die stillen Wohnviertel zwischen Microcentro und Banlieue. César Aira, alles andere als ein realistischer Autor, hat das seine in *Die Nächte von Flores* beschrieben. Cafés an den Straßenecken mit tief gesetzten, holzgerahmten Fenstern sowie Obst- und Gemüsehandlungen, aus denen, fast ein Hohn auf die stadtübliche Schlamperei, Pyramiden von Äpfeln und Orangen leuchten, prägen das Straßenbild. Die leicht gewölbten, oft kopfsteingepflasterten Straßen sind von Bäumen gesäumt, deren Wipfel einander in der Höhe begegnen. Oft kreuzt eine lichtdurchflutete Akazienallee eine Allee von dunkleren Tipa-Bäumen, und die Fliesen der Bürgersteige, deren Pflege den Hausbesitzern überantwortet ist, werden von den Wurzeln angehoben und manchmal gesprengt. Die Harmonie besteht zumindest in den besseren Vierteln fort; in den weniger guten kann das simple Gehen ob der privat-öffentlichen Verwahrlosung zum beschwerlichen Abenteuer werden.

Weniger beschaulich als Belgrano oder Villa Urqiza sind dem Zentrum nähere Viertel wie Once oder Constitución, in deren Mitte sich eingedunkelte, schlecht beleuchtete Bahnhöfe befinden, wobei Once zudem als jüdisches Viertel mit zahllosen kleinen Stoff-, Bekleidungs- und Krämerläden bekannt ist. Once ist der Schauplatz vieler Erzählungen von Marcelo Cohen, während Fabián Casas, einer der begabtesten Autoren der jüngeren Generation, seine durchaus weltliterarischen Kreise von Boedo aus zieht, einem (ehemaligen) Arbeiterviertel, das ein Tango-Lied von Homero Manzi als *barrio de tango* feiert.

Borges schaute gern vom eisernen Fußgängersteg über die Geleise von Constitución auf die ein- und ausfahrenden Züge. Der plebejische Pop-Dichter Washington Cucurto hat in den letzten Jahren einen neuen Mythos dieses Viertels geschaffen, wo Cumbia-Tanzlokale, Geschäfte mit billiger Fälscherware, paraguayische und bolivianische Dienstmädchen vorherrschen. Der emphatische Süden, den Borges meinte, wenn er einer Erzählung den Titel *Sur* gab, ist nicht weit, man kann ihn zu Fuß erreichen: San Telmo und die von Antiquitätenläden umgebene Plaza Dorrego, wo Straßenmusiker und Tangopaare die Passanten – darunter mehr und mehr ausländische Touristen – erfreuen. Gemäß Borges ist San Telmo das materialisierte »Urbild von Buenos Aires«. Hier wohnte im 19. Jahrhundert die bessere Gesellschaft, ehe sie in den Jahren nach der Gelbfieberepidemie von 1871 (der ein Großteil der damals zahlreichen schwarzen Bevölkerung zum Opfer fiel) nach Norden »auswanderte«, in die Gegend, die heute als Barrio Norte bekannt und von eleganten Wohnhäusern geprägt ist, die überwiegend die alte Pariser Architektur zum Vorbild hat.

Die meisten Wohnpaläste von San Telmo sind heruntergekommen, oft von obdachlosen Familien besetzt, besser erhalten die bescheideneren »italienischen« Häuser mit ihren langen Gängen und versteckten Innenhöfen, der ganze Stadtteil von grober Modernisierung zerzaust und von einer in den Jahren der letzten Militärdiktatur errichteten Stadtautobahn zerschnitten. Dennoch bewahrt San Telmo etwas vom alten

Charme; das Nebeneinander von Verwahrlosung, inszenierter Nostalgie und echten Neubelebungsversuchen macht das Viertel besonders für Intellektuelle anziehend. »Der Westen ist eine heterogene Rhapsodie von Formen des Südens und Formen des Nordens«, schrieb Borges. »Der Norden ist das unvollkommene Symbol unserer Sehnsucht nach Europa.« Borges meint mit dem Wort »Rhapsodie« hier nicht ein Musikstück, sondern eine epische Dichtung, erzählende Weitung: Projektion der für Buenos Aires konstitutiven Nord-Süd-Achse in die Weite des Westens, die für ihn der Inbegriff des Unendlichen war.

Ralph Doege

wurde 1971 in der Nähe von Osnabrück geboren und studierte Bibliothekswesen in Leipzig. Er ist Verfasser von mehreren Essays und Erzählungen, die in verschiedenen Magazinen und Anthologien veröffentlicht wurden. Seine Erzählung *Schwarze Sonne* brachte ihm 2005 Nominierungen für den Kurd Lasswitz Preis sowie den deutschen Science Fiction Preis ein. 2010 erschien sein erster Erzählband mit dem Titel *Ende der Nacht*.

http://endedernacht.twoday.net

Ralph Doege

Lissabon: Boca do Inferno (Höllenmund)

»(...) das große Problem, das sich uns stellt, ist ja eben dies: Wie können wir dem abstrakten Universum, das wir uns selbst konstruiert haben, entfliehen? Wichtig ist nicht das Symbol an sich, sondern der konkrete Gegenstand, in dem es sich manifestiert.«

Mircea Eliade, *Die Brücke*. In: *Magische Geschichten*, S. 235

Auf der Dachterrasse breiteten sich bereits Schatten aus, und ich las erneut Pessoa; es war wie eine Sucht. Aicha neben mir, die braunen Beine auf den klapprigen Holzstuhl gelegt. Die Sonne setzte bereits zur Landung an, und die Hitze wurde allmählich erträglicher. Ich liebte den Geruch der gekalkten Wände im Schatten.

Jeden Tag kam Hans um diese Zeit hierher. Er musste inzwischen auf die 90 zugehen und lebte seit fast 70 Jahren hier in Lissabon. Er stellte eine Flasche Rotwein und drei Gläser auf den Tisch. »Pessoa«, sagte er. »Habe ich euch davon erzählt, dass ich ihm und Aleister Crowley begegnet bin?«

Ich entkorkte den Wein, dessen Aroma sich mit der Kühle des Schattens verband.

Hans begann in seiner unnachahmlichen Art zu erzählen:

»Die Wirklichkeit ist der Schatten des Wortes«, schreibt Bruno Schulz, demnach liegt hinter der sich ausbreitenden Dunkelheit vielleicht die Wahrheit verborgen, falls das

Dunkel nicht selbst Teil der Wirklichkeit ist, wovon ich ausgehe. Bevor die Zeit mir ihrerseits einen Schatten auferlegt und die letzten verbliebenen Bilder entreißt, will ich euch von der Begegnung erzählen. Schatten spielen darin eine gewisse Rolle. Vor wenigen Jahren las ich ein japanisches Buch, in dem der Autor sagte, ein Schatten sei im Vergleich zu seinem formgebenden Ding (ein Baum zum Beispiel) schwächer ausgeprägt und flüchtiger, aber letztendlich drücke der Schatten die Essenz des Baumes aus. Wie hieß er noch, der Autor? ... Ma...ru... ya – genau. Interessanterweise bezog sich Maruya in dem Text auf eine andere Erzählung, die er gelesen hatte, er war sich nicht mehr ganz sicher, glaubte aber, dass sie von Nabokov stamme. Die Jahre legen einen Schleier über meine Erinnerungen und mit dem Fortschreiten der Jahre verschwimmt alles zu Symbolen ... oder vielmehr zu Atmosphären. Man kann etwas »Neues« erleben – obwohl das mit dem Alter immer schwerer wird –, hat aber das Gefühl ... wie soll ich das nennen? Zwei unterschiedliche Erlebnisse können in einem Menschen die gleichen Gefühle und Assoziationen auslösen. Es ist ein unbewusster Prozess. Man setzt sich in einer Stadt, in der man noch nie gewesen ist, auf eine Bank und hat unbegründet das Gefühl von Glück. Die Herkunft dieses Gefühls mag unverständlich erscheinen, aber unbewusst werden vielleicht Erinnerungen wach an die vergangene Kindheit und der Auslöser dafür ist ein Schatten an einer Wand; ein Schatten, der an die Schatten des großen Baums erinnert, der draußen vor dem Kinderzimmerfenster stand, damals in glücklicheren Kindheitssommern. So in der Art war angeblich Nabokovs

Erzählung oder Maruyas Erinnerung an sie. Ob die Geschichte existiert, weiß ich nicht. Vielleicht war es nur ein literarisches Spiel Maruyas. Mich erinnert sie an zwei andere Erzählungen von Nabokov. Zum einen *Zeichen und Symbole*, in der ein Mann in einer Anstalt für Geisteskranke sitzt, weil er unter »Beziehungswahn« leidet: »(...) alles, was um ihn her geschieht, stehe in verschleierter Beziehung zu seiner Person und seiner Existenz«, glaubte er. In der anderen Geschichte erklärt die Schwester des Protagonisten ein komplexes System taktiler Wahrnehmung, das sie entwickelt hatte und das bewirke, dass ihr Dasein nur noch darin bestand, ein geheimnisvolles Gleichgewicht zwischen den Gegenständen zu wahren. Ist es nicht so, dass zwei unterschiedliche Dinge auf einer höheren oder tieferen Ebene gleich sein können? Wie oben, so unten – wie unten, so oben? Das alles ist eng verbunden mit meiner Ankunft in Lissabon und Pessoa und Crowley, denn denke ich an Nabokov, denke ich an Orangenschalen im Schnee – oder auch auf regenschwarzen Pflastersteinen. Und ich denke an Emigranten in Berlin; jenem Berlin, das ich Mitte 1930 verlassen hatte, also sieben Jahre vor Nabokov.

Die Angst stand im Vordergrund damals. Die Versicherungsfirma, für die ich arbeitete, schickte mich nach Lissabon, um dort ein oder zwei Jahre mit einer Partner-Reederei Verhandlungen zu führen und für alle Fragen bereit zu stehen. Angst war fast alles, was ich kannte, eingebettet in Melancholie und Entfremdung. Schaute ich von der Dachterrasse dieser Pension auf den Tejo, fragte ich mich, wieso ich hier war, wieso ich mich nicht geweigert hatte. Ich fühlte mich wie ein dickes, schwarzes Insekt auf einer weiß gekalkten Fläche – dem Blick der Fremde ausgeliefert. Alles erschien mir feindlich. In den überhellen Sonnentagen Portugals sah ich nur die Schatten. So erging es mir schon bei der Ankunft. Das Schiff näherte sich der Barre und der Bugio kam in Sicht: Ein kleiner Leuchtturm an der Mündung des Flusses, ehemals ein alter Wachtturm, dessen alles sehende Auge seine Runden zog. Schließlich der Torre de Belém, ein maurisch-gotisches Bauwerk militärischer Prägung. Man sagte mir, dass die Festungsanlage aus dem 16. Jahrhundert stammte. Obwohl die saphirblaue See, der klare Himmel, die weiße und bunte Häusermasse voller Licht waren, bemerkte ich vor allem die dunklen Gassen zwischen den Gebäuden, die schwarzgekleideten Menschen mit den von Sonnenlicht, Portwein und salzigen Tränen gebleichten Augen. Ein Fremder in einem fremden Land, gekommen, um eine langweilige Arbeit zu tun, die vornehmlich aus überflüssigem Papierkram bestand, dem Wälzen von Wörterbüchern und dem Ausräumen von Missverständnissen, denn ich sprach kein Wort Portugiesisch, vermutete jedoch inzwischen, dass »beber« trinken bedeutete; auch sprach ich kaum Englisch und nur sehr wenig Französisch – und um die Sprachkenntnisse meiner Verhandlungspartner war es nicht viel besser bestellt. Daraus konnte ich nur schließen, dass meine Vorgesetzten mich los werden wollten oder dem Projekt keine große Bedeutung beimaßen. Als Entschädigung dafür ließen sie mich aber die meiste Zeit in Ruhe, abgesehen von den wöchentlichen Berichten, die ich abzuschicken hatte und die womöglich niemals gelesen wurden, vermutlich in einem staubigen Archiv vergraben oder gleich weggeschmissen wurden, da ich weder eine Empfangsbestätigung erhielt noch auch nur einen Kommentar zu meiner Arbeit; dennoch getraute ich mich nicht, einen Bericht auszusetzen.

Ich kam im späten August 1930 nach Lissabon und bezog diese Pension, in der wir uns hier befinden. Schon zu jener Zeit gab es verschiedene Mietparteien, die ich aber kaum zu Gesicht bekam. Sie erschienen mir damals nur verdächtig und seltsam, wusste ich doch nicht, um was für ein Haus es sich handelte. Und bis heute weiß ich nicht, ob es sich um einen Zufall handelte, dass mir die Firma hier ein Zimmer besorgt hatte. Ich wüsste nicht, wie es zu so einem Zufall kommen sollte. Aber was sind schon Zufälle? Als »sinnlos« verkleidetes Schicksal.

Die seltenen Begegnungen auf dem Dach, meistens kaum länger als eine Zigarettenlänge, bei denen nur ein Nicken zum Gruße und manchmal der Austausch eines Lächelns oder Feuers geschah. Keine Worte, dem Äußeren nach ohnehin unmöglich, da Menschen aus allen Ländern hier unterkamen, selbst aus Afrika und Asien. Ähnlich exotisch erschien mir auch die kleine Apotheke, die zu diesem Haus gehörte: Auf ihrem Reklameschild sah man einen Skarabäus abgebildet, der seine vorderen Beine in einer fast sakralen Manier nach einer roten Kugel ausstreckte, was mir wie ein Scherz vorkam, dachte ich an meine Schulzeit zurück, denn mir war als eine Bezeichnung dieses Käfers »Heiliger Pillendreher« in der Erinnerung geblieben.

Aber ich wollte von Pessoa sprechen. Häufig saß er in einem Café, das auch ich gerne besuchte. Zwar sprach er scheinbar mehrere Sprachen, aber Deutsch gehörte nicht dazu. Auch kein Japanisch, das ich damals unter großen Mühen zu lernen begann, weil meine Firma mit Japan Kontakt aufnehmen wollte. Warum man mich erst Japanisch lernen ließ, um mich dann nach Portugal zu schicken, ist eine andere Geschichte. Es handelte sich um das übliche Kompetenzgerangel zwischen Vorgesetzten, zu langweilig und letztendlich zu unbedeutend, um es genauer zu erklären. Jedenfalls konnte ich mich mit Pessoa nicht unterhalten. Aber wir spielten dennoch oft gegeneinander Schach. Seit meiner Kindheit hatte Schach für mich etwas ... Mystisches, das ich assoziativ mit Zahnrädern verband. Es schien etwas über Leben und Realität auszusagen, das ich nicht in Worte fassen kann.

Manchmal erzählte Pessoa mir Dinge in Englisch oder Französisch, die ich nicht verstand oder deren Bedeutung ich mir aus den wenigen Worten, die ich kannte, zusammenreimte; und ich revanchierte mich mit Geschichten aus meinem eigenen Leben in Deutsch oder, wenn ich zu viel getrunken hatte, Japanisch. Pessoa war ein trauriger Mann – so wie ich, aber er hatte einen intelligenten Sinn für Humor und sprach extrem dem Alkohol zu. Damals wusste ich natürlich nicht, dass ich einem der größten Dichter der Literaturgeschichte gegenüber saß, was eine Schande war, denn zu jener Zeit versuchte ich durchaus selbst zu schreiben, wozu mich erheiternderweise meine wöchentlichen Berichte an die Firma ermutigt hatten. Meine literarischen Ansätze hingegen waren ziemlich anders als die von Pessoa. Oder vielleicht auch nicht. Wenn man ihn als Symbol verstand ... Schon sein Name: Pessoa. Ein Mann, der »Niemand« hieß, oder Persona, Maske. Er war vielleicht der eigentliche Erfinder des Sartre'schen Existentialismus, indem er diverse Rollen spielte, verschiedene Masken trug.

Hans unterbrach seine Erzählung für einen tiefen Schluck aus dem Weinglas. Ich erinnere mich, wie sein Blick sich einen Moment in den meinen bohrte, als suchte er nach einer Regung in mir. An seine Augen kann ich mich heute noch erinnern, zehn Jahre nach diesem Gespräch in Lissabon. Vielleicht sollte ich darauf hinweisen, dass alle Zitate, die folgen werden, tatsächlich von Hans angeführt wurden, teilweise nur sinngemäß, ich sie nun aber der größeren Authentizität wegen aus den Originalquellen zitiere. Wie froh bin ich, dass ich damals vor dem Zubettgehen ein Tagebuch führte.

Er sprach weiter:

Von Kindheit an lebte ich in dem Gefühl der ständigen Bedrohung; es gibt keinen bewussten Moment als Auslöser dieser Bedrängtheit, aber immer schon erschien mir das Draußen als feindlich. Als Kind war ich ungewöhnlich schüchtern gewesen und später hasste ich jegliche Art der Zurschaustellung, dürstete es mich jedoch zugleich auch nach Anerkennung und Liebe. Mich der Welt zu öffnen war stets unmöglich, und ist es größtenteils heute noch. Dadurch hat sich eine Art Geste des Beobachtens als mein Grundzustand herausgebildet; ein Irrtum, den ich bis heute nicht aufheben konnte. Erst viel zu spät wurde mir bewusst, dass auch ein Beobachter Teil der Welt ist, dass sein Blick die Welt verändert. Ein zutiefst magischer Gedanke! Man kann gar nicht anders als teilnehmen. So gesehen ist der Perspektivenwechsel, den Pessoa und auch Crowley vornahmen, ein magischer Eingriff in die Realität; trotz Pessoas scheinbarer Opferrolle war er Täter. Vielleicht transzendierte er durch die Verdichtung des

Lebens in Prosa und Lyrik das Gefängnis des unbewussten, passiven Lebens. In dem damaligen System und selbst in der heutigen Gesellschaft, denn wir scheinen nichts dazugelernt zu haben, sind alle Verlierer, aber manche können es besser kaschieren als andere. Die besseren Schauspieler gewinnen; alles ist Drama oder Komödie, das kommt auf die Spieler an und auf ihr Vermögen. Für Pessoa überwog das Drama, Crowley hingegen versuchte sich vor allem in der Komödie (was für Menschen, die ihm zu nahe kamen zur Tragödie wurde). Pessoa schrieb 1930 in seinem Gedicht *Der letzte Zauber*:

»Converta-me a minha última magia
Numa estátua de mim em corpo vivo!«

»Verwandle mich, letzte Tat der Magie
in eine lebende Statue meiner selbst!«
(Hans' eigene Übersetzung)

Natürlich wusste ich damals noch nicht, wie gut das mit Crowleys Ansicht zum Leben korrespondierte, so schrieb er in seinen *Confessions*:

»Ich sah nicht ein, warum ich auf ein einziges Leben beschränkt sein sollte. Wie kann man hoffen, die Welt zu verstehen, wenn man sie nur vom Kommandoturm der eigenen Persönlichkeit aus betrachtet? (...) Es ist gewiss sehr gut, den Petersdom und den Vatikan zu besichtigen, aber wirklich interessant wäre es, zu wissen, wie sie dem Papst erscheinen. (...) Meine Technik, die Brillen anderer

Menschen auszuleihen, bestand darin, mich selbst ganz und gar an ihre Stelle zu versetzen; entweder indem ich mir tatsächlich einen geeigneten Decknamen zulegte oder indem ich ein Buch in ihrem Namen schrieb.«

Noch war mir der Karneval der Seele unbekannt und Pessoa für mich der spöttische Mann mit dem Hang zum Alkohol und dem traurigen Blick. Vielleicht war auch das nur eine Maske, grübelte ich, als ich eines Tages unser Stammcafé betrat und ihn mit einem fast glatzköpfigen Mann Schach spielen sah. Ich setzte mich in ihre Nähe, um dem Spiel zu folgen. Pessoa schaute kurz auf und nickte mir zur Begrüßung zu. Dann stellte er mich dem Mann vor. Aleister Crowley war sein Name. Den paar Worten, die Crowley an mich richtete, entnahm ich, dass er wohl vor kurzem in Deutschland gewesen war oder vor hatte dorthin zu reisen. Hanni Jaeger, seine Freundin, sei Deutsche, verstand ich ihn und sie verweile mit ihm in Lissabon. Gerne hätte ich sie kennen gelernt, um mich endlich wieder mit jemandem richtig unterhalten zu können, und Crowley versprach, ich werde sie bald kennen lernen.

Ich konzentrierte mich auf das Spiel. Sogleich bemerkte ich, dass es sich bei Crowley um einen außerordentlichen Schachspieler handelte. Die Stellung war ungeheuer komplex und erschien mir wie ein Code; wie kann ich das verdeutlichen: Die Züge wirkten wie Bestandteile einer Konversation, weniger darauf ausgerichtet, den Gegner zu besiegen, als die Suche nach ... einer Wahrheit. Dass es sich um kein normales Spiel handelte, zeigte sich schon allein daran, dass Crowley mehrere Chancen verstreichen ließ, Pessoa matt zu setzen, was er letztendlich dennoch tat, aber erst nachdem sie ungewöhnlich lange ihre seltsamen Figurenkonstellationen ausgelebt hatten. Ich geriet über dem Spiel in eine Art Trance, durch die das Schachbrett mit dem musivischen Pflaster des Cafébodens verschmolz, als würde sich das Spiel über die Grenzen des Bretts hinaus erstrecken. Dann veränderte sich die Atmosphäre. Stille; ein Engel ging vorbei, wie die Briten sagen, die Tür des Cafés hatte sich geöffnet und eine junge Frau in rotem Kleid trat ein. Sie war kaum zwanzig, und ihre klackernden Schritte bewegten sich auf Crowley zu. »Honey«, sagte er – oder »Hanni«? Das war sie also – ich fühlte mich seltsam eingeschüchtert, fast erschüttert. Woher diese Erschütterung rührte, ist schwer zu fassen. Hatte sie etwas mit der Jugendlichkeit im Kontrast zum archaischen Café oder zu diesem rauen Mann zu tun? Vielmehr war es wohl eine kaum in Worte fassbare Verschiebung von Energien, besser konnte und kann ich es nicht erklären. Hanni flüsterte Crowley etwas ins Ohr und noch ehe ich den Mut fand, mich vorzustellen, verließ sie schon wieder das Café. Die Leute wandten sich ihren unterbrochenen Gesprächen zu, und das Schachspiel nahm ein Ende: Crowley zog seine Dame auf B4, Pessoa schlug sie mit seinem Läufer. Ein Damenopfer. Zuerst erschien der Verlust wie ein Fehler, aber nur wenige Züge später setzte der Engländer den Portugiesen matt. Pessoa sah mir an, dass ich bemerkt hatte, dass es hier um kein normales Spiel ging. Und ich vermute, dieser Umstand und meine sprachliche Unfähigkeit bescherten es mir, dass die beiden mich einluden, ihnen Gesellschaft zu leisten. Sie brauchten mich als stillen Beobachter, der versuchte, die Zeichen zu interpretieren, die er zu sehen bekam.

Wir trafen uns am späten Nachmittag für eine Stadtführung. Pessoa bezeichnete sich als Cicerone, soviel verstand ich, während ich ihn in meiner beständigen Furcht vor dem Fremden eher als einen Vergil sah. Diesem Gedanken folgend erschien es mir nur passend, dass unsere Reise ins Herz der Stadt an dem von Königin Amélia gegründeten Assistência Nacional aos Tuberculosos begann, einem Ort, der Assoziationen zu Krankheit und Tod evozierte. Von dort gingen wir die Rua do Arsenal entlang – und ich war weiterhin angetan von dem Anblick der alten Häuser, einiger Palmen, der Lissabonner Elektrischen und dem Tejo, auf dem reger Schiffsverkehr herrschte. Crowleys Stock klopfte einen monotonen Rhythmus auf das schwarze Kopfsteinpflaster. Sein dunkler Blick schien alles aufzusaugen, als suchte er nach irgendwelchen Hinweisen, so wie eine alte Zigeunerin, die einen Kaffeesatz liest oder den Tarot. Pessoa sprach unentwegt, wies hierhin und dorthin, aber Crowley folgte seinem eigenen Reiseplan, zumeist schaute er genau in die entgegengesetzte Richtung als die von Pessoa angezeigte, den das aber nicht zu beirren schien. Ich war fasziniert von den beiden und zugleich verwundert. Crowley fand an mir – meinem Eindruck nach – einzig die Sonnenbrille interessant, die mir ein Kollege aus den USA mitgebracht hatte. Es war ein Prototyp, mit speziell für Piloten gefertigten Gläsern. Der Engländer sagte, mit einer Spur Sehnsucht in der Stimme, auf Deutsch zu mir: »Absinthgrün!« Ich hingegen kam mir mit ihnen etwas albern vor, da ich vermutlich der einzige Mensch in Lissabon war, der grüngetönte Gläser hatte. Aber sie halfen gegen die höllische Helligkeit.

Am Rathaus, dem vielleicht schönsten Gebäude der Stadt, hielten wir einen Moment, und ich war froh, dass wir aus der Hitze heraus ins kühle Innere traten. Auch hier erschien Crowley nicht sonderlich interessiert zu sein. Also gingen wir zum Praça do Comércio weiter, der zu den größten Plätzen der Welt gehört und Crowley zum ersten Mal eine unerwartete Reaktion abforderte. Er stürmte auf das Reiterstandbild von König José I. zu und versuchte mit seinem Gehstock einen der Schlangenköpfe, über die José hinweg ritt, abzuschlagen. Pessoa versuchte das Verhalten zu ignorieren und erklärte, dass der Platz bei den Engländern »Black Horse Square« genannt wurde.

Während Crowley weiterhin unentwegt hochhüpfte und mit seinem Stock nach den Schlangen schlug, trieb es mich dorthin, wo die Sonne schwieg: in den Schatten der Statue, und betrachtete von dort aus den Tejo.

Eine Turmglocke läutete – und Crowley keuchte etwas, das klang wie: »The voice of Britain, Big Ben.« Ich weiß bis heute nicht, was er damit meinte, da die Glocke keinerlei Ähnlichkeit mit dem Läuten des Big Ben hatte. Außerdem erwähnte er ein »Girl«. Ich vermutete, dass er von Fräulein Jaeger sprach, und er schlug weiter fluchend auf die Schlangen ein.

Zehn Plätze hatten wir nun insgesamt in Lissabon besucht, über die ganze Stadt verteilt. Ich fragte mich, welches Muster unsere Schritte hinterlassen hätten, wäre es möglich, sie aus Gottes Perspektive zu sehen – und heute erahne ich die Antwort, zumal mir in Erinnerung blieb, dass Pessoa sagte: »Twenty-two ways« – und Crowley nickte.

Hier hielt Hans inne, weil Aicha aufgestanden war. »Ich muss mal wohin …«

Aus einem mir unerklärlichen Grund legte sich Melancholie über mich, als ich Aicha hinterher sah, wie sie Richtung Tür ging. Dann betrachtete ich ein Schiff auf dem Tejo im Sonnenuntergang und seufzte.

»Wusstest du«, sagte Hans, »dass Crowley – oder Aiwaz – den Zweiten Weltkrieg vorhergesagt hat – und den Niedergang des Kommunismus? Eine Passage im *Liber AL* kann zumindest so interpretiert werden.«

»Das ist das Buch, das Crowley von einem Dämon diktiert wurde?«

»Oder einem Alien, Crowley nannte ihn seinen Schutzgeist, wenn ich mich nicht irre. Später hatte er Kontakt zu einer Entität, die eindeutig ein Alien war: Lam. Er zeichnete ein Bild von Lam, das große Ähnlichkeiten zu einem herkömmlichen Grey hat. Aber das *Liber AL* wurde Crowley 1904 von Aiwaz diktiert. Zu dieser Zeit waren Crowley und seine damalige Frau, Rose Kelly, in Kairo. Im Ägyptischen Museum führte ihn Rose zu der Stele des Ankh-af-na-Khonsu, und er führte eine Invokation von Horus durch.«

»Hatte Crowley nicht irgendwas von einem Zeitalter … mein Gedächtnis ist ein Sieb …«

»Du meinst das Horusäon. Eine Zeit der Selbstverwirklichung und des Interesses am Spirituellen. Es ist das Zeitalter des Kindes, es geht ums Wachsen des Bewusstseins und der Liebe. Das Horusäon wurde schon häufiger ausgerufen bzw. für beendet erklärt. Wenn du mich fragst, die Menschheit ist bald so weit, in die Pubertät zu kommen, die Vaterfiguren zu hinterfragen und das Leben selbst in die Hand zu nehmen.

Aber bevor es soweit ist, befürchte ich, muss etwas Schreckliches geschehen, etwas, das sie wachrüttelt. Etwas wie das Erdbeben von Lissabon 1775, das ein Umdenken der Philosophen der Aufklärung verursachte. Und ich befürchte, in den nächsten Jahren wird so ein Ereignis kommen, das die Werte und Glaubenssysteme, das Vertrauen an sogenannte Autoritäten und den Staat erschüttert.«

»Die Postmoderne ist doch schon durch ...«

Aicha kam zurück. »Ich will euch nicht unterbrechen, sprecht ruhig weiter.«

»Lasst mich erst meine Erlebnisse mit Pessoa und Crowley zu Ende erzählen, dann können wir weiter philosophieren ...«

Pessoa führte uns zu seinem Schwager Dias. Der besaß ein Auto und fuhr uns zu einem archaischen Ort außerhalb Lissabons, der Boca do Inferno genannt wurde: Höllenmund; eine Schlucht in den Küstenklippen nahe der Stadt Cascais. Außer uns war nur ein einsamer Mann hier, der trotz der Hitze einen Regenmantel trug und ins Meer starrte. Wir standen am Rand der Klippen und bestaunten das monströse Spiel der Wellen. Dias zog sein silbernes Etui hervor und bot uns Zigaretten an. Wir rauchten und staunten, und konnte ich mich auch nicht verständigen, so fühlte ich mich dennoch mit den anderen Männern verbunden in einem Echo der Urgewalten, das wie ein Atavismus in unseren Seelen widerhallte, ein seltsames Gefühl von Erhabenheit, das ich heute assoziativ aus irgendeinem Grund mit T. E. Lawrence und der Wüste verbinde.

Erst als wir zum Auto zurückkehrten, wurde mir bewusst, mit was für besonderen Leuten ich unterwegs war. Noch immer wusste ich nichts weiter über sie, außer, dass sie in Kaffeehäusern saßen und Schach spielten, aber nun spürte ich von ihnen eine seltsame innere Größe ausgehen, etwas Unbestimmbares, das mir einflüsterte, es mit bedeutenden Menschen zu tun zu haben. Dieses seltsame Gefühl hatte ich nie wieder – und als ich spät abends in meiner Pension lag, bereute ich, den beiden nicht mehr Aufmerksamkeit geschenkt zu haben. Ich hätte jede kleine Bewegung aufsaugen sollen, jede Äußerung abspeichern, um sie später mühsam mit einem alten Wörterbuch verständlich zu machen; aber stattdessen war mein Kopf die ganze Zeit voller Träume und Ängste gewesen, immer der Gefahren wähnend, die an jeder Ecke lauern mochten. Die Projektion des Negativen. Jeder Blick ist gefärbt durch die eigenen Konditionierungen. Heute mag die Idee, dass die Welt im Auge des Betrachters liegt, banal erscheinen, aber damals war sie das nicht. Auf subtiler Ebene half mir vielleicht die Grünfärbung meiner Sonnenbrille. Aber dennoch trieb mich zu jener Zeit ein Problem um, das ich vielleicht mit der Frage beschreiben könnte: Was unterschied den privaten vom öffentlichen Raum? Warum fühlte ich mich wohler in meinem Zimmer als auf der Straße? Meine Antwort war: die Eventualität des Unbestimmten. Draußen konnte jeden Moment das Unbekannte, das Gefährliche um die Ecke biegen (ein Dieb, eine Naturkatastrophe), und immer schon bereitete mir das Ungewisse Angst. Hätte ich damals mehr über Crowleys und Pessoas Gemeinsamkeiten erfahren oder über die Möglichkeit, dass es vielleicht gar kein »da draußen« gab, und dass damit das Ungewisse aus dem Selbst geboren wurde, dass vielleicht alles eins war –

auch die Welten, die ich vielleicht gar nicht wahrnehmen konnte, weil sie außerhalb meiner Frequenzen oder in einer anderen Dimension lagen, andere Ebenen, die ebenso leicht mein Pensionszimmer wie auch meinen Geist oder die Straße durchdringen konnten oder gar unbemerkt tatsächlich durchdrangen, wäre ich damals vor Angst sicher vergangen. Färbt der Blick die Welt?

Heute beim Niederschreiben unseres Gesprächs fällt mir Hans' Nähe zum Radikalen Konstruktivismus eines Heinz von Foersters oder Umberto Maturanas auf. Alles, was gesagt wird, wird von einem Beobachter gesagt. Die Welt ist eins, Teilung ist eine Illusion. Die Ebenen sind in sich geschachtelt und übergreifend. So wie in diesem Text die Zeitebenen, Erzählebenen etc. verschachtelt und verbunden sind. Dieser Text, die Erinnerung an ein Gespräch, das vor 20 Jahren stattfand und von Erinnerungen an Geschehnisse handelt, die damals gut 65 Jahre zurücklagen.

Hans hat über den öffentlichen oder offenen Raum gesprochen: Mir erscheint in der Erinnerung, dass damals, als er mir das alles erzählte, der offene Raum nur durch den Konsum erträglich wurde, ähnlich wie auch der innere, der angeblich geschlossene Raum. Deshalb verwandelten wir das Draußen in Konsumtempel und das Innen in Medienreiche.

Wenn alles ein Symbol oder eine Metapher für etwas auf einer anderen Ebene ist, wie Hans andeutete, dann sprechen die Geister, die interdimensionalen Wesen, die Aliens, die Dämonen oder Engel möglicherweise durch alle vorhandenen Medien mit uns; nicht nur in Séancen, durch Transkommunikation per Radio oder in verwischten Geisterfotografien, sondern auch durch die Bücher in deinem Regal, die Filme auf deinen DVDs und durch die Musik, die du hörst. Fernsehen, Telefon, Internet werden zu einem modernen Ouija-Board – und du wie Crowley zum Kabbalisten, der die Symbole der Welt interpretiert, die Welt liest. Vielleicht schaute er deshalb so irritierend um sich, als er mit Pessoa und Hans durch Lissabon strich: Er interpretierte die Umwelt als eine Anhäufung von Symbolen.

Das Hirn ist eine Sinngebungsmaschine – und ich erinnere mich an etwas, das Hans sagte: »Jungs Phänomen der Synchronizität ist möglicherweise der Anfang einer neuen Verkabelung des Hirns, der Beginn einer neuen Sinngebung. Wichtig dabei sind Erkenntnisblitze. Es genügt nicht, dass zwei unzusammenhängende Geschehnisse zusammentreffen, es muss auch eine Erkenntnis daraus folgen. Je mehr man weiß, je mehr Inhalt man gespeichert hat, desto bedeutungsvollere Zusammenhänge kann man herstellen. Vielleicht sind deshalb gerade Akademiker häufig Verschwörungstheoretiker.«

Es fällt mir schwer, die eigentliche Chronologie beizubehalten, denke ich an das, was noch kommen sollte. Es treibt mich, vorzuspringen und über Aicha zu schreiben; doch bleibt mir nichts anderes übrig, als der besseren Verständlichkeit halber die Reihenfolge der Geschehnisse beizubehalten. Alles ist miteinander verknüpft, zumeist in einer Art und Weise, die der menschliche Verstand nicht zu fassen vermag.

Also zurück zu Hans' Erzählung:

In der folgenden Nacht hatte ich einen seltsamen Traum. Erst stand ich auf der Dachterrasse, und einer der merkwürdigen Bewohner dieser Pension reichte mir eine Zigarette aus einem silbernen Etui. Aus irgendeinem Grund trug er einen Regenmantel. So ambivalent wie Träume manchmal sind, verstand ich die Sprache des Mannes nicht, aber gleichzeitig verstand ich sie doch. Der Mann kam von Bali, und er vermittelte mir den Eindruck, als würde ich ihn schon länger kennen. Er hatte einen Charakter, den Japaner »KY-Person« nennen; also jemand, der unfähig ist, die Atmosphäre zu lesen und von einem Fettnäpfchen ins nächste tritt. Sein Name war On, und er erzählte mir etwas über die Pyramiden auf der ganzen Welt (von den nubischen und denen in Mesopotamien, von Guatemala und China bis hin zu den philippinischen), er sprach über die Stufen der Maya-Pyramiden und ihre metaphorische Bedeutung und über die fehlende Spitze der großen Pyramide von Gizeh. Die Cheops-Pyramide sei von den 7 Weltwundern das einzige noch existierende, sagte er. »Sie ist genauer ausgerichtet auf den geodätischen Norden als ein moderner Kompass. Die Länge des Fundaments ist genau 365,24 Nippur-Ellen, also die Anzahl eines Solarjahres. Multipliziert man die Höhe der Spitze mit einer Milliarde bekommt man die exakte Distanz der Erde zur Sonne; und die Nippur-Elle multipliziert mit 10 Millionen ist das wahre Maß des Polarradius der Erde.«

»Ja, was die alles taten für die Gräber ihrer Pharaonen ...«, sagte ich leichthin.

On lachte. »Sie glauben doch nicht diesen Blödsinn, dass die große Pyramide ein Pharaonengrab war? Ich könnte Ihnen nun eine Menge über den Sonnenkult der Mysterienschulen erzählen, die aus Ägypten stammen; oder über die Herkunft des Wortes ›Amen‹ ...«

»Ja?«

»Den Christen wird immer erzählt, ›Amen‹ bedeute ›so sei es‹. Aber die ägyptischen Königsnamen von Amenemhet – was bedeutet: Amen ist an der Spitze – aus der 12. Dynastie bis hin zu Amenophis – was bedeutet: Amen ist zufrieden – und Tut Ankh Amen, aus der 18. Dynastie, zeigen, dass der altägyptische Gott Amen – auch geschrieben als Amun, Amin, Ammon – fast ein Jahrtausend zu den größten Göttern gehörte. Es ist also eine Anrufung des Gottes Amun, der später mit Ra gleichgesetzt wurde: Amun-Ra, der Sonnengott. Aber zurück zur Cheops-Pyramide. Der Pyramide fehlt die Spitze, der Schlussstein, der Benben. Der vergoldete Stein mit dem Auge des Horus.« Und er zitierte aus der Bibel: »In Matthäus 21:42 sagt Jesus: ›Der Stein, den die Bauleute verworfen haben, der ist zum Eckstein geworden. Von dem HERRN ist das geschehen, und es ist wunderbar vor unseren Augen.‹ Der Eckstein ist gewöhnlicherweise der Grundstein, nachdem sich das ganze Konstrukt ausrichtet. Im Falle der Pyramide ist es der Apex, der Schlussstein, der die Form der ganzen Pyramide widerspiegelt. In Jesaja 28:16 wird er erwähnt als ›Grundstein, einen bewährten Stein, einen köstlichen Eckstein‹, Hebräer 12:20-23: erbaut auf den Grund der Apostel und Propheten, da Jesus Christus der Eckstein ist, auf welchem der ganze Bau ineinandergefügt wächst zu einem heiligen Tempel in dem HERRN, auf welchem auch ihr mit erbaut werdet zu einer Behausung Gottes im Geist. Und so geht es noch weiter ... Aber das soll genügen.« On holte eine Streichholzschachtel hervor, öffnete sie vorsichtig und hielt mir den Inhalt vors Gesicht. Er kam dabei langsam näher – und ich erkannte einen Skarabäus.

Dann folgte ein Sprung. Ich lag in meinem Bett. Ein Wesen stand in meinem Zimmer, im Dunkeln konnte ich es kaum erkennen; es war relativ klein, vielleicht ein Meter fünfzig oder kleiner. Und ich fühlte mehr seine Erscheinung, als dass ich es sah. Es hatte etwas Eulenhaftes, etwas Dunkles an sich, etwas Unpersönliches; nicht unbedingt böse, eher Unbekannt, alt, für den menschlichen Verstand nicht fassbar – und es sprach im Plural. Es erwähnte Horus und sagte, dass der Versuch, sich zu befreien, aussichtslos sei. Aber meine Worte sind nur Interpretation, etwas, das mir in Bildern übermittelt wurde, Symbole von Aussichtslosigkeit, der Mensch sei nur Sklave dieser eulenhaften Wesen. Konkret sagte es nur einen Satz zu mir: »Du gehörst uns!«

Aus einem mir unverständlichen Grund hatte ich keine Angst. Stattdessen musste ich an Crowley denken, wie er unermüdlich in die Luft sprang und auf die Schlangen am Reiterstandbild einschlug – und begann unwillkürlich zu lachen. In meiner Vorstellung wurde jedes Hüpfen Crowleys von einem Geräusch begleitet, das ich nur mit dem Laut einer defekten Metallfeder vergleichen kann. Mein Lachen brach den Bann und ich sagte zu dem Wesen: »Du kannst mich mal!« Und auf telepathischem Wege sandte ich ihm die Botschaft, dass ich mein Leben selbst bestimmte und gegen ihre Kontrolle kämpfen würde, solange ich hier auf der Erde verweilte. Dann drehte ich mich um und beachtete den Eindringling nicht weiter.

Am nächsten Vormittag hetzte ich mit einem Wörterbuch, Notizen und Zeichnungen unterm Arm ins Café, um Pessoa und Crowley alles zu erzählen. Ich war voller Tatendrang und freudiger Erregung, glaubte ich doch, dass die beiden meinen

Traum zu schätzen wissen würden. Innerlich verfluchte ich mein sprachliches Unvermögen, hoffte aber, mich dennoch einigermaßen verständlich machen zu können.

Doch als ich Pessoa fand, war er von einer Horde Journalisten umringt. Sie stellten Fragen, aus denen sich ab und zu das Wort Crowley herausschälte. Es brauchte einige Zeit (und die Erklärungen eines jungen Reporters, der ein Jahr als Korrespondent in Berlin verbracht hatte), bis ich dahintergekommen war, was genau geschehen war. Am Boca do Inferno waren Crowleys Kleider gefunden worden und ein Abschiedsbrief, beschwert durch ein silbernes Zigarettenetui. Der mysteriöse Brief, der angeblich im Jahr 14 geschrieben wurde, und den Crowley mit seinem chinesischen Namen Tu Li Yu signierte, stand: »Ohne Dich kann ich nicht leben, der Höllenmund wird mich schlucken, doch wird er nicht so warm sein wie der Deinige.«

Der Reporter erzählte, dass nach einem Streit wohl Hanni Jaeger Lissabon alleine verlassen habe und Crowley sich allem Anschein nach nun umgebracht habe. Mir kam die Geschichte etwas seltsam vor. Irgendetwas stimmte nicht. Auch dass Pessoa seltsam gelassen auf seinem Platz verweilte und in größter Ruhe Auskunft gab, erschien mir auf unbestimmte Art »falsch«. Ich fragte den Reporter noch einmal: »Der Brief wurde von einem silbernen Zigarettenetui beschwert?«

»Ja, Crowleys Zigarettenetui. Pessoa hat es erkannt.«

Crowley besaß aber kein silbernes Zigarettenetui, es sei denn, er hatte noch ein zweites. Dahingegen Dias, Pessoas Schwager, der Mann mit dem Auto, der Mann, der uns den Höllenmund gezeigt hatte ...

Als ich später mit Pessoa alleine war – er nahm mich zum ersten und einzigen Mal mit in seine Wohnung – zwinkerte er mir lächelnd zu. Und das Fragezeichen, das mein Gesicht bildete, ließ ihn in lautes Gelächter ausbrechen. Hinter Pessoas leuchtenden Augen verbarg sich ein Wissen, das er mir nicht mitteilen konnte, ich aber spürte.

Wir spielten Schach, um zur Ruhe zu kommen und tranken Portwein. Und je mehr der Alkohol mir zusetzte, desto stärker drängten sich seltsame Bilder in mein müdes Hirn. Bilder von Eulenwesen, die aus einer anderen Ebene Schachspiele überwachten, Hanni in ihrem roten Kleid, Schlangen, ein Damenopfer, die Klippen des Höllenmunds – alles schien zusammen zu gehören, aber ich konnte keinen Sinn erkennen. Wie konnte aus diesem Chaos etwas werden?

Ich schaute Pessoa so lange an, bis er meinen Blick erwiderte. Dann sagte ich, ohne genau zu wissen, warum: »Horus?« Pessoa zog ein Notizbuch hervor und einen Stift. Zuerst zeichnete er einen Käfer, der wohl einen Skarabäus darstellen sollte. Er wies auf die Zeichnung, dann auf seinen Kopf. Seinen Gesten und Worten in diversen Sprachen entnahm ich, dass der Skarabäus ein Symbol für den menschlichen Kopf mit seinen sieben Öffnungen sei und der linke Flügel das Bewusstsein und der rechte Flügel das Unbewusste darstellte. Dann versuchte er mir irgendetwas über eine Schachtel und die Kabbala zu erklären, das ich aber nicht verstand. Heute interpretiere ich daraus, dass er mir wohl klarmachen wollte, dass der Mensch die Verbindung von materieller und geistiger Welt sei. Als nächstes zeichnete er eine Pyramide, deren Spitze fehlte. Den Schlussstein malte er etwas oberhalb der restlichen Pyramide in die Luft und ergänzte diese kleine Pyramide durch ein Auge. »Horus«, sagte er. Ich kannte das Symbol von dem amerikanischen Ein-Dollar-Schein.

Hans machte eine lange Pause. Von irgendwo drang Gitarrenmusik zu uns heran. Er trank den letzten Schluck Rotwein und sagte schließlich: »Das war das letzte Mal, dass ich Pessoa sah. Später waren es nur ein paar seltene Begegnungen auf der Straße. Er verfiel zusehends und starb fünf Jahre später; wir schafften es nicht, uns erneut zu treffen. Mit Nagib, dem alten Apotheker, der unten in der Pension wohnt, bin ich zudem kurz nach diesen Geschehnissen nach Kairo gereist, aber das ist eine andere Geschichte. Crowley hingegen ... Er blieb nicht so lange verschwunden wie der Benben. Wenige Wochen später tauchte er in Berlin auf, in einer Ausstellung. Vermutlich war er das interessanteste Artefakt dieser Ausstellung, möchte ich meinen. Mir macht der Gedanke Spaß, dass er in Berlin auf Nabokov gestoßen ist und gegen ihn Schach gespielt hat. Zwei vollkommen unterschiedliche Welten wären dort zusammen getroffen. Außerdem schrieb Nabokov in diesem Jahr *Lushins Verteidigung*.«

»Und konntest du einen Sinn aus dem allem ziehen?« fragte ich, weil Hans' Erzählung mich eher ratlos ließ.

»Du weißt, dass diese Pension von der ›Bruderschaft des Horus‹ geleitet wird«, sagte Hans. »Sie gehen davon aus, dass Horus, oder einer seiner Stellvertreter, zurück zur Erde kommen wird, um die Menschen aus dem Griff der Schlangenmenschen zu befreien – oder wie sie nun gerne genannt werden: Reptiloiden – und dem Griff der Illuminati und der Eulenwesen, eventuell der Anunnaki oder der Archonten oder der Greys ... Da herrscht momentan noch große Verwirrung.«

»Alles Außerirdische?« fragte Aicha.

»Ja, oder Wesen aus anderen Dimensionen, was keinen großen Unterschied macht.«

Inzwischen war es dunkel geworden und die Müdigkeit legte sich über uns wie eine wärmende Decke.

»Wir sollten was essen«, sagte ich, starrte in den Sternenhimmel und gähnte. Mir schwirrte der Kopf von all den Informationen, mit denen Hans um sich geworfen hatte.

»Ja, lasst uns was essen gehen. In irgendein kleines Restaurant.«

Ich steckte den Gedichtband von Pessoa ein, dann stiegen wir die Treppen hinab und verließen das Haus, vorbei an dem vergilbten Schild des »Heiligen Pillendrehers«.

Der Nachthimmel breitete sich über uns aus, es war noch immer warm. Hans blieb stehen und wies in den Himmel.

»Ein UFO!«

Ich lachte zuerst. Und hätte Hans nicht meinen Realitätstunnel geöffnet, wäre mir der flirrende Lichtpunkt, der über uns hinweg raste, nie aufgefallen.

»Eine Sternschnuppe?« sagte Aisha. »Wünsch dir was.«

Aus einem offenen Fenster drang der erbärmliche Versuch einer Standuhr, den Big Ben zu imitieren.

»Wir müssen weg«, sagte Hans. Aber Aicha und ich standen einfach da und starrten in den Himmel.

»Schnell!« Hans versuchte uns mit sich zu ziehen, aber es war zu spät. Ein Lichtkegel umfasste uns. Im nächsten

Moment spürte ich, wie sich eine Lähmung in meinem Körper ausbreitete. Mein Bewusstsein war wach, aber ich konnte mich nicht bewegen, nicht einmal die Augen schließen, obwohl das Licht stark blendete. Neben mir, wo Aicha stand, nahm ich eine Bewegung wahr. Aus dem Augenwinkel erkannte ich nun, wie ihre dunkle Silhouette in den Himmel gezogen wurde. Ich erinnerte mich an parodistische Erzählungen über solche Transportstrahlen von UFOs.

Dann war alles vorbei. Das Licht verschwand, geblendet und mit zittrigen Knien sank ich keuchend auf die Straße. Der Beton fühlte sich seltsam warm an, die mich abstützenden Finger knickten taub weg, als seien beide Arme blutleer. Ich landete seitlich auf der Erde und hörte das Rattern der alten Glastür der Apotheke, als sie aufgeschlossen wurde.

»Sie haben sie mitgenommen«, sagte Hans tonlos.

Ich richtete mich langsam wieder auf. »Was?«

Die Apothekentür öffnete sich und dunkelgelbes Licht fiel auf die Straße. Ein alter Mann, der mir wie über Hundert erschien, trat heraus. Das musste Nagib sein, der alte Apotheker. Er zog laut Luft durch die Nase ein.

»Metálico«, sagte er. »Anunnaki?«

Hans antworte in Portugiesisch. Der Apotheker zog eine Kette unter seinem blauen Pullunder hervor und begann leise zu sprechen. Hans übersetzte:

»Geruch von Metall und leichtem Moder, Geruch von Schatten. Schatten, die nicht weichen. Als wolle man aus der Kälte heraus in die Sonne treten und der Schatten wandere mit. So ein Geruch.«

Ein Synästhetiker, dachte ich.

An der Kette, die er hervorgezogen hatte, hing ein goldener Skarabäus.

Nagib reichte uns Kaffee. Wir saßen in einem kleinen Zimmer hinter dem Verkaufsraum der Apotheke, das stark nach Medikamenten roch.

»Trinken!« sagte Hans und wies auf die Tasse in meiner Hand. »Du wirst das brauchen!«

Der Kaffee war heiß und süß.

Der Apotheker begann mit einem grimmigen Blick Sachen zusammen zu suchen. Als ich die Tasse fortgestellt hatte, drückte er mir zwei kniehohe Laternen in die Hände. Sie hatten ein Metallgehäuse mit Glaseinsätzen, die die Flamme vor dem Wind schützen sollte. Zwei weitere reichte er Hans.

»Glaubst du an irgendetwas?« übersetzte Hans wieder Nagibs Worte. »Jesus, Buddha etc.?«

Ich verneinte, was mir einen abschätzigen Blick einbrachte. Nagib kramte aus einer Schublade drei Ketten hervor. Eine mit einem silbernen Kreuz, eine mit einem goldenen Skarabäus und die dritte mit einem jadenen Buddha. Er hängte sie mir um den Hals.

»Das sollte genügen«, sagte Hans. Ich hatte den Eindruck, die ganze Sache würde ihm Spaß machen, was mir in Anbetracht der Lage als unangebracht erschien. Andererseits war alles so irreal, dass ich selbst ein immer wieder kommendes Glucksen in mir verspürte, als würde jeden Moment die Eruption eines Vulkans von Gelächter bevorstehen.

Hans erklärte: »Sollte etwas schief gehen, können sie dir nichts anhaben, wenn dein Glaube stark genug ist, denk daran! Du bist vermutlich als Christ aufgewachsen, da wird in deinem Unbewussten am besten Jesus funktionieren. Wenn du Hilfe brauchst, nenn seinen Namen. Jesus ist dein Mantra!«

Nagib hatte unterdessen einen alten Lederkoffer gepackt. Er steckte Bücher ein, seltsame Utensilien, für die ich keinen Namen weiß, weitere Bücher, einen seltsam geformten Edelstein, Kerzen, ein fleckiges Tarotdeck und mehr. Unter Mühe schloss er den Koffer, schaute auf die Uhr und nickte. Dann nahm er einen kleinen Sack, von dessen Rändern weißes Puder, das nach Mehl roch, stäubte, und ging hinaus zur Garage. Wir folgten mit den Laternen. Der alte Mann hatte eine Menge Elan.

»Wie alt ist Nagib eigentlich?« fragte ich Hans, obwohl sich in mir alles gegen Gerede wehrte; ich wollte mich einfach nur in eine Ecke verkriechen und die Augen schließen.

»Ich weiß es nicht genau, aber schon 1930, als ich ihn kennen lernte, erschien er mir alt zu sein.« Er lächelte mysteriös.

Nagib besaß einen beigen Jeep. Wir verstauten die Laternen und stiegen ein.

»Wo fahren wir hin?« fragte ich. Seltsamerweise kam mir die Frage erst jetzt.

»Boca do Inferno«, antwortete Nagib. Zum Höllenmaul.

Hier am Meer war es kälter als in der Stadt. Wir kamen um kurz nach drei Uhr nachts an. Nagib ließ die Scheinwerfer brennen, ansonsten gab es keine Lichtquellen, abgesehen von den Sternen. Selbst der Mond versteckte sich. Das Meer brauste gegen die Klippen, und die Luft roch stark nach Salz und nassen Felsen.

»Zwischen drei und vier Uhr in der Nacht ist die beste Zeit, da ist die Membran zwischen den Dimensionen am dünnsten, am leichtesten zu durchtrennen; oder eher: in die benötigte Frequenz zu versetzen«, erklärte Hans.

Ich wusste noch immer nicht, was genau die beiden vorhatten – und ob sie überhaupt selber wussten, wie wir Aicha wiederfinden konnten. Aber ich war zu müde, kraft- und ratlos. Mir blieb kaum etwas anderes übrig, als den beiden zu vertrauen.

Während Hans die Kerzen in den Laternen entzündete, war Nagib mit dem Mehlsack zu einer freien Rasenfläche gegangen und streute das Mehl in einem großen Kreis auf das Gras. Er ließ eine Stelle offen, durch die Hans und ich mit den Laternen eintraten. Hans stellte die Laternen an vier Kanten auf, so dass ein unsichtbares Viereck innerhalb des Kreises entstand, exakt ausgerichtet mit Hilfe eines Kompasses. Nagib stellte kleine Keramikschalen auf, in denen er Weihrauch entzündete und zog mit dem Mehl die Linien des Quadrats nach, die Schalen waren mittig, leicht oberhalb der Linien platziert; und dann, innerhalb des Vierecks, zeichnete er ein Dreieck, die Spitze nach Osten ausgerichtet, wie er mit einem Kompass versicherte. Hans sagte mir, ich solle mich hinsetzen. Er wies mir eine Ecke des Dreiecks zu. Etwa eineinhalb Meter von mir entfernt setzte er sich in die Ecke gegenüber. Nagib kniete im Zentrum der geometrischen Figur und wühlte in dem alten Lederkoffer herum. »Ah!« sagte er und zog zwei Etuis hervor. Eines davon reichte er mir. Hans holte aus der Innentasche seines Jacketts eine Sonnenbrille heraus und setzte sie auf. Sie hatte grüne Gläser – und ich fragte mich, ob das die gleiche Brille war, die vor gut fünfundsechzig Jahren Crowley so begeistert hatte. Hans lächelte mir aufmunternd zu. »Setz sie auf«, sagte er. »Das hilft!«

Nagib setzte seine Brille auf, sie hatte kleine, blaue Gläser. Ich öffnete das Etui und fand eine Brille, die für ein Mädchen gemacht worden war. Zumindest war das mein erster Gedanke. Sie hatte rosa gefärbte Gläser, die zu Herzen geformt waren.

»Setz sie auf«, sagte Hans ermunternd. Er klang weiterhin vergnügt, was mich zu verärgern begann. Dennoch schob ich das Gestell auf meine Nase und schaute provozierend in seine Richtung.

»Cool!« Hans schien begeistert zu sein – und das Wort wirkte aus dem Mund eines bald Neunzigjährigen unangebracht.

Wind zerrte an meinen Haaren und dem kurzärmligen Hemd, das ich trug, und ich begann zu zittern. Es war nicht wirklich kalt, aber die Aufregung und Anspannung waren zu viel für mich.

Nagib legte einen roten Edelstein in Form eines Tetraeders auf die Spitze des Dreiecks, dann zog er aus seinem Tarot eine Karte und ließ sowohl Hans als auch mich je eine Karte ziehen. Vor Nervosität zog ich zwei Karten gleichzeitig. Ich wollte beide Karten zurückgeben und noch einmal ziehen, aber Nagib hinderte mich daran. Hans übersetzte seine Worte: »Missverständnis als Chance. Ein Orakel zu interpretieren bedeutet, das Unbewusste seine Arbeit tun zu lassen; es filtert heraus, was in diesem Moment bedeutungsvoll ist. Behalte beide Karten.«

Ich wusste nicht, was ich mit ihnen sollte – ob ich sie betrachten sollte oder nicht, also legte ich sie vor mich in das Gras mit der Bildseite nach unten.

»Was passiert jetzt?« fragte ich Hans.

»Wir werden sehen. Nagib wird versuchen, mit den Anunnaki Kontakt aufzunehmen.«

Ich musste unwillkürlich an den Film *Unheimliche Begegnung der dritten Art* denken, dann an *Die Besucher*.

»Das alles«, sagte Hans, »wird vermutlich etwas anders ablaufen, als du gerade denkst.« Er wiederholte seine Ansicht, dass UFOs nicht unbedingt das seien, was man gemeinhin als Raumschiff verstünde und die Außerirdischen auch nicht wirklich außerirdisch seien. Unser Hirn würde die Welt in Raum und Zeit gliedern und unsere Wahrnehmung sei zu beschränkt, um andere Ebenen des Seins zu erfassen. »Deshalb denken sich die Menschen immer wieder neue Metaphern für Außerirdische aus. Mal nennt man sie Dämonen und Engel, dann eben Extraterrestrier und dann interdimensionale Wesen. Und die Greys, die momentan so populär werden, sind vermutlich so etwas wie Androiden, die geschaffen wurden, um in unserer Welt zu agieren. Aber das ist nur eine Theorie von vielen und letztendlich auch nur eine Geschichte, um für unseren kleinen Geist größere Dinge verständlicher zu machen. Auf höherer Ebene ist alles eins – wieder so ein Erklärungsmodell –, Energiezustände werden ausgetauscht ...«

Nagib stellte sich an die Spitze des Dreiecks, mit dem Rücken zu uns, und begann einen seltsamen Singsang, begleitet von Gesten. Seine Hände glitten wie in einem magischen Tanz durch die Luft, zeichneten geometrische Formen in den Nachthimmel und bildeten mit Fingern mir unbekannte Zeichen. Ich musste an Gurdjieff denken, dessen

Tanzchoreographien ich ebenso wenig verstehen konnte wie die Gesten des alten Apothekers.

Was immer er da tat, es fruchtete. Zuerst hatte ich das seltsame Gefühl von Ohnmacht, hätte ich gestanden, wäre ich sicherlich umgekippt. Es fühlte sich an, als sei mein Hirn, mein Geist, mein Bewusstsein, einen Schritt nach links gegangen, nur für einen Moment, wie ein flackerndes Bild. Der Geruch des Weihrauchs, die Kerzenflammen, der Wind – alles verdichtete sich zu einem undurchdringbaren Kokon aus Eindrücken; mir fiel es schwer zu atmen, und ich spürte das Blut in meinen Adern, mein ganzer Körper kribbelte vor Wärme, mein Herzschlag beschleunigte sich und gab alle paar Sekunden schnelle Tremolo-Folgen ab. Außerhalb des Mehlkreises rasten vereinzelt Elmsfeuerchen über das Gras. Dann erschienen drei Lichtbälle, die vor Nagib Pirouetten drehten. Die Worte des alten Ägypters nahmen an Intensität zu und die Lichtbälle verschmolzen zu einem Riss im Raum, der langsam zu einer Art Tunnel wurde. Darin waren verschiedene Schatten zu sehen, die etwas Kreaturhaftes hatten, aber dennoch zu unförmig waren, um sie einem Wesen zuordnen zu können. Ein Zischeln drang aus dem Lichttunnel, das auf Nagibs Worte zu antworten schien.

Dann geschah etwas Seltsames: Die Perspektive verschob sich. Wenn man das Dreieck, in dem wir saßen, mit einer Kompassnadel verglich und Nagibs Spitze nach Norden zeigte, dann wäre im nächsten Moment, wie bei einem Polsprung, meine Spitze nach Norden ausgerichtet gewesen, die Welt bewegte sich um uns herum. Der Tunnel war nun direkt vor mir. Und die Schatten zischelten mir etwas zu. Es klang bedrohlich. Und ich sagte nur einen Satz, mit brüchiger Stimme und ohne Überzeugungskraft: »Gebt mir Aicha zurück!«

Das Zischeln wurde zu einem tiefen Tosen, das für einen Moment wie die herrische Stimme eines Königs klang. Ein roter Lichtstrahl schoss aus dem Tunnel und traf meine Stirn. Was dann geschah kann ich nur oberflächlich wiedergeben, da ich den genauen Ablauf vergessen habe. Selbst heute, 2013, spüre ich noch eine Blockade in meinem Hirn. Durch den roten Lichtstrahl schoss eine Flut an Informationen auf mich zu, es waren so viele Bilder und Laute, dass ich nahe dran war, den Verstand zu verlieren.

Ich hörte Nagib brüllen, verstand aber nicht, was er sagte. Ich spürte, wie Hans mich beiseite stieß, aber sein Stoß bewirkte kaum etwas, mein Körper zappelte an dem Strahl wie an einer Stromleitung. *Jesus!* dachte ich. *Buddha!* Dann hörte ich Hans, der mir ins Ohr schrie – und ich verstand: »Tarotkarte!« Meine rechte Hand suchte im Gras und fand eine der Karten. Obwohl mein Blick geradeaus auf den Lichttunnel gerichtet war, sah ich zugleich wie von außerhalb, dass ich den Arm mit der Karte hob und sie nach vorne schleuderte. Die Karte flog durch die Luft, wie in Zeitlupe, ein Aufblinken des Eremiten mit der Laterne, dann überschritt sie erst die Linien des Dreiecks, die des Quadrats, schließlich die des Schutzkreises und drang in den Lichttunnel. Ein Blitz – und alles war vorbei.

»Holy shit!« sagte Hans und lachte.

»... Doctor«, sagte Nagib, das letzte Wort war das einzige, das ich verstand.

Ich erholte mich langsam, schnappte nach Luft. Hans und Nagib legten sich mit dem Rücken ins Gras und ich tat es ihnen gleich. Mein Herz begann sich zu beruhigen. Der Sternenhimmel sah friedlich aus.

»Was wurde dir übermittelt?« fragte Hans.

Ich versuchte es zu erfassen, fand aber nur ein Chaos aus Licht und Farben und Ton. »Ich weiß es nicht«, sagte ich. »Ich habe nur ein seltsames Gefühl von Angst und … Beruhigung.«

Nagib holte aus seinem Koffer eine Flasche Portwein hervor, nahm einen Schluck und reichte sie weiter. Der süße Alkohol wärmte mir die Brust.

»Aicha wird bald zurückkehren«, übersetzte Hans Nagibs Worte.

Nun, fast 20 Jahre später, erscheinen mir die Geschehnisse interessant wie eine Partygeschichte, waren sie auch nur ein fahler Vorgeschmack dessen, was die Welt in den Folgejahren erleben sollte. Damals allerdings stürzten sie mich in ein existenzielles Drama, das sowohl meine Weltsicht wie überhaupt meine gesamte Wahrnehmung in Frage stellte. Waren jegliche Axiome, die ich unhinterfragt angenommen hatte, falsch? Wussten die Herrschenden von der Existenz der Aliens? War Magie real?

Eine kurze Zeit lang war ich versucht gewesen mir einzureden, dass Nagib Drogen in den Kaffee gemischt hatte – aber das würde nicht Aichas Verschwinden erklären – und ihre Rückkehr. Die ist eine so unspektakuläre Geschichte, dass sie kaum der Erwähnung wert ist. Wenige Tage später kam sie aus dem Bad, als sei sie nie fort gewesen. Sie hatte keinerlei Erinnerung an das Geschehene und war ziemlich überrascht, als ich sie mit Tränen in den Augen in den Arm nahm.

Abgesehen von der Gedächtnislücke (»Ich erinnere mich, dass wir nach einer von Hans' langen Geschichten essen gingen ... dann habe ich wohl zu viel getrunken, so einen Blackout hatte ich noch nie ... Deshalb bin ich gerade kalt duschen gegangen, ich dachte, das hilft vielleicht ... Was ist denn los? Habe ich mich daneben benommen?«) – und dem Schatten, den diese auf Aicha warf, war keine Veränderung festzustellen. Dennoch muss ich leider zugeben, dass ich sie nun an mit anderen Augen sah und es mich nicht überrascht hätte, wenn sie sich im Bett plötzlich in Linda Blair verwandelt hätte. Diese Entfremdung und die damit verbundenen Befürchtungen schwanden zum Glück nach wenigen Monaten wieder.

Und nach all den Veränderungen in den Folgejahren, dem Aufbegehren der Menschheit gegen seine Herrscher, möchte ich auf jeden Fall sagen: Es gibt Hoffnung. Mag der Anunnaki-Schatten sich auch über die Welt ausbreiten, in uns ist genug Licht, um ihn zu vertreiben. Ein Phönix-Phänomen, das wie in Borges' Paracelsus-Erzählung die Rose neu erstehen lässt: »(...) er [nahm] das feine Häufchen Asche in die hohle Hand und sagte mit leiser Stimme ein Wort. Die Rose erstand aufs neue«.

Kein Heros, Schäfer oder Herr ist für die Bestellung des Seelengartens zuständig, jeder Einzelne ist es. Durch das dornige Gestrüpp hindurch zur Blüte müssen wir finden; oder verstehen, was Crowley gesagt hat: »Every man and every woman is a star.«

John Ross

wurde 1938 in New York geboren. Der Dichter, Schriftsteller und Journalist galt als einer der letzten Beatniks. Nach dem schweren Erdbeben des Jahres 1985 wählte er die Stadt Mexiko, genauer gesagt das Hotel Isabel zum geografischen Mittelpunkt seines Lebens und berichtete als unabhängiger Korrespondent für unterschiedliche Medien in den USA regelmäßig über soziale Umwälzungen in Mexiko und schrieb als einer der ersten über die Revolution der Zapatistas.

Als »halbwildes Wesen, das nicht gezähmt werden kann«, wie ihn sein Freund Hermann Bellinghausen in einem Nachruf in der mexikanischen Tageszeitung *La Jornada* charakterisiert, wandte sich Ross gegen jede Art von Krieg.

Bei einem Protest gegen den Vietnamkrieg verlor er auf einem Auge sein Sehvermögen. Eine Anerkennung der Stadt San Francisco für seinen politischen Einsatz im Jahr 2008 schlug er aus, da er sich von einer repressiven Regierung nicht auszeichnen lassen wollte. Die letzten Schläge erhielt er von der israelischen Armee bei der Verteidigung der palästinensischen Olivenhaine in Nablus. Gegen den Irakkrieg von George Bush machte er sich als menschliches Schutzschild nach Bagdad auf, wurde aber von den damaligen Machthabern als »persona non grata« des Landes verwiesen.

Selbst seinen nahenden Tod nutzte Ross zur öffentlichen Inszenierung, indem er zu Halloween in San Francisco als bemalter Tod mit einer Krone aus Chrysanthemen und einer transparenten Umhängetasche, in der eine rohe Rinderleber steckte, auf seine Erkrankung an Leberkrebs aufmerksam machte.

John Ross starb im Jahr 2011. Er beschloss sein Leben nicht im Hotel Isabel, sondern in dem kleinen Dorf Santiago Tzipijo am Patzcuaro-See im mexikanischen Bundesstaat Michoacán. Seine Asche wurde an verschiedenen Orten in Mexiko und in den USA verstreut.

Mit seinem Buch *Rebellion from the Roots* gewann John Ross 1995 den American Book Award.

Der folgende Text ist das Vorwort seines 2009 erschienenen Romans *El Monstruo: Dread and Redemption in Mexico City.* und kann in dieser Form sehr gut für sich selbst stehen.

Georg Oswald

John Ross

Mexiko-Stadt: Mord im Hotel Isabel

Es ist ein angenehmes Zimmer, nur etwas zugig während der Wintermonate in dieser hoch gelegenen Stadt. Ich überlegte mir, einen Heizstrahler zu kaufen, aber angesichts der elektrischen Leitungen hätte sogar ein kleiner Apparat in diesem Hotel einen Kurzschluss verursacht. Daher behalf ich mir mit Pullovern und langer Unterwäsche, bis die Sonne stärker wurde und der Frühling wieder unter uns weilte.

Das Zimmer 102 ist beträchtlich geschrumpft, seit ich hier vor einem Vierteljahrhundert eingezogen bin. Stimmt, die fast fünf Meter hohe Decke ist nicht merklich abgeblättert, aber das Zimmer 102 ist nun mit Papierstapeln so voll gestopft, dass es schwierig geworden ist, den Boden zu überqueren. Eine ganze Wandseite ist von eineinhalb Meter hohen Türmen aus Zeitungsausschnitten gesäumt. Diese Schnipsel sind weitgehend unbrauchbar – um an die Papiere ganz unten im Stapel zu kommen, muss ich dieses Durcheinander an vergilbendem Zeitungspapier zerstören. Nun gut, das letzte große Erdbeben am 6. Februar hat das für mich übernommen, indem es die Inhalte dieser sterbenden Archive rund dreißig Zentimeter tiefer über den ganzen ausgefransten Teppich verstreute.

Bücher, das nächste Hindernis, füllen die nordwestliche Ecke meiner Höhle, aber ohne festgelegte Ordnung. Die Buchtitel, nach denen ich gerade suche, sind nie zu finden. Deshalb klappere ich in der Donceles-Straße die Antiquariate ab, wegen der Bücher, von denen ich weiß, dass ich sie bereits einmal gekauft habe. Und diese Bände haben bereits ein halbes Doppelbett erobert, auf dem einst meine Geliebten geschlafen hatten. Für neue Geliebte gibt es nun keinen Platz mehr.

Wenn neugierige Besucher sich wundern, warum ich so viele Jahre lang in diesem gruseligen Hotel mit all dem nutzlosen Gerümpel geblieben bin, dann erkläre ich mit Nachdruck, dass ich mich an die alten Möbel gewöhnt habe, die mit mir gemeinsam alt geworden sind. Trotz seines Alters ist das Doppelbett recht stabil. Der großzügige *ropero* oder Kleiderschrank aus Zedernholz ist möglicherweise aus der porfirianischen Zeit, aus der Zeit vom Übergang zum vorigen Jahrhundert, als diese alte große *casona* (herrschaftliches Haus) an der Straßenecke von Isabel-la-Católica und República-de-El-Salvador von seinen französischen Besitzern erstmals in ein Hotel umgebaut wurde. Aber der *ropero*, der eine elegante Prägung mit den Initialen von Isabel aus Messingbuchstaben aufweist, ist so sehr mit Entwürfen alter Manuskripte angefüllt, dass ich keine Tür oder Schublade mehr aufmachen kann, ohne dadurch eine Lawine auszulösen.

Zum *ropero* gesellen sich eine Kommode in gleichem Alter, ein paar Schreibpulte, auf welchen die Utensilien meines Geschäfts ausgestreut sind, und eine Frisierkommode, an der Irma Guadarrama zu sitzen pflegte, um sich für den Tag herauszuputzen. Ich kann ihr liebreizendes Gesicht noch immer in dem großen runden Spiegel sehen.

Vier abgewetzte Armsessel wohnen hier ebenfalls, mit massiven, geschnitzten Armlehnen, die vor Alter ächzen, wenn sich jemand auf die arthritischen Federn niederlässt, mit Brokat gepolstert. Ihre Beine genauso wackelig wie die meinen. Über die Jahre hinweg wurde aus mir selbst bestimmt auch so ein Hotelmöbelstück.

Ich habe keine Ahnung, wer mein Vorgänger in diesem Zimmer war. Als ich mich eine Woche nach dem großen Erdbeben von 1985 anmeldete, war das Hotel verlassen und es gab keine Schlüssel, keine Visitenkarte, ein vergessenes Kleidungsstück oder etwa ein vergessenes Fläschchen mit Tabletten, um mir über den letzten Bewohner Auskunft zu geben.

Der Umstand, dass es im Zimmer 102 so zugig ist, rührt von den großen französischen Fenstern, die sich auf einen rissigen Balkon hin öffnen lassen. In den Wintern bläst die kalte Luft unter der Türschwelle durch oder über den Querhölzern der zersplitternden Holztüren (die Türangelpfannen weisen ganz exquisit herausgearbeitete Blumenmuster auf) und in der Regenzeit dringt oben wie unten das Wasser ein. Den Balkon betrete ich nun nicht mehr so oft wie früher, seitdem ein rund dreißig Zentimeter großes Gesimsstück auf den Gehsteig niederging. Eliseo, der Kellner vom Restaurant im Stockwerk tiefer, der genauso lange hier ist wie ich, kam gelaufen und putzte die erschrockenen Fußgänger ab, aber niemand war ernsthaft verletzt worden.

Als ich zum ersten Mal hierher kam, konnte ich stundenlang hier sitzen und die Wasserspeier und Cherubine auf der Fassade der ehemaligen Nationalbibliothek auf der gegenüberliegenden Seite der engen Straße betrachten oder mich mit diesem furchtlosen Reisenden, Baron Alexander von Humboldt, unterhalten, der groß gewachsen in seinem steinernen Herrenmantel im kleinen verkümmernden

Garten der ehemaligen Bibliothek dasteht. Aber als man in dem alten Viertel anfing, sich selbst vom Erdbeben zu kurieren, wurde der Stoßverkehr auf der Isabel-la-Católica unerträglich und ich schloss die französischen Fenster und besuchte den Balkon nur noch ganz selten.

Dann tauchte eines Tages ein junger Reporter des *Guillotine-Magazins* auf und erzählte mir alles über den armen Wilfred Ewart, einen ehemaligen Gast in diesem Hotel, und was ihm zustieß, als er am Silvesterabend 1922/23 auf seinen Balkon trat.

Es war eine lebhafte Zeit im Leben dieses Viertels, mitten in der Altstadt und mitten in dem Land, die ja beide denselben Namen tragen. Die mexikanische Revolution ging mit der Ermordung des großen Zapata 1919 zu Ende und auf den Straßen im Zentrum machte sich gerade die nachrevolutionäre Sorglosigkeit breit. Kaffeehäuser und *cantinas*, eine *casa de citas* (Bordell) oder auch zwei, säumten beide Straßenseiten der Isabel-la-Católica.

Zwei Straßen östlich in der nördlichen Ecke des riesigen Zócalo-Platzes neben dem Nationalpalast beauftragte Präsident Obregón Diego Rivera damit, sein erstes Gemälde an die Wände der staatlichen Mittelschule zu pinseln. Die Kommunistische Partei Mexikos errichtete eine Straße weiter südlich in der Häuserzeile der Mesones-Straße ihr Quartier.

Die Schießereien ließen nach und abenteuerlustige Touristen zog es in die billigen, eleganten Hotels der Umgebung. D. H. Lawrence und seine Frieda nahmen sich im Monte Carlo auf der Uruguay-Straße ein Zimmer, nur einen Steinwurf vom Isabel entfernt, und absorbierten das postrevolutionäre

Ferment, das bald schon *The Plumed Serpent* beseelen würde, ein Buchtitel, der mich zum ersten Mal am Ende meiner Jugendzeit nach Mexiko brachte. Während seines Aufenthalts in Mexiko, so erzählt man, habe sich Lawrence öfter über die sanitären Anlagen beschwert.

Das Zentrum zog andere junge britische Schriftsteller an. Stephen Graham bewohnte das Iturbide auf der Madero-Straße und Wilfred Ewart hier das Isabel. Die drei Engländer kannten sich und manchmal gingen sie unten, in der gedrängten Bar Isabel etwas trinken, obwohl Lawrence, der zum Überleben weitgehend auf Friedas Einkommen angewiesen war, mehr ein entfernter Bekannter war.

Ewart war ein stürmischer Kerl, Soldat im Ersten Weltkrieg, hatte gerade im Jahr 1922 den Roman *The Way of Revelation* in London veröffentlicht, der die Geschichten nach dem Muster »strahlender junger Mann geht durch die Hölle der Schlachtfelder« strickte. Auch wenn Londoner Kritiker das Buch wohlwollend besprachen, so beschränkte sich die *New York Times* in ihrer Rezension von »*The Way of Revelation*« auf die Feststellung »500 merkwürdig gedruckte Seiten«. Gerade einmal 30, war Ewart mutig genug, wie auch Lawrence, seinen neuen Roman in diesem exotischen, explosiven Land anzusiedeln.

Stephen Graham war älter als Wilfred und sollte ihn noch viele Jahre überleben. Mit mehreren Reisebüchern über das vorrevolutionäre Russland erlangte er bescheidenen Erfolg. Manche Kritiker nehmen an, dass er als Spion für den britischen Geheimdienst arbeitete. Eine Quelle des spanischen Schriftstellers Javier Marías vermutet, dass Graham den jungen Ewart in London kennen gelernt hatte, dass er auf dessen wachsenden Ruhm neidisch war, und dass er ihm nach Mexiko folgte. Ein weiterer Interneteintrag deutet an, dass Graham wohl schwul war. Er zitiert einen Abschnitt seines 1933 veröffentlichten *Dancing Sailors*, in dem der Autor ein paar Tunten beim Tanzen in einem Tanzschuppen in North Woolwich, London, beschreibt.

Auch wenn die Schießereien im Nachbeben der Revolution nachgelassen haben, waren noch immer viele Mexikaner im Besitz von Waffen, mit denen sie zur Begrüßung des neuen Jahres traditionellerweise in die Luft schossen. Eine Tradition, die Ewarts Freunde bald bedauern würden.

Bald nach Mitternacht dieses schicksalhaften Abends soll Ewart im Hotel Isabel auf den Balkon des Zimmers 53 getreten sein. Wenn ich richtig rechne, dann ist das nach der alten Zimmerzählung zwei Stockwerke über dem, was die Leitung heute mit 102 angibt. Und er wurde von einer Kugel unbekannten Kalibers, von unbekannter Hand abgefeuert, genau ins rechte Auge getroffen. Er war auf der Stelle tot. Stephen Graham, der Ewarts Körper im Leichenschauhaus von Mexiko-Stadt sah, bestätigte, dass sein Kollege einen »verwirrten, bestürzten Blick« auf seinem schönen, jungen Gesicht aufwies.

Der tote Schriftsteller wurde alsbald auf dem Britischen Friedhof beigesetzt, der Jahre später wegen den Bauarbeiten zum Inneren Ring, der ersten Stadtautobahn verlegt werden sollte. Die genauen Details zum Tod des Schriftstellers sind in einem Band beschrieben, der lange schon nicht mehr erhältlich ist. *The Life & Last Words of Wilfred Ewart*, bald nach seinem Tod verfasst, stammt, die Leser werden es schon vermuten, vom bereits erwähnten Stephen Graham.

Wilfred Ewart war nicht der einzige Engländer, den in diesem Jahr eine *bala loca* (verrückte Kugel) während der Neujahrsfeierlichkeiten in der Nähe erwischt hatte. Am 2. Jänner scheint George Stebbins, ein Burenkriegsveteran, über den vermerkt wird, dass er im »Fleischgeschäft« tätig sei, vor dem Salón Palermo, nördlich, auf dem Boulevard des 16. September, in eine Schlägerei unter Soldaten geraten zu sein, bei der er ebenfalls eine tödliche Kugel abbekam – angeblich waren die Soldaten über die Einschätzung der Verdienste örtlicher Stierkämpfer aneinander geraten.

Ein weiterer Zufall in dieser unheilvollen Anhäufung: Am Neujahrstag wurde Carlos Duermas, ein Reporter der Tageszeitung *Excelsior*, der im Hotel ein Zimmer neben Ewart genommen hatte, in der Nähe der Balderas-Straße, wo sich die Häuserreihen der Tageszeitungen befinden, von einem anfahrenden Auto niedergestoßen und sterbend auf der Straße zurückgelassen.

Über diese bemerkenswerten Vorgänge unerklärbarer Gewalt wissen wir dank eines leuchtenden literarischen Meisterwerks Bescheid. *Negra Espalda del Tiempo* (Der schwarze Rücken der Zeit) des spanischen Tüftlers Javier Marías. Seine detaillierte, nachgeprüfte Version von Ewarts Tod dient gleichzeitig als Abschweifung und als Bezugspunkt, um das Argument des Spaniers zu Fiktion und Wirklichkeit aufrecht zu erhalten. Marías stellt sich die Fiktion vor als »die Art der Zeit, die noch nicht existiert hat, die Zeit, die uns erwartet, und auch die Zeit, die uns nicht erwartet, die Zeit, die nicht eintritt, die Zeit, die nicht stattfindet oder nur in einer genau genommen nicht zeitlichen Sphäre, eine Sphäre, die man im Schreiben finden kann und vielleicht nur in der Literatur«.

Während der Polizeibericht Ewarts unglückliches Ende mit einer verirrten Kugel (*bala suelta*) oder *bala ciega* (blinde Kugel) oder *bala loca* (verrückte Kugel) in Verbindung bringt, argwöhnt Marías, dass auch das eine literarische Vorstellung sein könnte. Kugeln, die vom Boden aus in die Luft geschossen werden, so wie die Polizei annimmt, dass der Schuss ausgelöst wurde, verlieren auf ihrem Weg aufwärts an Geschwindigkeit, erreichen die Endgeschwindigkeit und fallen auf die Erde zurück. Auf ihrem Weg hat die verirrte Kugel die Kraft verloren an einem Ziel, das zufällig getroffen wird, Schaden anzurichten, und auf diese Weise entstandene Verletzungen sind nur sehr selten tödlich.

Schussexperten sind der Ansicht, dass die Kugel, die in Wilfred Ewarts rechtes Auge eindrang, ihn mit tödlicher Geschwindigkeit getroffen hatte und dafür müsste das Geschoß aus Augenhöhe abgefeuert worden sein, vielleicht von einem nahe gelegenen Dach – die nächste Position wäre hinter den kegelkugelförmigen Kreuzblumen am Dach der ehemaligen Nationalbibliothek – oder vom Inneren des Hotel Isabel selbst, ein Schluss, den der Meister Marías selbst teilt. Noch etwas: Seit 2008 gibt es im dritten Stock keine Balkone mehr, auf die man in diesem Hotel ins Freie treten könnte.

Der langen Rede kurzer Sinn, der Autor von *Schwarzer Rücken der Zeit* tastet den Autor von *The Life & Last Words of Wilfred Ewart* nach diesem Verbrechen ab, er stellt Vermutungen darüber an, dass Stephen Graham sich aus literarischer Eifersucht im Tumult des Silvesterabends ins Isabel geschlichen, Ewarts Zimmer unter dem Vorwand betreten, mit ihm anstoßen zu wollen und dann den todbringenden

Schuss auf sein rechtes Auge abgegeben habe. Es gibt keinen anderen Beweis als die mutmaßende Vorstellung des Spaniers, der zu diesem Schluss gelangt.

Wilfred Ewarts Tod löste unter den verbleibenden englischen Schriftstellern im Viertel Angst aus. Als der kanadische Dichter Witter Bynner einige Monate später im Isabel ankam, wurde ihm das Zimmer des toten Schriftstellers, Nummer 53, zugewiesen. Lawrence bekam es mit der Angst zu tun und überzeugte Bynner, in das Monte Carlo um die Ecke zu ziehen.

Trotz Wilfred Ewarts ungewöhnlichem Abgang aus dem Hotel haben während des vergangenen Vierteljahrhunderts nicht viele Gäste im Haus ihren Geist aufgegeben. Lucas Alemán, ein Historiker und Außenminister unter Antonio López de Santa Ana, hauchten hier ihr Leben aus (Lungenentzündung), am 2. Juni 1853, wie eine Tafel im Hotel festhält. Aber das war vor meiner Zeit, als das Isabel noch eine private Residenz war.

Eines Morgens, kurz nachdem ich eingezogen war, fand Celia Cruz, das bucklige Zimmermädchen, das 23 Jahre lang mein Bett aufgeschlagen hatte, bevor sie sich zur Ruhe setzte und eine *vidente* (Wahrsagerin) wurde, Don Alonso, einen spanischen Handelsreisenden, der auf dem Land Füllfedern und Bleistifte verkaufte. Er lag über dem Glasziegelinnenhof auf Nummer 102 tot in seinem Bett. Don Luis, ein *Gachupín* (Spanier) wie Alonso – auch wenn das Hotel in Besitz einer französischen Familie ist, wurde das Isabel immer von Spaniern betrieben –, zahlte für eine einsame Messe in der Kapelle des Heiligen Augustinus um die Ecke. Celia, Don Luis und ich waren die einzigen Trauernden.

Alle zusammen, die im Isabel absteigen, bilden einen bunten Haufen: Ganze Autobusgruppen von Puerto Ricanern, die in Mexiko-Stadt auf Shopping-Orgie sind, und Bauern aus Tabasco, die zu einem Jamboree der Anonymen Alkoholiker kommen, und einige wenige Mennoniten in Overalls aus Chihuahua, die in die große Stadt gekommen sind, um ihren Käse zu verkaufen. Aber den Großteil stellen europäische Rucksacktouristen, die wenig für ein Hotelzimmer ausgeben wollen. In politisch brisanten Zeiten – bei einer Präsidentenwahl oder bei einem Besuch der Zapatisten – ziehen hier vorübergehend nordamerikanische Radikale ein. Naomi Klein bin ich hier begegnet und auch Norman Mailers Sohn.

Der Tod scheint sich im Isabel nicht eintragen zu lassen. Soweit ich weiß, hat sich keiner der Gäste, die *cameristas* (Zimmermädchen) nennen sie *pasajeros* (Passagiere) aus dem dritten Stock des Atriums auf den Glasziegelboden hinab geworfen, ein filmreifer Tod. (Werbeaufnahmen und Pornovideos sind die einzigen Filme, die hier gedreht wurden.)

Kein *pasajero* rutschte auf dem glatten marmornen Wendeltreppenaufgang aus und stürzte in sein oder ihr Ende oder verschied an einer Überdosis Heroin oder schluckte ein ganzes Fläschchen voller Schlaftabletten und wachte nie wieder auf. Es ist tatsächlich so, dass ich nie gesehen habe, wie ein Körper aus dem Hotel Isabel hinausgerollt wurde, aber vielleicht bin ich nur naiv und die Toten werden ganz ruhig über die Hintertreppe durch die Katakomben des Heizraumes hinausbefördert, um auf der Straße aufgelesen zu werden. Das heißt nicht, dass hier keine geheimnisvollen Dinge passieren, aber wenn, dann ereignen sie sich hinter verschlossenen Türen in den oberen Stockwerken. Es gibt keine Schlüssellöcher, durch die Schnüffler zu ihrer Beute kommen würden. Gäste vermischen sich im Restaurant und an der Bar und in der Lobby, der man unlängst ein neues Design in einem Stil verpasst hat, in dem sich ein marokkanisch anmutendes Motiv mit Don Quijote de la Mancha vermischt. Oben sind die Geheimnisse hinter Schloss und Riegel. Wenn ich auf der Isabel-la-Católica-Straße gegenüber stehe und auf die Fenster schaue, die zur Stadt blicken, dann sind die Vorhänge immer zugezogen.

Dennoch, seltsame, unerklärliche Geräusche wecken die Neugierde: ein heftiger Stoß mitten in der Nacht, ein ständiges Klopfen an den Wänden, das rhythmische Keuchen geisterhaft Liebender beim Sex in einem leeren Zimmer drei Räume weiter. Jeden Frühling nisten kleine Vögel im Luftschacht, der die Badezimmer trennt, und piepsen lieblich, wenn ich auf der Toilette bin. Celia erzählte mir einmal, dass sie ein Tier gehört hatte, wie es unter Schmerzen gegen den aufgelassenen Liftschacht schlug, und sie behauptete, Geister gesehen zu haben, die sich in den Hinterzimmern im dritten Stock herumtrieben, die nicht oft vermietet werden. Diese Geister will ich nicht unerwähnt lassen.

Überall in den Ecken und Ritzen dieses alten Hotels, vom Dachgarten, wo Rucksackreisende Sofortgemeinschaften verlorener Seelen bilden (eine Marihuanapflanzung wurde neulich entdeckt, die in einer Pflanzbox hier oben aufging) bis zu dem schummrigen Labyrinth gespenstischer Räume im dritten und vierten Stock. Diejenigen, die hier vor uns gewohnt haben, sind immer noch unter uns. Wilfred Ewart schleppt seinen Koffer von einem verwünschten Zimmer zum nächsten, da ihn Stephen Graham durch die abgedunkelten

Gänge verfolgt. Und ich gehe nicht mehr auf meinen Balkon hinaus, für den Fall, dass die verlorene Kugel, die nach uns allen Ausschau hält, mich schließlich doch noch treffen könnte.

BEACH CITY

Die heiße Phase der mexikanischen Revolution zog englische Schriftsteller an wie Nachtfalter von einer gefährlichen Flamme angezogen werden. Manche verbrannten bereits bei ihrer Ankunft. 1913 kam Ambrose Bierce, der Autor des *Devil´s Dictionary*, um über den Krieg im Norden zu berichten. Er kam über den Grenzraum nie hinaus und endete in einem Gemeinschaftsgrab in Ojinaga, Chihuahua. Der amerikanische Aufdecker John Kenneth Turner beschrieb die Schattenseite der Díaz-Diktatur in *México Bárbaro* und kam mit dem Leben davon. Der revolutionäre Schriftsteller und Aktivist John Reed war mit Villa unterwegs. Sein Bericht *Insurgent Mexico* ist eine ernsthafte Konkurrenz zu seinem Meisterstück *Ten days that shocked the world.*

Katherine Anne Porter landete hier 1920 auf Einladung von Diego Rivera, blieb ein Jahrzehnt und ihre Enttäuschung über Mexiko wurde jedes Mal größer. Der Dichter Hart Crane beging Selbstmord, indem er auf dem Weg zurück nach Manhattan vom Dampfer Orizaba in den Golf von Mexiko sprang, nachdem seine homosexuelle Beziehung in Veracruz in die Brüche gegangen war.

Die Zeit nach der Revolution brachte politische Schriftsteller wie Frank Tannenbaum (*The wind that swept Mexico*) und

Carleton Beals. Anita Brenners *Idols behind Altars* verarbeitete die postrevolutionären Gerüchte in der Kunstwelt. Ein Zeitgenosse von Wilfred Ewart, Graham Green, entwarf *The Lawless Roads*, eine pikante Reiseerinnerung, und verfasste mit *The Power and the Glory* eine beißende Attacke über die Priester-Hetze im Bundesstaat Tabasco.

Bruno Traven, gerüchteweise in Chicago geboren, aber in Deutschland aufgewachsen, wo er den Namen des Anarchisten Ret Marut annahm, hatte ein Geschäft auf der Isabel-la-Católica-Straße Nummer 43. Seine 40 merkwürdigen Buchtitel werden hier in Mexiko nach wie vor geschätzt. Paul Bowles, dessen Schriften die dunklen Seiten der menschlichen Seele erforschen, besuchte Mexiko mehrmals, bevor er nach Marokko zog. Die Beatniks hängten sich an seine Fersen.

Der Zauber der Stadt Mexiko als Mekka für verbannte Schriftsteller überschreitet die Generationengrenzen. Als ich zum ersten Mal der New Yorker Jazz-Szene entkam und mich *on the road* begab, mit einem Exemplar von Kerouacs Buch mit demselben Titel im Rucksack, brachte das *Downbeat Magazine* die aufschlussreiche Nachricht: »John Ross ging nach Mexiko, um einen Roman zu schreiben.«

Bevor die Beatniks nach Tanger weiterzogen, um Bowles zu folgen, war Mexiko-Stadt ihre erste Auslandsdestination. *El Monstruo*, wie der Pressesprecher der Zapatisten, Subcommandante Marcos, die Stadt liebevoll genannt hatte, war billig, lag nahe, es gab Drogen und Alkohol, und der Cocktail aus Aztekenblut und urbaner Entschlossenheit war für die Poesie genau das Richtige.

Auch wenn er der Veteran eines anderen Krieges war (nämlich des Drogenkrieges), kam William Borroughs, der

Sprössling des St. Louis Additionsmaschinen-Vermögens und ein bekennender Heroin-Abhängiger, zum ersten Mal mit einer ganzen Welle abenteuerlustiger junger Gringos hier an, die ihr G.I. Bill-Stipendium benutzten, um sich am Mexiko-Stadt-Kollege einzuschreiben (heute ist das die Universität der Amerikas). Sie besuchten die Pyramiden und die *cantinas*, flirteten mit den *señoritas* und nahmen sich nichts weniger vor als den großen amerikanischen Roman zu schreiben. 1951 lebte Borroughs in der Orizaba-Straße 210, ein heruntergekommenes Wohngebäude in der immer elender aussehenden Colonia Roma Norte, wo er das berühmt-berüchtigte Missgeschick hatte, seiner geliebten Frau Joan Vollmer bei einem versuchten Wilhelm-Tell-Spiel, in dem eine Mescal-Flasche den Apfel ersetzte, das Gehirn wegzublasen.

Die Bullen von Mexiko-Stadt ließen sich nicht für so dumm verkaufen, dass sie Borroughs groteske Geschichte abkauften, die Erschießung seiner beschwipsten Frau sei ein reiner Unfall gewesen. Er wurde in den Schwarzen Palast von Lecumberri geschleppt und zu ernsthaften Kriminellen gesteckt, bevor die ewige *mordida* (oder der Biss, das Bestechungsgeld) die Bremsklötze schmierte und der Autor von *Junkie* und *Naked Lunch* gegen Kaution auf freien Fuß kam. Nach wenigen Monaten machte er einen Abstecher nach El Norte, um nie wieder nach Mexiko zurückzukehren.

Orizaba Nummer 210 wurde abgerissen und vor einigen Jahren als Wohnblock wiedererrichtet, aber das Zwillingsgebäude steht immer noch und hat die Aura eines Beat-Schreins angenommen. Meine Freundin Rocío, die im Dienstbotenzimmer unter dem Hausdach polterte, wurde eines Morgens von einem Fotografen überrascht, der eine gute Perspektive auf das Lager der Beatniks auskundschaftete.

Während Borroughs auf Kaution frei kam, besuchte ihn sein alter Times-Square-Schüler Jack Kerouac, fand Gefallen an dem, was er sah, ging wieder auf die Straße zurück, kehrte aber in den nächsten fünf Jahren in die Orizaba-Straße zur Wohnung zurück, die Borroughs auf einen Gefolgsmann überschrieben hatte, den Fixer Bill Garver, der im Ausland lebte.

Jack mietete einen kleinen Raum aus Lehmziegeln auf dem Dach, die *azotea*, in dem er seine Gedichte zusammenstellte, die zu *Mexico City Blues* wurden (nur wenige handeln von Mexiko-Stadt). Sie sind Allen Ginsberg gewidmet und er schrieb zwei Romane, einen davon, der unveröffentlicht geblieben ist, auf Französisch.

Der andere, *Tristessa*, ist eine äußerst romantisierte Version des Lebens einer 23-jährigen Mexiko-Stadt-Junkie-Huren-Göttin, die er durch Garver kennen gelernt und in die er sich hoffnungslos verliebt hatte.

Im Jahr 1956, dem Jahr bevor die Veröffentlichung von *On the Road* sein Schicksal besiegeln würde, wurde Jack Kerouac von Ginsberg, Peter Orlovsky und Orlovskys autistischem Bruder Lafcadio in »das Monster« eingeführt. Gregory Corso, mein Kumpel aus dem West Village, begleitete ihn auf der Fahrt. Die Beatniks soffen an der Plaza Garibaldi, wo die *mariachis*, die Prostituierten und die Taschendiebe zusammenkommen und betranken sich regelmäßig im alten Club Bombay auf der Eje Central neben Tlatelolco. Vor wenigen Jahren las der Beatnik und Padrino Lawrence Ferlinghetti aus seiner *La Noche Mexicana* (Die mexikanische Nacht) im Bombay, ein halluzinogener Bericht über eine Busfahrt durch das Land im Jahr 1963. Laurence lud mich ein mit ihm zu lesen. Der Beat ist am Leben.

Bei meiner ersten Reise nach Mexiko im Jahr 1957 kam ich oft mit Beatniks und Leuten aus diesem Umfeld zusammen, mit denen ich im Village viel Kontakt hatte. Alex Trocchi, in Schottland lebender Literatur-Junkie, lange bevor Irving Welsh (*Trainspotting*) den Titel für sich in Anspruch nahm, versteckte sich in Ajijic, wie auch der Beatnik-Soziologe Ned Polsky. Ich stieß auf den späten Steve Schneck (*The Night Clerk*), mit dem ich im Half Note auf der Hudson Street eine Lesung hatte, in Pancho Lepes Beat-Pension in Puerto Vallarta. Der legendäre Hipster Drogenschmuggler Bryce Wilson führte ein Beat-Hotel in Yelapa.

In den 60ern, als wir im Purépecha-Hochland, dem indianischen Gebiet von Michoacán, wohnten, würde uns Timothy Leary einmal im Monat aus San Miguel de Allende LSD schicken und uns fragen, ob wir unsere Trips nicht aufzeichnen könnten. Margaret Randall kam 1962 in Mexiko an und begann *El Corno Emplumado* (Das gefiederte Horn) zu veröffentlichen, das erste internationale Beat-Literatur-Magazin. Das *Corno* wurde eingestellt und Randall machte sich 1969, während der Díaz-Ordaz-Regierung, die dem Studentenmassaker in Tlatelolco folgte, davon. 1969 war tatsächlich das Jahr, in dem die Beat-Generation neben der Bahnstrecke in San Miguel de Allende starb, als Neal Cassady, der Fahrer, der die Beats *On the Road* brachte, sich Mitte Februar vom Tequila und von Barbituraten benebelt, auf den gefrorenen Boden legte und nicht wieder aufwachte.

John Ross

Erster Kontakt

Wir kamen von Norden her nach El Monstruo, El Norte, aus dem Norden von El Norte, New York City, aus dem East Village, aus einer stickigen Ein-Raum-Badewanne-in-der- Küche-Wohnung auf der 9. Straße, gleich neben dem Tompkins-Square-Park. Damals waren wir, meine Partnerin Norma, eine Beat-Queen, die sieben Jahre älter war als ich, und ihre Tochter Dylan, nach dem wilden walisischen Poeten benannt, der einmal ihre Mutter beherbergt hatte. Bevor wir zusammen waren, war Norma so etwas in der Art von Kerouacs Kindheitskumpane, Henri Cru (»Remi Boncour« in *On the Road*). Ich war 21, ein wütender »jüngerer Beat Poet« (*Climax Magazine*). Norma kannte die Welt ein bisschen besser als ich und trank, um ihre Leiden zu lindern.

Wir waren mit ungedeckten Schecks unterwegs und flogen nach Texas, überschritten bei Nuevo Laredo die Grenze und streunten im nördlichen Mexiko herum, verkrochen uns neben dem Busbahnhof in San Luis Potosí in einem billigen Hotel. Wir gingen jeden Tag aus der Stadt hinaus bis wir auf die Landstraße gelangten. Wir legten uns in Felder voller Esel und kleiner Ziegenherden. Die erstaunlich spitzen Maguey-Kakteen, die das Land teilten, hätten aus Eisensteins *Que Viva México!* stammen können. Und wir trugen *huaraches* (Ledersandalen).

In der Nacht verschlangen wir tellerweise schmackhaftes, fettes *birria* (ein Ziegenfleischgericht) und *barbacoa* (Gegrilltes) auf dem Markt und ich hauste in den *farmacias* (Drogerien), die die ganze Nacht offen hielten und wo glitzernde Unter-dem-Ladentisch-Fläschchen täglich 24 Stunden über dem Ladentisch verkauft wurden. Ich deckte mich mit Benzedrine ein (»*White Hamburgers*«) und wir nahmen den Langstreckenbus nach Mexiko-Stadt. 1960 dauerte es einen ganzen Tag, um von San Luis dorthin zu kommen.

Das Monster war damals kompakter – nicht jeder Quadratmeter des umliegenden Tals von Mexiko wurde von den Siedlern abgesteckt. Als der Blechkastenbus in die Ausfallstraßen gelangte, sah Mexiko im blauen Licht der Dämmerung durch das schmutzige, gesprungene Busfenster eindeutig gespenstisch aus.

Wir stiegen neben dem Herzen der Stadt aus und griffen unsere Koffer voller gestohlener Bücher, Babykleider und Haushaltswaren. Hipster, die schon vor uns auf diesem Weg unterwegs waren, hatten davor gewarnt, dass uns die Taxifahrer von Mexiko-Stadt bis auf das letzte Hemd ausnehmen würden. Die Alternative waren diese Eselkarren, die an der Haltestelle warteten, um die Säcke aufzunehmen, die die Bauern vom Land zum La-Merced-Markt wälzten, gleich östlich vom Nationalpalast. Wir mieteten einen und fuhren mit einem Esel als Führer direkt in den Schlund dieser monströsen Stadt.

Wir kamen an einem kristallklaren Novembertag an, der tiefe Himmel erschien im durchdringenden Kobaltblau. Der 29-jährige Carlos Fuentes hatte gerade seinen ersten Roman veröffentlicht, *La región más transparente*, übersetzt als *Landschaft in klarem Licht* (der Titel stammt von einem Epigramm des Schriftstellers Alfonso Reyes aus den eleganten 20er Jahren), die überreizten Abenteuer des Ixta Cienfuegos. Das Buch, das den Latin-Boom entfachte, war düster, aber eine Meile weiter oben war die Luft tatsächlich klar. Niemand trug *tapabocas* (Chirurgenmasken), wie wir das jetzt an den Wintermorgen sehen, wenn die thermische Invasion die Industrieabgase dicht an den Boden drückt und es Mühe macht nur zu atmen. Die Einheimischen waren offensichtlich freundlich und die Straßenkriminalität nicht der Rede wert und ohne Gewalt.

Gleich neben dem Alameda-Park nahmen wir uns ein Zimmer neben der Chinatown, ein paar Häuserblocks von Bellas Artes entfernt, und wir nahmen Dylan mit, damit sie gegenüber im Alameda-Kino 14 Woody-Woodpecker-Zeichentrickfilme (*El pájaro loco*) sehen konnte, und dann sind wir raus, um im Restaurant Sanborns im Haus der blauen Kacheln mexikanische Schokolade zu trinken, genauso wie das Zapatas Bauern gemacht hatten, als sie im Dezember 1914 am Höhepunkt der mexikanischen Revolution zum großen Unbehagen der Geschäftsführung ins Restaurant stürzten.

Wir blieben letztlich einige Wochen hängen, aßen auf der Straße und glotzten auf Riveras beeindruckende Wandgemälde an öffentlichen Gebäuden. Damals wie heute war der Zócalo, der große Platz im Herzen der alten Stadt, ein Wirbel sozialer Proteste – der Streik der Eisenbahner wurde gebrochen und der Wandmaler David Alfaro Siqueiros, der Sympathien für Stalin hegte, wurde nach Lecumberri verfrachtet. Aber da waren andere Probleme am Brodeln.

Norma, die im sechsten Monat schwanger war, fühlte sich verpflichtet die Jungfrau von Guadalupe zu besuchen und wir fuhren im Bus zur Basilika nach La Villa im Norden von Mexiko-Stadt. Dutzende Pilger krochen auf blutigen Knien die Straße der Mysterien hinauf und Norma betete zur Schwarzen Madonna, sie möge das Kind in ihrem Leib beschützen, eine Bitte, die die Gottesmutter nicht erhörte. In den kubanischen Cafés im Zentrum, die einst Fidel und Che bewohnten und die sich bereits nach Havanna aufgemacht hatten, schrieb ich Gedichte.

Auf der Straße
Der mexikanische Gesang
Yanqui Go Home
Aber ich bin kein Yanqui
Und ich habe kein Zuhause
Ich komme aus einem anderen Land
Aus der Nation des Beat

Die Stadt war sauber, sogar freundlich, aber wir wollten ganz dringend die Gebäude hinter uns lassen und ein Grundstück auf einem abgelegenen Bergrücken finden, ein Haus bauen, Mais pflanzen, Ziegen züchten und ein paar Kinder haben. Ich versorgte mich also mit »Weißen Hamburgern« und wir machten uns auf Richtung Süden.

Nun, wenigstens so weit südlich wie zum Autobusbahnhof Süd. Die Busse erster Klasse weigerten sich unsere Koffer mit geklauten Sachen zu befördern. Ich sprang bei einem auf, hielt eine flammende Rede an die Fahrgäste der ersten Klasse und erklärte ihnen, wie sie die Indios und die Bauern behandelten. Ich zog meine Ledersandalen aus und schwenkte sie vor der neugierig zusammengekommenen Menge. »Sehen Sie diese Sandalen?« rief ich gellend. »Deswegen will man uns nicht in Ihren Bus lassen!«

Es blieb uns nichts anderes übrig als einen Gepäckträger anzuheuern, der unsere Koffer zum Terminal zweiter Klasse brachte, und wir bestiegen einen lumpigen alten Autobus, der uns über die Höhen der Sierra von Chichinautzin in den Bundesstaat Morelos und dann weiter nach Süden (nach Oaxaca) und Westen (nach Michoacán) brachte.

Außer für ein kurzes Umsteigen am internationalen Benito-Juárez-Flughafen auf meinem Weg nach und von Brennpunkten in Lateinamerika wich ich in den nächsten 25 Jahren der Stadt Mexiko aus. Dann wurde das Monster von einem Erdbeben mit der Stärke 8,1 heftig geschüttelt, das rund 30 000 Menschen das Leben kostete. Ich war an diesem Morgen in Lima, Peru, und arbeitete an Geschichten über den Sendero Luminoso und Sandy Close, mein Chef von Pacific News Services, ersuchte mich nach Mexiko-Stadt zu fliegen, um über die Nachbeben dieser Tragödie zu berichten.

Ich landete am frühen Morgen des 26. September und nahm ein Taxi durch die zerstörte Stadt. Der Fahrer konnte auf dem Weg zum Hotel Isabel la Católica, wo ich vor Jahren abgestiegen war, nicht näher herankommen als bis zur Eje Central. Ich musste mein Gepäck von diesem verwüsteten, aufgebrochenen Boulevard über die Schutthaufen schleppen.

Wie durch ein Wunder hat das poröse Hotel Isabel an der Ecke der República-de-El-Salvador-Straße das Killer-Erdbeben mit nur einer langen, zackigen Narbe, die sich längs durch die Backsteinfassade zog, überstanden. Unberührt von der Tatsache, dass keine Gäste zugegen waren, stand Miguel Ángel am Empfang würdevoll in Uniform da.

Ich zahlte ihm 5000 alte Pesos, rund 5 Dollar, er überreichte mir den Schlüssel zum Zimmer 102 und ich bin noch immer hier und verbringe meine Nächte mit dem Geist von Wilfred Ewart.

Aus: *John Ross: El Monstruo. Dread and Redemption in Mexico City.*

Veröffentlicht mit Gen.Nr. 69.231 der Paul & Peter Fritz AG in Zürich
Aus dem Amerikanischen von Georg Oswald

Übersetzer und Mitarbeiter

Die Übersetzer sind es, die die Werke für uns lesbar machen. In den letzten Jahren wurde immer mehr Augenmerk auf den Übersetzer und seine Arbeit gelegt, was nur gut und recht ist, denn diese Leute standen oft im Schatten der großen Autoren und deren Werken. Gerade bei Septime ist es uns wichtig, dass die anspruchsvollen Texte so gut wie möglich ins Deutsche gesetzt werden. Aus diesem Grund versuchen wir, so wir selbst einen Auftrag vergeben, stets die Besten damit zu beauftragen, wenn wir ein neues Projekt ins Auge fassen.

Auf den folgenden beiden Seiten finden Sie kurze Portraits der Übersetzerinnen und Übersetzer und Mitarbeiter dieses Bandes von *PERSPEKTIVENWECHSEL*.

Annemarie Horschitz-Horst, geborene Rosenthal, erblickte im September 1899 in Berlin das Licht der Welt. Sie heiratete 1921 in Berlin wo sie auch nach ihrer Scheidung von Walter Horschitz mit ihrer Tochter Margaret blieb bis sie 1933 nach London emigrierte. Der Zusatz Horst an ihrem Familiennamen resultiert aus dem im Englischen schwer auszusprechenen Name Horschitz.

Annemarie Horschitz-Horst ist in erster Linie durch ihre Übersetzungen der Werke Ernest Hemingways bekannt geworden und war die einzige vom Autor selbst autorisierte Übersetzerin seiner Werke. Sie verstarb im Juli 1970 in Österreich in der Nähe Wiens.

Ingrid Iren wurde 1930 in Berlin geboren. 1963 zog sie in die Türkei, heiratete den türkischen Ingenieur Reha Iren und studierte in Ankara und Istanbul Archäologie. Von 1977 bis 1995 war sie am Goethe-Institut Istanbul als Übersetzerin und für Öffentlichkeitsarbeit tätig. Sie ist u. a. die Übersetzerin mehrer Romane von Orhan Pamuk.

Anja Kootz wurde 1977 in Mecklenburg geboren und studierte Amerikanistik, Kulturwissenschaften und Germanistik in Berlin. Nach Auslandsaufenthalten in New York und Paris lebt sie heute in Berlin und arbeitet als freiberufliche Lektorin und Übersetzerin für Französisch und Englisch. Für den vorliegenden Band hat sie die Erzählung von Arezki Mellal aus dem Französischen übersetzt, wie schon eine Erzählung von Hélène Cixous in *PERSPEKTIVENWECHSEL No 2 Frauen!*, für die sie später ein Übersetzer-Stipendium des Goldschmidt-Programms erhielt.

Annette Kopetzki wurde 1954 in Hamburg geboren. Sie studierte Germanistik, Philosophie und Pädagogik an der Universität Hamburg. Während ihres langjährigen Aufenthaltes (1980 bis 1992) in Italien war sie Lektorin für deutsche Sprache und Literatur an den Universitäten »Gabriele d'Annunzio« in Chieti/Pescara und »La Sapienza« in Rom, ab 1990 an der Fachhochschule für Übersetzer und Dolmetscher in Rom. Seit 1998 ist sie freiberufliche literarische Übersetzerin in Hamburg.
Annette Kopetzki ist zweifelsohne Pier Paolo Pasolini-Expertin und hat bis heute einen Großteil seines Werkes ins Deutsche übertragen.

Sie ist ständiges Mitglied der Jury des Erlanger Literaturpreises für Poesie als Übersetzung und Mitglied im Vorstand der Weltlesebühne e.V. www.annettekopetzki.de

Georg Oswald, Jahrgang 1966, studierte Europäische Ethnologie und Deutsche Philologie. Er promovierte mit einer Arbeit über das Bild Mexikos in der österreichischen Literatur. Oswald war Lektor an der Pädagogischen Hochschule in Békèscsaba/Ungarn sowie Gastprofessor an der Universität Guadalajara/Mexiko.

Als großer Übersetzer trat er erstmals mit dem Roman *Krieg im Paradies* von Carlos Montemayor in Erscheinung. Mit der ersten deutschen Übersetzung des von Dialektismen und Lokalkolorit geprägten mexikanischen Jahrhundertromans *Der Jahrmarkt* von Juan José Arreola (Septime, 2010) setze sich Georg Oswald allerdings ein Denkmal.

Im vorliegenden Band zeichnet er für die Übersetzung der, wie sollte es anders sein, Mexiko-Stadt Erzählung von John Ross verantwortlich.

Sebastian Schmid wurde 1985 in Linz/Oberösterreich geboren und studierte Anglistik und Germanistik an der Universität Wien. Er arbeitet als Lektor und Übersetzer und zeichnet für das Lektorat und Korrektorat des vorliegenden Bandes verantwortlich.

Bastian Schneider, 1981 in Siegen geboren. Nach einem Studium der Psychologie sowie der deutschen und französischen Literatur in Marburg und Paris lebt und arbeitet er heute als Dichter, Lektor und Übersetzer in Wien. Er ist Gewinner des Prix du Service Culturel Des Etudiants der Université de Sorbonne 2008 sowie 2011 Finalist beim Lyrikpreis München.

Jürgen Schütz wurde 1968 in Wien geboren. Er ist Gründer und Inhaber des Septime Verlags sowie Herausgeber der vorliegenden Taschenbuchreihe *PERSPEKTIVENWECHSEL.*

Ewelina Suchorzebska wurde 1985 in Gdynia im Norden Polens geboren. Sie studierte Slawistik (Polonistik) und Transkulturelle Kommunikation in Wien und Warschau, sowie Translation Studies in Edinburgh. Sprache und Kultur waren schon immer ihre Leidenschaft. Aus diesem Grund erforschte sie im Zuge ihrer Diplomarbeit den Einfluss der deutschen Sprache auf die polnische Militärfachsprache zur Zeit der Habsburgermonarchie. Darüber hinaus befasste sie sich in ihrer Abschlussarbeit an der »University of Edinburgh« mit der Übersetzung der Kurzgeschichten des schottischen Autors Bill Drummond. Sie lebt und arbeitet in Wien.

Nona Fernández
Die Toten im trüben Wasser des Mapocho

Aus dem chilenischen Spanisch von Anna Gentz
Roman | ca. 256 Seiten, gebunden | ISBN: 978-3-902711-09-0 [2012]

Mapocho ist der Name des Flusses, an dessen Ufern Santiago de Chile erbaut wurde. In Nona Fernández' Roman wird er nicht nur von den Abwasserkanälen der Stadt, sondern auch vom Dunkel der Vergangenheit gespeist. Leichen, Mythen und persönliche Schicksale treiben darin.

Juan José Arreola
Der Jahrmarkt

Aus dem mexikanischen Spanisch von Georg Oswald
Roman | 256 Seiten, gebunden, Leseband | ISBN: 978-3-902711-01-4

Das Meisterwerk aus dem Jahr 1963 inspiriert bis heute die Schriftsteller Lateinamerikas.
»*Der Jahrmarkt ist ein Schatz aus Lateinamerika.*
Der Septime Verlag hat ihn gehoben.«
Karl-Markus Gauß

Guillermo Cabrera Infante
Schandtat Chachachá

Aus dem kubanischen Spanisch von Claudia Hammerschmidt
160 Seiten, gebunden, Leseband | ISBN: 978-3-902711-02-1

Es ist die so oft erzählte Geschichte einer heimlichen Liebe zwischen einem verheirateten Mann und einer Frau. Alle drei Erzählungen beginnen mit der gleichen Szene, aber jede ist der Ausgangspunkt einer jeweils unterschiedlichen Vision Cabrera Infantes.

Julio Cortázar
Fantomas gegen die multinationalen Vampire
und andere Erzählungen aus und über Lateinamerika

Taschenbuch, 240 Seiten, farbig illustriert | ISBN: 978-3-902711-00-7

Julio Cortázars experimentelle, farbig illustrierte Novelle liegt hier erstmals auf Deutsch vor; begleitet von einem weiteren großen Autor, Roberto Bolaño, dessen Erzählung *Labyrinth* ebenfalls eine Premiere in deutscher Übersetzung darstellt.

Tobias Sommer
Dritte Haut

Roman | 160 Seiten, gebunden | ISBN: 978-3-902711-08-3

Warum glaubt mein Vormund, ich könnte mich nicht um meine Gäste kümmern, nur weil ich ein Jagdgewehr besitze?
Ich werde aus dieser Absteige ein Hotel machen, meine Gäste beobachten und ihre Geschichten auf meinen Arm tätowieren, bis ich den Barcode für mein Leben habe! Ich habe keine Zweifel – wäre da nicht der Junge, der meine Gedanken liest ...

Elisabeth Schrattenholzer
... und Jesus war eine Frau

Roman | ca. 256 Seiten, gebunden | ISBN: 978-3-902711-14-4 [2012]

Petra ärgert, dass Thomas im Bett den Unterschied zwischen *eine Nummer abziehen* und *Liebe* abstreitet. Sie nutzt eine Auszeit um über Beziehung und Vergangenheit nachzudenken. Ihre Bemühungen um Klärung führen sie bis nach Jordanien, in die 2000 Jahre alte Stadt Petra.

Tobias Sommer
Edens Garten

Roman | 224 Seiten, gebunden | ISBN: 978-3-902711-13-7 [2012]

Sebastian Eden lebt mit Lena in einer spießigen Vorstadtsiedlung. Die Beziehung scheint perfekt, bis er hört, wie Lena im Schlaf einen Männernamen stöhnt. Er installiert heimlich eine Kamera im Schlafzimmer, um einen Beweis in Händen zu halten, wenn sie erneut im Schlaf ihren Geliebten verrät. Beim Sichten der Aufnahme macht er allerdings eine böse Entdeckung.
Edens Garten ist die Geschichte eines Mannes, der um die Liebe zu seiner Frau kämpft und dabei ist alles zu verlieren, sogar den Verstand.

Frauen!
Starke Erzählungen über das starke Geschlecht

Taschenbuch, 320 Seiten | ISBN: 978-3-902711-03-8

Von Frauen über Frauen – für Männer und Frauen! – Unter diesem Motto stehen die hier ausgewählten Erzählungen und Novellen.
Mit Erzählungen v. u. a. Susan Sontag, James Tiptree Jr., Siri Hustvedt, Yôko Ogawa, Nona Fernández und Andrea Grill.